Frithjof Rodi

Das Haus auf dem Hügel

Eine Jugend am Rande des Kraters

Königshausen & Neumann

Gedruckt mit Unterstützung der Stadt Pforzheim

Bibliografische Information Der Deutschen Bibliothek

Die Deutsche Bibliothek verzeichnet diese Publikation in der Deutschen Nationalbibliografie; detaillierte bibliografische Daten sind im Internet über <http://dnb.ddb.de> abrufbar.

Zweite Auflage, Januar 2007

Gedruckt auf säurefreiem, alterungsbeständigem Papier
Umschlag: Hummel / Lang, Würzburg
Umschlagentwurf unter Verwendung von zwei Zeichnungen von Oskar Elsäßer, mit freundlicher Genehmigung der Familie des Künstlers
Bindung: Buchbinderei Diehl+Co. GmbH, Wiesbaden

Printed in Germany
ISBN 978-3-8260-3350-6
www.koenigshausen-neumann.de
www.buchhandel.de
www.buchkatalog.de

Inhalt

I. Der Schauplatz

II. Einschnitte (1945)

III. Kindheit im Zwielicht (1933–1945)

IV. „Normalisierung“
(ab 1945)

I. Der Schauplatz

Haus und Hügel

Meine Eltern kauften das kleine Haus auf dem Hügel über der Stadt zwei Jahre vor Ausbruch des Zweiten Weltkriegs. Es läßt sich heute nicht mehr ausmachen, was zu dem Entschluß, aus der Mietwohnung drunten im Tal auszuziehen, stärker beigetragen hat: die Sorge des Vaters vor einem Krieg, den er kommen sah, oder der Wunsch der Mutter, einen eigenen Garten zu besitzen, in dem sie mit ihren fünf Kindern nach Lust und Laune pflanzen und ernten konnte. Jedenfalls erwiesen sich beide Motive als gerechtfertigt: Haus und Garten, umgeben von einer schier grenzenlosen Landschaft aus Wiesen und Obstgärten, waren der Mittelpunkt einer lange Zeit unbeschwerten Kindheit; und die Lage des Grundstücks, für damalige Begriffe weit außerhalb der Stadt, bewahrte uns vor mancher Gefahr des Luftkriegs, wenn wir uns auch keineswegs in Sicherheit wiegen konnten. Die Verschiedenheit der Temperamente der Eltern hatte, wie so oft, zu einer glücklichen Synthese geführt. Aber die Harmonie war nie garantiert. Manchmal spürten wir Kinder ein gewisses Ungleichgewicht zwischen der Impulsivität der Mutter und dem vorsichtigen Zögern und Abwägen des Vaters. Als Lehrer mit kinderreicher Familie hatte er die Folgekosten manches Wunsches zu bedenken. Seiner Begeisterungsfähigkeit waren Grenzen gesetzt.

Beim ersten Mal, da ich dies bemerkte, war ich nicht viel älter als zehn. Es war wohl im ersten Kriegssommer, als meine Mutter beschloß, das Haus müsse grüne Fensterläden haben. Die Verwandlung war als Geburtstagsüberraschung für den zum Militär eingezogenen Vater gedacht. Wir verbrachten nicht ohne Stöhnen einen Teil der Sommerferien damit, die in dezentem Grau gehaltenen Läden abzubeizen und grün zu streichen. Als der Vater schließlich kam, war er, wie mir auffiel, nur mäßig begeistert. Vielleicht dachte er, daß er doch hätte gefragt werden müssen. Vielleicht war er mit den grauen Läden, die dem typischen Dreißigerjahrehaus eine gewisse kühle Zurückhaltung gegeben hatten, durchaus zufrieden gewesen. Grüne Fensterläden haben etwas Ländliches und sind womöglich eine Spur zu anheimelnd. Es war nun eindeutig das Haus unserer Mutter.

Das denkwürdigste Foto von unserem Haus, das ich kenne, ist die Aufnahme, die ein Aufklärungsflugzeug der *Royal Air Force* fünf Tage nach dem schweren Luftangriff auf unsere Stadt Pforzheim gemacht hat. Sie zeigt den Hügel im hellen Licht des Vorfrühlings 1945. Ganz oben rechts im Bild ist als winziges Kästchen unser Haus zu sehen. In der Nachmittagssonne wirft es seinen Schatten hinüber zum Nachbarhaus, der Prunkvilla eines Edelsteinhändlers, der als unangenehme Nazi-Größe meinen Eltern das Leben schwer gemacht hat. Man sieht den fast hundert Meter langen Gartenweg (der später meiner Mutter und einer meiner Schwestern fast zur tödlichen Falle geworden wäre) und die vielen kleinen Straßen und Wege, welche die locker über den Hügel verstreuten Häuser miteinander verbanden. Erst weiter links im Bild fängt die etwas dichtere Bebauung des eigentlichen Villenviertels der Stadt an, zu dem wir uns nicht rechneten. Wir waren eher die Außenseiter, Lehrer- und Künstlerfamilien mit vielen Kindern, die aus Mietwohnungen geflohen waren, um in einem erschwinglichen Gelände einen eigenen Garten zu haben und ungestört toben und musizieren zu können. Die meisten Leute, denen wir da oben begegneten, waren Kleingärtner – fleißige Menschen, die täglich von der Stadt heraufkamen, um ihre Küchenabfälle an die Hühner und Kaninchen zu verfüttern. Auch all diese Schuppen und Ställe sieht man auf dem Foto als kleine Punkte, und ich könnte heute noch sagen, welche Hühnerrassen in den einzelnen Gärten gehalten wurden.

Ich kann dieses Bild nie ohne ein eigentümlich gemischtes Gefühl betrachten. Auf der einen Seite rührt es mich an, die damals noch weitgehend unbebaute Wiesenwelt mit ihren schmalen Pfaden zwischen Obstgärten konserviert zu sehen. Sie ist inzwischen längst in ein durch breite Straßen erschlossenes Bungalow-Viertel umgewandelt worden. Ich erkenne noch einzelne Bäume, zum Beispiel die große Pappel auf der „Pappelwiese“, wo wir im Herbst unsere selbstgebauten Drachen steigen ließen. Ich bin der Royal Air Force sozusagen dankbar für diese Möglichkeit, die altvertraute Welt, die nicht im Krieg, sondern im späteren Frieden untergegangen ist, noch einmal aus der Vogelperspektive überblicken zu können.

Aber das Bild zeigt ja den furchtbaren Anlaß seiner Entstehung: die Zerstörung der Stadt. Noch stehen Rauchwolken über den Trümmern. Die senkrecht von oben fotografierten, ausgebrannten Häuser sehen aus wie leere Kästen oder wie orientalische Gebäude mit Innenhöfen. Die Aufnahme zeigt nur einen Ausschnitt des verheerten Stadtgebietes. An jenem Abend des 23. Februar 1945 sind dort über 17.000 Menschen umgekommen.

Der Kontrast zwischen dem verschont gebliebenen Hügel und dem ausgeglühten Krater, zu dem die Stadt im Talkessel gemacht worden war, kommt in der Fotografie nicht deutlich genug zum Ausdruck. Er hat aber mein Leben zehn Jahre lang, seit meinem fünfzehnten Lebensjahr, bestimmt. Das Bild hält den Ausgangspunkt dieser Epoche fest. Von ihr und ihrer Vorgeschichte soll im folgenden die Rede sein.

Das Haus selbst hat ein für das Jahrhundert der Zerstörungen untypisches Schicksal gehabt: es hat im Frieden mehr gelitten als im Krieg. Bei einem ersten, „kleineren“ Bombenteppich, der im Frühjahr 1944 über unseren Häusern und Gärten niederging, war es nur leicht beschädigt worden, obgleich es, wie ich mich deutlich erinnere, ordentlich gewackelt hat. Beim Großangriff ein Jahr später wäre es um ein Haar abgebrannt. Wir fanden in einem Busch direkt neben der Hauswand eine nicht explodierte Stabbrandbombe, die als Treffer unseren Dachboden, der allen Luftschutzregeln zum Trotz nie entrümpelt worden war, in einen kaum zu löschenden Brandherd verwandelt hätte. Aber wir hatten Glück, und das Haus beherbergte in den folgenden Jahren nicht nur die Familie, sondern vielerlei Gäste, die in der verwüsteten Stadt ein Quartier suchten. In den fünfziger Jahren wurde es an unseren ungeliebten Nachbarn verkauft, als meine Eltern ein neues, komfortableres Haus bauten. Einige Jahre darauf ging eine Windhose, also ein in Deutschland seltener „Tornado“, über das Haus hinweg und zerstörte es. Zwar wurde es wieder aufgebaut, aber im Zuge einer großangelegten Bodenspekulation später wieder abgerissen, um für eine ganz neue und profitablere Bebauung Platz zu machen. Ich habe das Grundstück noch zweimal besucht. Beim ersten Mal war das Gebäude schon bis auf die Grundmauern abgetragen und das Gelände von Brennesseln und Brombeerranken überwuchert. Da auch die Bäume dem Tornado zum Opfer gefallen waren, konnte man sich nur schwer orientieren. Kaum noch vorstellbar, daß sich hier achtzehn Jahre lang unser Leben in all seinen Höhen und Tiefen abgespielt haben sollte. Es war gleichsam nur noch die leere Bühne übrig, ohne Kulissen. Einige Zeit später ging ich, anhänglich, wie man sein kann, noch einmal dorthin. Das gesamte Grundstück war nun eine einzige, sehr tiefe Baugrube, vermutlich für den Bau einer Tiefgarage ausgehoben. Jetzt war auch die Bühne selbst verschwunden. Erst damals habe ich annäherungsweise verstanden, was es für die Überlebenden drunten in der Stadt bedeutet haben muß, erst vor den Trümmern, später dann vor brutalen Einebnungen und Ausschachtungen, schließlich vor neuen Wohnblocks zu stehen und dahinter die altvertraute Welt nur noch zu erahnen. Aber es war mir auch klar, daß ich mich nur dem Luxus einer sentimentalen Anwandlung hingab, einer vagen Sehnsucht nach der abgeräumten Kindheitskulisse. Sie war ja freiwillig ausgetauscht worden durch das neue, bequemere Haus. Es verbot sich jeder Vergleich mit den wirklich Entwurzelten, vor allem mit denen, die von Haus und Hof geflüchtet oder vertrieben waren, ganz zu schweigen von den Gejagten, Deportierten, Vernichteten. Unser Hügel, wo auch das neue Haus noch steht, blieb eine Insel der verschont Gebliebenen. Dies konnte man nie ganz vergessen. So, wie man in den Wochen nach dem Brand den Geruch nach all dem Verkohlten und Verwüsteten nicht los wurde, verbot auch die Trümmerstadt jahrelang jene letzte Unbeschwertheit und Unbefangenheit, die eigentlich zum Leben junger Menschen gehört.

Ich war sieben Jahre alt, als meine Eltern das Haus kauften. Das Grundstück war ein von den Vorgängern hübsch angelegter Ziergarten, der aber von meiner Mutter rasch zu einem richtigen Gemüse- und Obstgarten gemacht wurde, in dem, wie mein Vater zu sagen pflegte, das Bestellen im Frühjahr wichtiger war als das Ernten im Herbst. Der Abend am Tag des Umzugs ist mir unvergeßlich geblieben: Ein warmer Septemberabend, an dem wir bei Dunkelheit auf den noch ungewohnten Gartenwegen herumflitzen durften in der ersten Hast des Inbesitznehmens. Man war schon fast auf dem Land. Die Glocken der Kirche des nächsten Vororts unten im Tal, die jede Viertelstunde schlugen, vermittelten sofort ein Gefühl der Zugehörigkeit zu dieser ländlichen Welt. Als wir dann am nächsten Morgen von den Hähnen in den Nachbargärten geweckt wurden, war das Gefühl, in eine Art Dauer-Sommerfrische geraten zu sein, fast vollkommen. Die Wege in die Stadt hinunter waren allerdings beträchtlich: Es gab keinen Bus und keine Straßenbahn so weit außerhalb der Stadt. Bis zum nächsten Bäcker- und Metzgerladen waren es zwar nur zehn Minuten den Hügel hinunter zu gehen. Aber die Hauptziele der Stadtgänge wie Schule, Bahnhof, Musikunterricht, Kino, Sport und „Dienst“ in der *Hitlerjugend* waren selbst bei Geschwindmärschen kaum unter zwanzig Minuten und mehr zu erreichen. Die Kinder aus den wenigen, über den Hügel verstreuten Nachbarhäusern trafen sich meist auf dem Schulweg und kamen in kleinen Grüppchen in der Schule an. In den schneereichen Kriegswintern 1941 und 1942 waren wir oft die ersten, die Wege durch den tiefen Schnee bahnten, und wenn wir mittags nach Hause kamen, waren nur wenige andere Spuren dazugekommen.

Dieser Auszug aus der Stadt bedeutete natürlich auch das Ende bestimmter Verflechtungen, die bisher einen großen Teil des Lebens ausgemacht hatten: Die etwas fragwürdige „Hausgemeinschaft“ der Mieter unter der Fuchtel einer Hausverwalterin; die anheimelnde Nähe zu den Läden des täglichen Bedarfs, in denen man schnell noch ein Brot oder etwas Schinken holen konnte; das Spielen auf der Straße mit Kindern verschiedener Herkunft, von denen man nicht nur Erfreuliches lernte; die Beaufsichtigung durch einen Blockwart, den untersten Rang in der Parteihierarchie; eine Institution, die uns in unseren Gärten dann nicht mehr behelligte. Nur noch vom Hörensagen kannten wir im Krieg die Probleme des gemeinsamen Luftschutzkellers der Mietshäuser bis zu den Geschichten, in denen der eine oder andere beherzte Luftschutzwart die Hauptrolle spielte, weil er die verängstigte Hausgemeinschaft hinaustrieb ins sozusagen rettende Inferno, bevor das zusammenstürzende Haus die Insassen unter seinen glühenden Trümmern begraben konnte.

Den ersten Bericht dieser Art hörten wir noch in der Nacht des Angriffs selbst, als meine Großmutter, ihre Schwägerin und die Schwester meiner Mutter bei uns auf dem Hügel ankamen, nur noch das besitzend, was sie auf dem Leibe und in den Händen trugen. Auch sie waren gerettet worden durch das Drängen des Hausbesitzers, nach dem Ende des Bombardements sofort durch den Notausstieg aus dem Keller zu fliehen und am Ufer des auf der anderen Straßenseite vorbeifließenden Flusses Schutz vor dem Feuer zu suchen.

Nachbarn

Aufs engste mit der Erinnerung an unseren Hügel verbunden ist die Person und Familie unseres „Malerfreundes", wie ich ihn nennen will. Er war es, der meinen Eltern den Hinweis auf das zum Verkauf stehende Haus gegeben hatte. Dadurch kam ihm so etwas wie die Rolle eines Paten unserer neuen Existenz zu. Die Häuser waren zwar nicht unmittelbar, aber doch in Rufweite benachbart, und vieles, was wir dort bei fast täglichen Besuchen in Haus und Garten zu sehen bekamen, wurde nun auch bei uns eingeführt. Die Freundschaft zwischen den Familien ergab sich nicht zuletzt aus der gemeinsamen Zugehörigkeit zur anthroposophischen Bewegung und dem damit verbundenen Gegensatz zu Hitler. Die von Rudolf Steiner begründete Gesellschaft wurde 1935 von den Nazis verboten, weil sie „auch heute noch Beziehungen zu ausländischen Freimaurern, Juden und Pazifisten" unterhalte und international eingestellt sei, wie Reinhard Heydrich in seinem Verbotserlaß schrieb. Die Eltern hatten schon in den zwanziger Jahren in Hitler die Bedrohung eines freien politischen und geistigen Lebens gesehen und wußten sich darin einig mit den Malerleuten.

Auch in diesem Nachbarhaus gab es fünf Kinder. Allerdings waren die drei ältesten beträchtlich älter als wir, und nur die beiden jüngsten Söhne waren in unserem Alter. Man kann sich – sieht man ab von unvermeidlichen Streitereien der Kinder – die Beziehung zwischen den beiden Häusern in den Jahren vor dem Krieg kaum idyllisch genug vorstellen. Der weltanschauliche Gleichklang, die scharfe Ablehnung der Nazis, eine gewisse hausbackene, aber gediegene Kultiviertheit unserer Mütter, die Leidenschaft für den Garten und die Abneigung gegen jedes gesellschaftliche Getue waren eine gute Basis der Freundschaft. Der eigentliche Boden der Gemeinsamkeit aber war die Musik. Da kamen die abendlichen Anrufe, in denen auf gut Schwäbisch (die Freunde kamen aus Württemberg) gefragt wurde, ob wir noch „rum" kämen oder sie „num". Und als man dann „rum" oder „num" gekommen war, gab es bei einem „Glühwein" aus Obstsäften vierhändig gespielte Klaviermusik unseres Vaters und ihrer Mutter (ewig die Frage unter den Kindern, wer besser spielte!) und schon bald Violin-Duos der jungen Generation.

Es ist vielleicht allgemein zu wenig untersucht worden, welche immunisierenden Kräfte das deutsche Bürger- und Künstlerhaus entwickeln konnte, wenn es darum ging, die Kinder auf Distanz zu den Nazis zu halten. Schon der einfache Sprachgebrauch, nicht vom „Führer", sondern von „Hitler" zu sprechen, bewirkte eine Dämpfung des gläubigen Aufblicks, wie er uns von außen aufgenötigt wurde. Kritische Anmerkungen während der im Radio übertragenen Hitlerreden ließen keine Suggestion, geschweige denn Begeisterung oder Hysterie aufkommen, waren allerdings auch gefährlich und verlangten schon von den Kindern Verschwiegenheit. Wenn die beiden Familien zusammenkamen, war Politik allerdings nie ein Thema. Die kritische Haltung war irgendwie mitgegeben, mit dem vierhändigen Brahms und den Corelli-Sonaten, beim alkoholfreien Glühwein und den Gesprächen über Erfolge in der Hühnerzucht. Daß hier etwas Wichtiges ausgespart wurde, spürten sogar wir „Kleinen". Erst als Rudolf Hess nach England geflogen war und Goebbels "Okkultismus und Hellseherei" (wie er im Tagebuch schreibt) dafür verantwortlich machte, wurde auch für uns Kinder die Lage ganz klar. Es kam nämlich die Gestapo in unsere Häuser und beschlagnahmte die anthroposophischen Bücher, die sie offenbar für staatsgefährdend hielt. Zwei höfliche Herren, die ruhig dabeisaßen, als meine Mutter Buch um Buch die Regale durchsuchte. Nur manchmal nahmen sie prüfend ein nicht aussortiertes Buch zur Hand. Als die beschlagnahmten Bücher in Waschkörben hinausgetragen wurden, rief eine meiner Schwestern hinterher: „Aber die kriegen wir wieder!" Der eine drehte sich um und sagte freundlich: „Das glaube ich nicht." Sie hatte allerdings die Waschkörbe gemeint.

Die Eltern sprachen nun offener mit uns, und als bald darauf einige prominentere Anthroposophen in „Schutzhaft" genommen wurden (welche Gefährdungen auch durch sie!), wußte man, auf welcher Seite man stand. Daß die Väter die Sendungen der BBC abhörten – darüber wurde zwar nie gesprochen, es war aber irgendwie bekannt. Die Eltern bewegten sich auf dem schmalen Grat zwischen aufrechtem Bekennertum und vorsichtigem Schutz der Familie. Über Massenvernichtungen im Osten war mein Vater durch einen Verwandten vage informiert. Dieser war völlig verstört von dort gekommen, wo er Furchtbares gehört und vielleicht auch gesehen hatte. Bald nach seiner Rückkehr an die Front ist er gefallen. Die Umstände seines Todes legten nahe, daß der junge Mann ihn gesucht hat. Darüber sprach mein Vater nur mit den „Großen", was riskant genug war. Wie ahnungslos er noch kurz zuvor gewesen war, zeigt seine Reaktion auf das Gerücht, die Baracken im Konzentrationslager Gurs in den französischen Pyrenäen (wohin die badischen Juden deportiert worden waren), hätten statt richtiger Fenster nur Fensterläden. Er war darüber so empört, daß er vor der ganzen Familie erregt ausrief: „Das" – und ich sehe ihn noch heute im Zimmer stehen – „das sollt ihr alle wissen!" Die Maßstäbe des anständigen Normalbürgers waren noch nicht durch die später entdeckten Verbrechen relativiert.

Der Malerfreund, der um einiges älter war als mein Vater, bildete auf unserem Hügel einen gewissen letzten Halt, als die meisten Männer fort waren und das Reich sich auflöste. Er hat nicht nur seine beiden jüngsten Söhne davon abgehalten, sich allzu eilfertig um Einberufung zur Luftwaffe und zum Volkssturm zu bemühen. Er hat auch herzhaft zugegriffen in der entscheidenden Stunde. Ein deutscher Oberleutnant, der mit seiner zusammengeschmolzenen Kompanie unseren Hügel verteidigt hatte, kam in der letzten Phase des Kampfes mit einigen seiner Leute am Haus vorbei, vermutlich, um dem Kampf ein Ende zu machen. Die Familie nahm die Soldaten auf, gab ihnen Zivilkleidung und versteckte die Uniformen samt mitgebrachten Handgranaten unter den Kohlen im Keller. Während die Begleiter auf gut Glück weiterzogen, blieb der Offizier im Haus, wurde mit einem Krückstock ausgestattet und reihte sich als „Opa" in die Familie ein. Kurze Zeit nach dieser Metamorphose klopften zwei französische Offiziere an die Tür, breiteten im Musikzimmer ihre Landkarten aus und verabschiedeten sich dann höflich, nicht ohne vorher von dem da noch herumstehenden Geburtstagskuchen der Hausfrau zwei Stücke verzehrt zu haben. Diese Szenen hätten sich auch hundert oder zweihundert Jahre früher so abspielen können. Der große Weltbrand verlosch hier auf beinahe putzige Weise, und ich habe mich immer wieder einmal gefragt, welchen Anteil an dieser zivilistischen Bewältigung unserer letzten Stunden unter Hitler der altväterische, grundvernünftige Charakter unseres Freundes und seiner Frau für sich beanspruchen konnte.

Allerdings spielte auch unser Oberleutnant gehörig mit. Er war ein schon etwas älterer, vermutlich im letzten Stadium des Krieges reaktivierter Reserve-Offizier, der einen Schreibwarenladen in Reutlingen besaß. Dort besuchte ich ihn lange nach dem Krieg noch einmal und dankte ihm dafür, daß er unseren Hügel nicht bis zum letzten Mann verteidigt hatte. Was allerdings aus seinen Männern, auch denen in Zivil, geworden sein mochte, ließen wir offen.

Ging man von unserem Haus nicht in Richtung Stadt, sondern noch weiter in die Wiesenwelt hinein, kam man auf einem Grasweg, den eigentlich nur die Kleingärtner um uns herum benutzten, zu einem anderen Künstlerhaus. Im Gegensatz zur Familie unseres Malerfreundes waren die vier Kinder hier sämtlich jünger als ich, der älteste Sohn mein Jahrgangsgenosse und Schulfreund. Die Beziehungen der Familien untereinander waren allerdings gänzlich anderer Art. Die Eltern dieses Hauses unterstrichen das Künstlertum des Mannes durch eine fröhliche Geselligkeit, bei der Mitglieder des städtischen Theaters nicht fehlen durften. Dies war natürlich nicht der Stil meiner etwas prüden Eltern, wie auch der Gebrauch von Lippenstift und Rouge bei Theaterbesuchen für meine Mutter undenkbar gewesen wäre. In ihrem konservativen Geschmack schätzten meine Eltern die kolorierten Zeichnungen und Aquarelle unseres Malerfreundes mehr als die Ölbilder des anderen Künstlers, aus denen ihnen ein Hauch der für sie nicht ganz geheueren Zwanzigerjahre entgegenwehte.

Jenes Haus war sprichwörtlich kinderfreundlich und hat seine Gastlichkeit nach dem Krieg noch gesteigert, als wir, die Ältesten, schon studierten. In der Familie gab es einen tragisch zu nennenden Fall von echter Verstrickung. Der Vater war seit seiner Jugend begeisterter Reiter gewesen und teilte diese Leidenschaft während des Kunststudiums in Karlsruhe mit seinem akademischen Lehrer, dem Expressionisten August Babberger. Beide waren Verehrer des Malers Karl Hofer. Reiten und Malen waren zwei irgendwie sich ergänzende Seiten des Lebens, die dem im Ersten Weltkrieg schwer Verwundeten zu neuem kreativen Schwung verhalfen. Da kam das „Dritte Reich". Babberger verlor als einer der ersten seine Professur, und seine Bilder wurden, wie die von Karl Hofer, als „entartet" aus der Karlsruher Kunsthalle verbannt. Der Reiterverein, dem unser Freund angehörte, wurde „gleichgeschaltet" und der Reiter-SS einverleibt. Es war wie eine Falle, die zweifach zuschlug. Der Mann arrangierte sich mit dem Regime, versuchte, moderat zu malen und ging in seiner schwarzen Uniform zum Reiten. Die große Familie überstand den Krieg ohne Schaden, aber der Vater wurde als SS-Mann zwei Jahre interniert. Meine Eltern und andere Nachbarn und Freunde hatten an der Zugehörigkeit zur SS keinen Anstoß genommen, da sie wußten, daß der Mann kein Nazi war. Die Reiter-SS ist ja auch vom Nürnberger Tribunal als nicht verbrecherisch eingestuft worden. So hatte ich in dem Vater eines meiner Freunde geradezu einen Lehrbuchfall von Verstrickung vor mir. Ein politisch naiver Mensch, der einfach nur malen und reiten wollte, geriet zwischen alle Stühle und büßte für seine Passion mit einer Lagerhaft zu einer Zeit, als das künstlerische Leben gerade anfing, an den Rändern unserer toten Stadt sich neu und frei zu entfalten.

Ich habe die entscheidenden Jahre meiner Jugend immer dadurch stark beeinflußt gesehen, daß ich in beiden Familien wie zu Hause war. Im einen Haus gehörte ich zu den Jüngsten, im andern zu den Ältesten. Unser Jahrgang war gleichsam die Achse, die das ganze Spektrum der zwischen 1915 und 1943 geborenen Kinder dieser Häuser teilte. Alle zusammen bildeten wir wohl, auf unsere Eltern bezogen, eine Generation. Aber wir, die Mittleren, entwickelten doch bald ein Gefühl dafür, daß die mehr als zehn Jahre Älteren ebenso wie die im selben Abstand Jüngeren schon zu anderen Welten gehörten.

Der Gegenpol

Zur Geschichte des Hügelhauses gehört nicht nur, was sich bei uns oben auf dem Berg abspielte. Unsere Wurzeln in der Stadt ließen uns nicht los. Sämtliche Großeltern und Urgroßeltern hatten hier gewohnt, viele von ihnen waren in der Stadt geboren. Die zahlreichen Verwandten verkörperten eine Art Gegeninstanz dem etwas unüblichen Lebensstil meiner Eltern gegenüber. Einige der wohlhabenderen unter ihnen halfen großzügig, nachdem das Vermögen unserer Großeltern auf beiden Seiten nach dem Ersten Weltkrieg endgültig zerronnen war. Ich hatte schon als Kind den vagen Eindruck, daß bestimmte Formen der Fürsorglichkeit einer Art Mißbilligung des Außenseitertums meiner Eltern entsprangen. Vielleicht taten wir Kinder ihnen leid.

Besonders kompliziert war diese Beziehung, wo sie sich mit familiärer Anhänglichkeit und Liebe verband. Dies zeigte sich vor allem im Verhältnis zu den Eltern und der Schwester meiner Mutter. Sie wohnten unten im Tal, am Ufer eines der beiden Schwarzwaldflüßchen, die unsere Stadt durchziehen. Meine Tante war nicht nur als Lehrerin sehr beliebt, sondern war in ihrer Lebendigkeit für uns Kinder der eigentliche Ansprechpartner. Aber das Verhältnis im ganzen war zwiespältig. Einerseits herrschte eine herzliche, geradezu liebevolle Atmosphäre, die sogar zu der Anrede „Großmutterle" führte. Auf der anderen Seite war die Wohnung unten am Flußufer erfüllt mit dem Geist einer ganz anderen Bürgerlichkeit, als sie bei uns oben auf dem Berg gepflegt wurde. Der Großvater, an den ich nur eine schattenhafte Erinnerung habe, war ein autoritärer, vor allem aber bis zur Nervosität um die Familie besorgter Mann gewesen, cholerisch, aber auch besonnen, dessen fürsorgliche Tyrannei noch den Lebensstil meiner Mutter beeinflußt hat. Er hatte, wie so viele Schmuckfabrikanten in P., eine kleine Fabrik im Hintergebäude des Hauses gehabt, die er aber schon früh an einen Neffen weitergab. Da er in der Inflation durch die Entwertung der Kriegsanleihen sein ehemals auskömmliches Vermögen verlor, war der Haushalt mit Frau und Tochter auf Sparsamkeit eingestellt. Immerhin lebte man, vermutlich mit Unterstützung der Söhne in Amerika, behaglich in einer geräumigen Sechs-Zimmer-Wohnung, die auch nach dem Tod des Großvaters den beiden Frauen zur Verfügung stand. Wir Kinder haben dort viele Tage im Jahr zugebracht, wurden manchmal als Patienten dort abgeladen, hatten unsere bestimmten Wochentage als Kostgänger und feierten mit der ganzen Familie den Ersten Weihnachtsfeiertag mit morgendlicher Bescherung und Gans-Essen. Den etwas herben Charme der Großmutter glich die Tante durch ihr strahlendes und humorvolles Wesen aus.

Wie stark die Architektur auf das kindliche Gemüt wirken kann, wird mir klar an dem Unterschied zwischen den modernen Dreißigerjahre-Häusern auf unserem Hügel und der Wohnung der Großmutter. Obwohl es dort viel geräumiger zuging als in unserem Häuschen, lag doch etwas Düsteres über der Zimmerflucht mit dem langen Korridor. Es waren nicht einfach die Lichtverhältnisse; es war das Altmodische des Hauses im Ganzen. Der Stil der Gründerjahre, allgemein als „Ankersteinbaukasten-Stil" bezeichnet, hatte für mich tatsächlich dieselbe Art von Abgewiesenwerden, wie es die kalten Kunststeine jener Baukästen gehabt haben. Rilke sagt einmal von einer „fertig gekauften“ Kirche: „Reinlich und zu wie ein Postamt am Sonntag.“ Mir schien aus diesen „fertig gekauften“ Häusern aus gelbem Backstein mit Neorenaissance-Schnörkeln immer eine Autorität zu sprechen, die bestimmen kann, was Kinder dürfen und nicht dürfen. Die etwas gewalttätige Disziplin, mit der eine evangelische Kirche „zu ist“ oder andere öffentliche Gebäude zu bestimmten Zeiten geschlossen sind, verweigert der kindlichen Neugier das Mitspielen. Von diesem Geist herrschte etwas im Haus drunten am Flußufer. Schon beim Betreten wurde man eingefangen von der geschäftsmäßigen Atmosphäre einer Firma, die noch vor dem ersten Treppenabsatz ihren Eingang zum Kontor und nach hinten zum Hof hinaus den Durchgang zur kleinen Fabrik hatte. Es war nicht die ehemalige Firma des Großvaters, aber nach demselben in der Stadt weit verbreiteten Muster von Vorderhaus und Hinterhof-Produktion angelegt. Da man als Fremder und als Kind weder das Kontor noch den Hof betreten durfte, lag schon bei den ersten Schritten im Haus die Warnung in der Luft, ein „Unbefugter“ zu sein. Dies wiederholte sich vor der Wohnungstür des Haus- und Fabrikbesitzers im ersten Stock. Erst eine Treppe höher war man unter Menschen, aber auch hier durften Kinder vieles nicht so, wie es zuhause üblich war.

Das eigentliche Problem in unserer Beziehung zu Großmutter und Tante lag jedoch in den gegensätzlichen politischen Überzeugungen. Ein Bruch im Lebensstil zwischen meiner Mutter und ihrer Familie hatte sich schon nach dem Ersten Weltkrieg abgezeichnet, als sie, die Jüngste der Familie, sich dem *Wandervogel* anschloß. Für die etwas pingelige und eher konservativ als liberal eingestellte Bürgerfamilie bedeuteten die neuen Lebensformen der Reformbewegung eine gewisse Irritation. Obwohl die Wandervögel viel harmloser und aus heutiger Sicht „bürgerlicher“ waren, als ihr Erscheinungsbild vermuten ließ, hat diese Emanzipation das Vertrauensverhältnis zur Familie, die eigene Schwester eingeschlossen, nachhaltig belastet. Man tröstete sich mit dem Scherz, daß die Jüngste eben nicht mehr aus dem guten alten 19. Jahrhundert stamme, sondern aus der neuen Zeit (Jahrgang 1901). Die Distanz wurde größer, als sich die Verbindung mit einem jungen Anthroposophen abzeichnete und die Trauung dann in der *Christenge-*

meinschaft stattfand. Man muß die Toleranz anerkennen, mit der Eltern und Schwester diese Wege ihrer Jüngsten begleiteten und dem jungen Lehrerehepaar mit seinen bald zahlreichen Kindern beisprangen, wo immer sie konnten. Aber sie blieben doch stets eine Art Gegenpol, nicht nur Gegengewicht, zu unserem Leben. Der Gegensatz spitzte sich mit den an die Macht kommenden Nationalsozialisten noch zu. Nach dem Tod des Großvaters haben die beiden Frauen eine strikt männergläubige Linie verfolgt, das heißt, sie bedurften des starken Mannes, der sie führte und dem sie ihr Schicksal anvertrauen konnten. So kam es zum Eintritt der Tante in die Partei, zum Hitlerbild über ihrem Schreibtisch, zu kritischen und oft spitzen Bemerkungen über den Stil in unserem Haus auf dem Berg. Wir Kinder spürten das und versuchten auszuweichen, nachdem wir uns ein paar Mal den Mund verbrannt hatten. Ich erinnere mich allerdings nur an einen Eklat. Unser Vater hatte uns eines Abends ans Radio gerufen, um uns hören zu lassen, wie Robert Ley, der Chef der Nazi-Organisation *Kraft durch Freude*, in angetrunkenem Zustand eine Rede auf Hitler hielt, in der er sagte, wir seien alle „im Schoße (und dabei überschlug sich seine Stimme) des Führers geborgen“. Ich erzählte die Geschichte am folgenden Tag als den neuesten Witz bei Großmutter und Tante. Zunächst wortloses Entsetzen der beiden, dann telefonische Vorwürfe an meine Eltern, die auch berechtigt waren. Die Geschichte hätte meinen Vater nach Dachau bringen können. Es lag in der Natur der Sache, daß ich nicht bestraft, sondern nur zu größerer Vorsicht verpflichtet wurde, auch den engsten Verwandten gegenüber. Dadurch war nun meinerseits ein selbstverständliches Vertrauensverhältnis gestört. Gemessen an der Eintracht auf unserem Hügel war die Herzlichkeit der Beziehung hier nur die eine Seite der Medaille. Es blieb immer die Einschränkung, daß man bestimmte Dinge „drunten“ nicht sagen durfte. Die Differenzen vertieften sich, als die beiden Frauen drei Jahre lang als Ausgebombte bei uns wohnten. Zunächst, in den beiden letzten Kriegsmonaten, war der Streitpunkt, wie ausdrücklich man ein Ende des Krieges, also die deutsche Niederlage, herbeiwünschen durfte. Es gehe doch schließlich um unsere Soldaten. Nach Kriegsende waren Rücksichten zu nehmen auf das Verletztsein durch den doppelten Verlust, den vor allem die Tante zu verarbeiten hatte, indem mit Wohnung, Hab und Gut auch die scheinbar sichere Weltanschauung weggebrochen war. Es ist oft darüber geschrieben worden, daß erst mit Adenauer eine neue Vaterfigur aufgetreten sei, die für viele dieser doppelt Entwurzelten einen neuen Hort der Sicherheit bedeutete. Dies kann ich aus meinem Erfahrungskreis bestätigen. Erhards Wirtschaftswunder allein hätte nicht die integrierende Kraft besessen, um die im Grund seit dem Ende der Monarchie orientierungslos Gewordenen in ein neues demokratisches Staatsleben einzubinden.

Umgekehrt bedeutete die verhältnismäßig rasche Umorientierung des konservativen Bürgertums in den frühen Adenauer-Jahren für meine Eltern und ihre Freunde eine herbe Enttäuschung. Eben noch hatte man, von der Gestapo heimgesucht, zu denen gehört, die fast außerhalb der nationalsozialistischen „Volksgemeinschaft" standen, hatte jüdische Freunde gehabt, hatte sich bei aller Bürgerlichkeit doch eher international-pazifistisch orientiert, war in der Verwandtschaft belächelt, vielleicht verachtet worden. Jetzt, nach einer kurzen Übergangszeit unmittelbar nach dem Krieg, war man mit seiner Adenauer-Kritik wieder auf der falschen Seite und nicht bei den starken Männern. Die anderen hatten anscheinend doch recht gehabt. Sie waren konservativ und brav geblieben.

Daß aus solchen Spannungen in der Familie keine bleibenden Zerwürfnisse wurden, lag vor allem an dem ausgleichenden Einfluß, der einerseits von der Großmutter, andererseits von meinem Vater ausging. Beide waren stille und disziplinierte Menschen, die – jeder auf seine Weise – allem Aufgeregten in der Familie einen manchmal festen, manchmal sanften Widerstand boten. Die alte Dame war von einer nüchternen Bescheidenheit, in der wohl noch ihre Kindheit nachklang, als sie zehnjährig ihren Vater verlor und als Älteste von fünf Kindern der Mutter beistehen mußte. Hinzu kam, daß sie durch einen Unfall seit ihrer Kindheit gehbehindert war und sich nie im Spiel, auf Wanderungen oder auf Reisen ausleben konnte. Ihre große Herzlichkeit und Liebe war immer ein wenig verhalten und nie sentimental. Ich habe von dieser Frau in fast dreißig Jahren nie einen lauten Ton – außer dem Ruf zum Essen – gehört und habe sie nur einmal, beim Tod ihres Mannes, weinen sehen. Eine gewisse Bitterkeit suchte sie selbstironisch aufzulockern und verfügte zu diesem Zweck über einen stattlichen Vorrat an Zitaten aus der Bibel und aus Schillers *Glocke*. Sie war übrigens Augenzeugin der ersten Automobilfahrt der Weltgeschichte, jener legendären Fahrt, welche die Frau von Carl Benz zusammen mit ihren beiden Söhnen von Mannheim aus in unsere Stadt unternahm. Auf der Straße habe man gerufen: „Kommt alle, da oben fährt ein Wagen ohne Pferde!"

Ich habe bei keinem anderen Menschen so deutlich erlebt, in welch schäbiger Weise der Hitlerkult die Gutgläubigkeit eines im Grunde anständigen Bürgertums mißbraucht hat. Ich sehe jetzt viele hochgezogene Augenbrauen: War das Bürgertum wirklich *so* anständig? Sicher nicht *das* Bürgertum schlechthin, aber ein bestimmtes, weitverbreitetes, das es auch heute noch gibt. Wir finden noch außerhalb des Pathos preußischer Tugenden eine „einfache Sittlichkeit", die so wenig Aufhebens von sich macht, daß sie noch nicht einmal den Begriff der Pflicht vor sich her trägt, weil er ihr zu selbstverständlich ist. Wenn bei der deutschen Wiedervereinigung Tausende Ostdeutscher von windigen Geschäftemachern aus dem Westen über den Tisch gezogen worden sind, dürften viele darunter gewesen sein, die es einfach nicht fassen konnten, daß man so gemein sein kann. Diese altmodische Naivität war auch Hitler und vor allem Goebbels gegenüber wehrlos. Natürlich vermengte sich solcherlei Arglosigkeit mit Pseudo-Tugenden des Bürgertums: Eine Kultur des Wegsehens gab es schon vor Hitler. Sie hieß „Diskretion" und wurde zum Beispiel Behinderten gegenüber geübt. Feigheit konnte mit Höflichkeit verwechselt werden, Loyalität mit Unterwürfigkeit. Zur Zivilcourage reichte solche Anständigkeit nur selten, und ich glaube, daß gerade darin die eigentliche Tragik des deutschen Bürgertums lag.

Es ist vielleicht ungewöhnlich, ein Grundproblem der deutschen Geschichte des 20. Jahrhunderts einzig an der Gestalt einer süddeutschen Fabrikantenwitwe festzumachen. Aber da ich Bescheidenheit nie unpathetischer, Nüchternheit nie liebevoller, Gutgläubigkeit nie wehrloser erlebt habe, möge dieses kleine Denk- und Mahnmal gestattet sein.

So blieb in all den Jahren, in denen man sich zum beliebten wöchentlichen Abfütterungstag oder zu sonntäglichen Familientreffen einfand, der „Gegenpol" einigermaßen neutralisiert, wenngleich immer irgendwo im Hintergrund präsent. Und dies gilt auch für die Zeit, als wir nach dem großen Brand alle zusammen wohnten.

Reserve

Zu den eigentümlichen Verwerfungen jener Jahre gehört, daß eine solche Polarität in unserer eigenen Familie schon bestand, bevor die beiden Frauen bei uns als Ausgebombte Zuflucht fanden. Es war die Doppelrolle meines Vaters als regimekritischer Zivilist und im Krieg aktivierter Reserveoffizier, die zu gewissen Stilbrüchen und wohl auch Konflikten in der Seele des hoch sensiblen Mannes führten.

Er zählte zu den Jahrgängen, die als Abiturienten oder „Einjährige" (also Offiziersanwärter nach der Mittleren Reife) den Ersten Weltkrieg vom ersten Tag an als Kriegsfreiwillige mitmachten und bei Kriegsende als junge Offiziere entlassen wurden. Diese Männer, die danach erst zum Studium oder einer Berufsausbildung kamen, bildeten im wahrsten Sinn des Wortes eine Reserve, als Hitler die neue Wehrmacht aufbaute und auf sie zurückgreifen konnte. So wurde mein Vater wie viele seiner Altersgenossen durch Reserveübungen in das neue Heer eingegliedert, zum Oberleutnant, später im Krieg zum Hauptmann befördert und 1939 in der Nacht des Kriegsausbruchs einberufen. Glücklicherweise gehörte er zu einer etwas altmodischen Waffengattung, der „bespannten Feldartillerie", die ihre Geschütze noch mit Pferden bewegte. Dadurch verfügten die Offiziere über eigene Reitpferde und entsprechende „Burschen". Ob sich diese Artillerie für die Blitzkriege in Polen und Frankreich nicht eignete, oder was sonst der Grund war, mein Vater blieb mit seinem Regiment in der Etappe und wurde nach eineinhalb Jahren „u.k.", d.h. unabkömmlich gestellt für den Einsatz, den die badischen Lehrer im inzwischen annektierten Elsaß zu verrichten hatten. Dies war für die Familie eine ideale Lösung. Der Vater kam häufig aus den nahen Vogesen übers Wochenende nach Hause, und die Familie besuchte ihn in den Sommerferien. Der – wie man meinen konnte – geborene Zivilist vertiefte sich in das Studium der Zeit des elsässischen Pfarrers Oberlin, dessen altes Pfarrhaus im Nachbardorf Waldersbach er von seiner Schule aus sehen konnte. Entgegen dem Verbot der Regierung, die elsässischen Schulkinder in der französischen Sprache zu unterrichten, machte er doch von seinen guten Französisch-Kenntnissen reichlich Gebrauch, denn im frankophonen Steintal an der westlichsten Grenze des Elsaß wäre ein Unterricht ausschließlich in der deutschen Sprache sinnlos gewesen. So hat er den Krieg über in einem der abgelegensten Winkel des „Großdeutschen Reiches“ in friedfertiger Subversivität gewirkt und hat seine Bauern nicht im Zweifel darüber gelassen, wie wenig er von der plumpen Germanisierungspolitik der deutschen Schulbehörden hielt. Erst als die Front der Alliierten im Sommer 1944 immer näher rückte, wurden die deutschen Lehrer abgezogen, und mein Vater kam noch einmal zum Militär, dieses Mal zur Flak ins nahe Stuttgart, wo er bis zum Kriegsende blieb.

Dies war also keine besonders heldische Karriere, und verglichen mit anderen Familien, deren Väter gefallen waren oder in Rußland nach langen Frontjahren in Gefangenschaft gerieten, konnten wir uns als privilegiert bezeichnen. Was jedoch, besonders im Rückblick, als merkwürdig erscheinen muß, war die offenkundige Hochschätzung, die mein Vater dem Offiziersstand entgegenbrachte. Daß er bei seiner „bespannten Artillerie“ ein abwechslungsreiches und auch sportlich interessantes Leben hatte und dies schätzte, ist verständlich. Erstaunlich aber war, daß der tief religiöse und musikalisch begabte, eigentlich „weiche“ Mann sich ausdrücklich zu bestimmten soldatischen Tugenden bekannte und sie wohl im Idealbild des Offiziers gebündelt sah. Natürlich war er kein Militarist. Er hatte nichts Schneidiges und Strammes an sich, und forsche Sprüche waren ihm verhaßt. Er hatte es im Ersten Weltkrieg „nur“ bis zum Eisernen Kreuz Zweiter Klasse gebracht (was meinen Bruder und mich etwas schmerzte) und auch als Lehrer hat er seine Klasse nicht als Ersatz-Kompanie herumkommandiert. Aber da gab es ein bestimmtes Rollenspiel, ein Bestehen auf einer gewissen Dignität und Unnahbarkeit, wenn er in Uniform war. Er hat einmal im Urlaub, im Begriff, den Hühnerstall zu inspizieren, reflexhaft nach seinen Handschuhen gegriffen. Lachend gab er dann zu, daß dies doch zu viel der Ehre für die Hühner sei. „Kameradschaft“ war für ihn ein hohes Wort, und der Umgang mit seinen Offizierskameraden war ein großes Thema in seinen Briefen aus der Garnisonsstadt. Sein Sinn für soziale Unterschiede im zivilen Leben konnte, wenn er Offizier war, bisweilen etwas gedämpft sein: Einen veritablen Kirchenmusikdirektor unter seinen Kanonieren hat er einfach zu sich abkommandiert, als er mit ihm vierhändig spielen wollte, und tat dies wohl etwas gönnerhaft. Daß er auch im Urlaub Uniform trug und in ihr Besuche machte, hatte etwas Gravitätisches, was irgendwie mit dem Anthroposophen nicht zusammenpaßte. Daß Offiziere in Uniform keine Gepäckstücke tragen durften, umgab ihn mit der Würde eines „Herrn", der er sonst eigentlich nicht war, und enthob ihn im Urlaub mancher häuslichen Pflichten.

Ich frage mich, wie er, und mit ihm die vielen anderen intelligenten Familienväter, die da nun in den Dienst Hitlers geraten waren, dies mit ihren Idealen (und vielleicht auch Marotten) vereinigen konnten. Das Soldatspielen allein, mit Zigarren im Casino und fröhlichem Ausritt unter Kameraden, konnte es doch kaum sein. Fühlten sie sich, damals bei Kriegsbeginn, geschützt durch den militärischen Apparat, den sie wohl für durch und durch anständig hielten und als Gegengewicht gegen die Partei ansahen? Hielten sie sich am Ende für das moralische Rückgrat der Nation? Daß man sich, z.B. im Reserveoffiziersverein, gegenseitig für untadelig und integer hielt, machte vielleicht den eigentlichen Korpsgeist dieser besonderen Schicht des deutschen Bürgertums aus. Es bedürfte wohl einer eigenen Untersuchung der Frage, wie groß nicht nur die Verstrickung, sondern auch die Verblendung war. Was lebt davon noch weiter – und nicht nur am Honoratioren-Stammtisch der deutschen Kleinstadt?

Jedenfalls sahen wir, die Söhne und Töchter, in der Regel nur die rechtschaffene Seite dieses Nebenberufs unserer Väter und Verwandten und waren natürlich auch stolz auf den guten Eindruck, den die Uniformierten und Dekorierten allenthalben machten. Ich glaube verallgemeinernd sagen zu können, daß im Gegensatz zu den um etwa zehn Jahre Jüngeren, die ihren Vater-Sohn-Konflikt mit der leidenschaftlichen Anklage „Und was hast *Du* damals getan?" verbanden, unsere Jahrgänge einen solchen Konflikt in der Regel kaum kannten. Zumindest müßte man sehr genau auf Nuancen achten im Hinblick darauf, wie weit der typische Generationenkonflikt überhaupt seine Nahrung aus der Ausnahmesituation der „Militarisierung" der Familie erhielt. Typisch für damals mögliche Verwicklungen und Verquickungen der Fall eines Pfarrhauses am Stadtrand: Der Vater, Mitglied einer schlagenden Studentenverbindung, aber zur Bekennenden (also regimekritischen) Kirche gehörend, wird als Major nach dem Frankreichfeldzug Kommandant einer der eroberten britischen Kanalinseln. Von der Bevölkerung als humaner Besatzungsoffizier geschätzt, läßt er ein

Kommando der Waffen-SS, das vor dem Abzug der deutschen Truppen das übliche Zerstörungswerk vollführen soll, kurzerhand gefangennehmen. Zusammen mit diesen Gefangenen und seinen eigenen Leuten begibt er sich selbst in Gefangenschaft. Andererseits hat er es mißbilligt, daß sein Sohn als Flakhelfer kurz vor dem Zusammenbruch des Reiches seine Stellung eigenmächtig verließ und sich nach Hause durchschlug. Und wieder andererseits hat er seinen Töchtern verboten, Führerinnen im BDM, der weiblichen Hitlerjugend, zu werden. Also der Fall eines Pfarrers und Familienvaters, der weder Militarist, noch Nationalsozialist, aber eben Soldat war und in dieser Eigenschaft von der Familie nicht nur respektiert, sondern verehrt wurde.

Natürlich waren in einer mittelgroßen Stadt mit ihrer überschaubaren Schicht von Bildungsbürgern in Uniform auch Fälle bekannt von notorischen, ja fanatischen Nazis, die nun nicht mehr ihre braunen, sondern feldgrauen Uniformen trugen. Einem wohlhabenden, im Krieg dann hochdekorierten Mann sagte man nach, als SA-Führer maßgeblich an der Sprengung der Synagoge unserer Stadt beteiligt gewesen zu sein. Der Direktor unseres Gymnasiums konnte gleichfalls zwischen einer politischen und einer militärischen Uniform wechseln. Er wollte durchsetzen, daß sämtliche Schülerinnen und Schüler seiner Anstalt Führungspositionen in der Hitlerjugend übernähmen. Ein namhafter Edelsteinhändler, unser schon erwähnter Nachbar, nutzte seine braunen und feldgrauen Beziehungen, um noch kurz vor dem Krieg seine Villa mit wertvollem Material auszuschmücken, das bereits als kriegswichtig rationiert war.

Nicht mit den Mitteln dieser Erinnerungen ist auszumachen, welches Maß an Antisemitismus bei den einzelnen Offizieren anzutreffen gewesen wäre. Meine Vermutung geht dahin, daß sich der Normalbürger mit seiner Einberufung eher in den Bereich politischer Neutralität als den der Fanatisierung begab und dies begrüßte. Wenn auch der Mythos von der „anständigen" Wehrmacht inzwischen erschüttert worden ist, so scheint dies doch den Kreis der Reserveoffiziere am wenigsten zu betreffen.

So gab es auch in unserem Haus ein Element des „Soldatischen", das zurückreichte bis in die Zeiten der Monarchie (die ja nur knapp ein Dutzend Jahre vor meiner Geburt zusammengebrochen war). Wie nah sie wirklich noch war, wurde uns durch einige

Gestalten im Verwandten- und Bekanntenkreis vorgelebt. Das waren in der Stadt angesehene Männer, die durchweg etwas älter waren als mein Vater und die den Stil des wilhelminischen Kommandierens und Renommierens stärker verinnerlicht hatten, als dies bei den jüngeren, vom Ersten Weltkrieg in ihren entscheidenden Jahren Gezeichneten der Fall war. Einige jener Älteren lebten beständig in einer vom Militär ausgeborgten Welt des Strammen, Schneidigen und Lauten. Da das Brüllen des Chefs in den Fabriken unserer Stadt schon zu Zeiten der Monarchie weit verbreitet und fast selbstverständlich gewesen war, konnte sich auf dieser Basis ein Befehlsgehabe entwickeln, das von diesen Leuten zur höchsten Perfektion getrieben wurde. Die Belegschaft der Firma war sozusagen das Spielmaterial, mit dem man Kommandeur spielen konnte. Ein besonders profilierter Vertreter dieser Spezies hat seinen zum Appell angetretenen Leuten noch in den zwanziger Jahren zugerufen: „Ich habe meine Autorität von Gott." Als junger Kaufmann in London schrieb er an seine Verwandten auf einer englischen Ansichtskarte mit dem Porträt Wilhelms II. nur den einen Satz: „Wir stehen fest zu Thron und Vaterland! Euer Heinrich." Er brachte es unter Hitler noch bis zum Oberstleutnant und Regimentskommandeur. Nach dem Krieg machte er sich beim Wiederaufbau der Industrie verdient. Als man ihm das Bundesverdienstkreuz verleihen wollte, lehnte er jedoch ab mit der Begründung, das Schwarzrotgold passe nicht zu den Farben seiner übrigen Orden. Er war weder Nazi noch Antisemit, sondern Monarchist, berserkerhafter Nationalist und Kommunistenfresser. Als 1938 die jüdischen Geschäfte demoliert und geplündert wurden, soll er wütend gewesen sein. Freilich nicht aus Mitgefühl für die jüdischen Geschäftsleute, sondern weil er den aufgehetzten Mob verachtete und haßte.

Dies war, wie schon betont, nicht mehr der Stil der Generation unserer Väter. So, wie diese älteren Herren noch Andeutungen von Schnurrbärten trugen, während unsere Väter durchweg glattrasiert waren, kamen sie uns auch altmodisch vor im Vor-sich-Hertragen ihrer Wichtigkeit. Vor dieser Kontrastfolie betrachtet erschienen mein Vater und seine „Kameraden" eher besonnen und – vorsichtig. Das rührt noch einmal an das Problem der Zivilcourage. Nach sechs Jahren Hitler-Regime mußte sich diese Generation darüber klar geworden sein, wohin der nun ausgebrochene Krieg führen sollte. Haben sie ihn bejaht? Die wenigsten von uns haben gefragt.

Zwischenbetrachtung: Verstrickt oder verflochten?

Man kann sich leicht vorstellen, wie das eigentümliche In- und Durcheinander aus Einflüssen, Traditionen, Weltanschauungen und Lebensstilen die Kinder des Hauses geprägt hat. Es war nicht ein Leben aus einem Guß, aber eine unverwechselbare Mischung, die letztlich doch einen annähernd einheitlichen Lebensstil hervorbrachte. Ganz deutlich ist mir dies bei jenem vorletzten Besuch des Grundstücks geworden, als das Haus bereits abgeräumt und der baumlose Garten völlig zugewuchert war. Dieses Stückchen Land – noch nicht einmal tausend Quadratmeter – war einmal bis in seine letzten Winkel ausgefüllt gewesen mit unserer unverwechselbaren, unverwüstlichen Lebendigkeit. Daß sie so spurlos verschwunden und der Garten in den Stand einer anonymen Wildnis zurückgefallen war, hatte fast etwas Geisterhaftes. Erst durch diese Leere wurde das Ausmaß der Verwebungen und Verflechtungen deutlich, durch die man an diesem Ort beinahe zwei Jahrzehnte lang in ein Netz nicht nur familiärer, sondern auch gesellschaftlicher und politischer Bezüge eingebunden war.

Wenn man diesen Verflechtungen nachgehen will, kann man entweder ganz unten oder ganz oben anfangen. Ganz unten finden sich die Eigenheiten des Kinderzimmers: Schüchternheit, Trotz, Angst, Begeisterung dem von außen Herandrängenden gegenüber. Ganz oben der Staat, sein Gehabe und seine Macht. Dazwischen die Eltern in ihrem vorsichtigen Lavieren, aber doch fest in der Treue zu ihrer Überzeugung. Und irgendwo dazwischen auch ich als Halbwüchsiger, der sogar für den *Volkssturm* noch zu jung war, aber doch alt genug, um nicht nur kindlicher Zaungast, sondern Teilnehmer am Geschehen zu sein. Es war eine besondere Art der Verflechtung, durch die meine Jahrgänge (1930 und jünger) zwischen Alltag und Weltgeschichte, Hausaufgaben und Inferno hin- und hergezogen wurden. Man redet neuerdings häufig von den „45ern“, also den zwischen 1927 und 1933 Geborenen, für die das Jahr 1945 zum Schlüsselerlebnis geworden ist. Ich spreche hier für die jüngere Hälfte dieser Jahrgangsgruppe, in der kindliches und kriegerisches Schicksal vielleicht noch undurchdringlicher ineinander verflochten waren als bei den zu Flak und Volkssturm Eingezogenen. Wir waren ungefragt zu Zeugen und Mitleidenden, oder in idyllischen Winkeln gleichsam Überwinternden gemacht worden, keineswegs Helden oder tragisches Personal, sondern Randfiguren, in Luftschutzbunkern oder durch „Kinderlandverschickung“ vorübergehend in Sicherheit gebrachte Zukunftsreserven, ohne Besinnung und eigene Verantwortung in Triumph und Zusammenbruch unseres „Reiches“ involviert. Unsere Abhängigkeiten von Familie, Schule, Hitlerjugend und anderen Faktoren des Regimes vermischten sich mit Freiheiten und Ordnungslücken, die kindlich gefeiert und ausgenutzt wurden. Zum Beispiel die Freude am nächtlichen Fliegeralarm (in den ersten Kriegsjahren), weil dann die ersten beiden Schulstunden ausfielen; die Romantik der verdunkelten Stadt im Winter, wenn auch die Kinder in der völligen Dunkelheit noch auf der Straße waren und Zusammenstöße mit Erwachsenen provozierten. Waghalsige Fahrten im Handleiterwagen den Berg hinunter mitten in die Stadt hinein, in der kein Verkehr zu befürchten war. Die Freude an Hühner- und Kaninchenzucht in den Gärten auch der „besseren“ Viertel. Die Bastelfreude, mit der man eine tragbare Notbeleuchtung für den Luftschutzkeller, eine sogenannte „Urfunzel“, konstruierte, die dann tatsächlich beim Stromausfall während des Angriffs die einzige Lichtquelle war. Idyllisch für junge Skifahrer auch die langen Kohlenferien in den schneereichen Wintern 1941 und 1942; aufregend das Einsammeln und Verstecken von Munition nach dem Ende der Kampfhandlungen. Interessen, Gewohnheiten und Untugenden fanden Nahrung während der eineinhalb Jahre, in denen es erst im totalen Krieg, dann nach der Zerstörung der Stadt nur ganz sporadisch Unterricht gab. Aber es war auch die Zeit der Freisetzung von Talenten, Neigungen und Liebhabereien (die man erst viel später Hobbys nannte) im Gegenzug zu Hunger und Angst vor Bomben und Bordwaffen.

Dies alles wucherte durcheinander und vermengte sich mit den zentralen politischen Fragen: Wie stand das Elternhaus zum „Führer“? Wie sollte der Krieg ausgehen? Würde man überleben? Würden die Väter und Brüder heil zurückkehren? Konnte man der Propaganda trauen? Gab es die Wunderwaffen? Wer hörte den Feindsender? Und schließlich, nach dem „Zusammenbruch“: Wer war nun eigentlich Nazi gewesen und wer „dagegen“? Eigentümliche Verwandlungen bei Nachbarn und Verwandten, die eben noch vom „Führer“ gesprochen hatten und jetzt „der Hitler“ sagten. Einebnungen, die sich zum Teil daraus ergaben, daß die meisten Väter nach dem Krieg in Lagern waren, die einen als Kriegsgefangene, die anderen als ehemalige NS-Funktionäre, in beiden Fällen sehnlich zurückerwartet von ihren Familien und eher als Märtyrer denn als Schuldige oder gar Verbrecher angesehen.

Im Heraufbeschwören solcher Erinnerungen liegt die Versuchung, jene Halbwüchsigen von damals in ihrer Kindlichkeit zu verklären. Stehen sie gar im warmen Licht der „Gnade der späten Geburt"? Das Anstößige an jenem Wort liegt ja in der stillschweigenden Voraussetzung, daß man von einem gewissen Jahrgang ab gleichsam automatisch in den Stand geschichtlicher Unschuld geraten sei und daß sich diese Unschuld seitdem fortgeerbt habe von Generation zu Generation. Diesem Anspruch auf Unschuld qua Geburtsdatum steht aber das nur zu gern gemiedene Wort „Kollektivscham" gegenüber, das Theodor Heuß schon früh in die Debatte um die Schuld der Deutschen geworfen hat. Es besagt auch heute noch, daß gerade der Patriot, der sich emphatisch zu Deutschland bekennt, von den im Namen Deutschlands verübten Verbrechen nicht absehen und sich von einer Mitverantwortung nicht beliebig dispensieren kann. Es ist dies der Punkt einer prekären Beziehung von Verstricktsein und „bloßem" Verflochtensein. Gewiß waren die Kinder des „Dritten Reiches" (von Ausnahmen abgesehen) nicht schuldhaft verstrickt in die Verbrechen, die damals geschahen. Das Ausmaß ihrer Verflechtungen mit dem Schicksal ihres Volkes aber machte sie zu Mitspielern, nicht zu bloßen Zuschauern. Wir waren zwar nicht jener Teil der Zivilbevölkerung, deren Durchhaltewillen gebrochen werden sollte durch die furchtbaren Luftangriffe in der letzten Phase des Krieges. Wir waren eine gleichsam neutrale Masse, mitgezählt zwar bei den Opfern wie bei den Überlebenden, aber wir „zählten" nicht, obwohl wir doch sehr genau hinschauten und manches hätten sagen und tun können. Im Gegensatz zu den um einige Jahre Jüngeren hatten wir noch dazugehört, hatten die Siege mitgefeiert und um unsere Gefallenen mitgetrauert. Wir trugen noch „das Kleid des Führers" und sangen als Zehnjährige verordnete Hetzlieder gegen Juden und Pfaffen. Selbst wenn wir Parodien auf diese Lieder sangen („Es zittern dem Schorsch die Knochen"), blieben wir mit der Sache verwachsen. Aber viele von uns waren noch nicht so weit in die herrschende Weltanschauung hineingeraten, daß mit ihrer Abdankung für uns eine Welt zusammengebrochen wäre. So, wie man sich rasch den

Hitlergruß abgewöhnte und auf das zivilistische „Grüß Gott" oder „Guten Tag" umschaltete, lernte man auch, sich durchzulavieren, zum Beispiel zwischen ehemals strammen Nazis und ehemaligen Mitläufern, die nun alle zusammen eine Art Leidensgemeinschaft bildeten, von der sich nur die ganz starken Charaktere abhoben.

Aus dem Schwall der Erinnerungen sollen gleich einige Beispiele herausgehoben werden, in denen kindliche Verflechtungen skurrilster Art vorgeführt werden können: Eine kleine Ferienpension im Schwarzwald, Sommer 1933. Man pflegt noch den alten Stil einer gemeinsamen Tafel, der „table d'hôte". Nach dem Mittagessen zündet sich eine der Damen am Tisch eine Zigarette an. Der Dreijährige ruft in den Saal: „Eine deutsche Frau raucht nicht!" Allgemeines Gelächter, aber die Mutter möchte im Boden versinken. Sie ist ja alles andere als eine Nazi-Mutter und sieht sich einem falschen Verdacht ausgesetzt. Andererseits lehnt sie als ehemals glühend Jugendbewegte das Rauchen bei Frauen ab und hat den neuen Slogan wohl selbst schon öfter zitiert – in jener unglücklichen Mischung aus der Ablehnung Hitlers und der Bejahung einer gesund-bodenständigen Lebensweise. Natürlich kann sich das Kind in diesem Dickicht nicht zurechtfinden. – Auch nicht, als seine erste Violinlehrerin Hitler auf dem Obersalzberg vorspielen darf. Er hatte den Wunsch geäußert, einmal eine echte Zigeunerin geigen zu hören. Eine Dame aus seiner Umgebung, mit der Geigerin befreundet, vermittelt die Einladung mit der Begründung: „Du warst doch immer schon unsere Zigeunerschönheit". (In Wirklichkeit war sie eine biedere Schwäbin.) Es kommt zu dem Vorspiel, der düpierte Führer bedankt sich mit dem üblichen Händedruck und dem berühmten hypnotisierenden Blick. Die Frau hat noch tagelang das Gefühl, der Mann stehe plötzlich hinter ihr. Aber vermutlich trieb sie weniger der „magische Zauber" des Diktators um als die nachträgliche Angst vor der eigenen Courage. Für den Jungen jedoch geht alles durcheinander: die Posse, der Mythos, das Risiko und das ironisch-bewundernde Lächeln des Vaters, der die Geschichte erzählt, leichtsinnig, wie er auch sonst sein konnte vor den Kindern, die ja nichts weitererzählen durften. – Weniger riskant als lächerlich die Verflechtung in den beginnenden Rußlandfeldzug. Bei einem Schülervorspiel sollte ich ein Stück von Gretschaninow vorgeigen. Das Programm war schon ausgedruckt. Da marschiert Hitler in Rußland ein. Nun ist Gretschaninow ein Feind geworden und darf nicht mehr aufgeführt werden. Das Programm wird handschriftlich geändert: Bach statt Gretschaninow. Der Elfjährige hat ein deutliches Gefühl für die Lächerlichkeit des Vorgangs. In der Familie wird gefeixt. Aber man hat nichts gesagt.

Dieses „nichts sagen" grenzt nun doch an Verstrickungen im Sinne des kindlichen Mitmachens. Die „späte Geburt" bewahrte uns keineswegs davor, in Situationen zu geraten, in denen man selbst als Acht- oder Zehnjähriger Charakter hätte zeigen können. Der Heidelberger Philosoph Reiner Wiehl hat mir erzählt, daß er als „Halbjude" im Krieg offiziell und vor versammelter Klasse aus dem Gymnasium ausgeschlossen worden sei mit der Begründung: „Der Reiner will jetzt einen praktischen Beruf erlernen." Nur ein einziger Mitschüler habe daran Anstoß genommen, vom Lehrer eine ehrlichere Erklärung verlangt und demonstrativ zu dem Ausgestoßenen gehalten. Hier wurde eine Freundschaft geschlossen, die noch heute besteht. Hätte man in vergleichbarer Situation den Mut zu diesem Protest gehabt? Man hat ihn nicht gehabt, als unser Deutschlehrer eine wohl selbstverfaßte Geschichte vorlas, die schriftlich nachzuerzählen war: „Wie der Jude erschaffen ward." Gott habe nach der Erschaffung Adams noch etwas Lehm übrig gehabt und daraus im Zustand großer Erschöpfung eine Mißgeburt geschaffen, die er dann im Unmut in eine Ecke geschmissen und so noch zusätzlich deformiert habe. Diese Verformungen bestanden in all den Zügen, die uns aus den Karikaturen des antisemitischen, öffentlich aushängenden Hetzblattes *Der Stürmer* einigermaßen geläufig und im Text unseres Lehrers genüßlich nachgezeichnet waren. Angewidert habe der Herr gerufen: „Geh zum Teufel, du Jud!" Unsere Arbeiten fielen so miserabel aus, daß der Lehrer seine Enttäuschung ausführlich vor uns ausbreitete. Keine und keiner der damals etwa Zwölfjährigen ist aufgestanden und hat gesagt: „Die Geschichte hat uns eben nicht gefallen." Man hat auch nicht protestiert, als nach der „Kristallnacht" in unserer *Biblischen Geschichte* der Satz geschwärzt werden mußte: „Denn das Heil kommt von den Juden." Der Lehrer hatte dies eigenhändig mit seinem Füller auszuführen, und er ließ erkennen, daß er dies gegen seinen Willen tue. Trotz dieser offenkundigen Liberalität hat sich keiner geweigert, sein Buch für diesen Eingriff herzugeben. Wäre es zu viel verlangt gewesen von den Kindern, Mut zu haben?

Auf diese Frage gibt Martin Walser in seinem autobiographischen Roman *Ein springender Brunnen* eine sehr merkwürdige Antwort. Auch bei ihm wird ein „Halbjude“ beim Appell vor versammelter Mannschaft ausgestoßen, in diesem Fall aus dem „Fähnlein“ der Hitlerjugend. Daß hier jemand hätte protestieren können, war natürlich ausgeschlossen und wird auch gar nicht thematisiert. Aber Johann, einer der Pimpfe, aus dessen Sicht die Geschichte erzählt wird, hat zu diesem Ausschluß ein seltsam gemischtes Verhältnis. Man vermutet als Leser eine Art Schlüsselszene, weil immer wieder einmal auf sie angespielt wird. Aber als Johann nach dem Ende von Krieg und Naziherrschaft noch einmal mit dem einst Ausgestoßenen zusammentrifft, ist er nicht fähig, ein befreiendes Wort zu sagen. „Er wollte von sich nichts verlangen lassen ... Niemand sollte einen Anspruch an ihn haben.“ Die Geschichte des Appells bleibt Episode. Johann lebt in jenen Vergessensleistungen, von denen Walser dann in *Messmers Reisen* sagt, sie seien „verlangt zur Fortsetzung des Lebens.“ Die späte Erinnerung an die beschämende Szene ist eher Zumutung als Erweckung.

Das Unbefriedigende im Ausgang dieser Geschichte liegt darin, daß Walser offenläßt, wie stark er sich mit der Verdrängungsleistung seines Protagonisten identifiziert. Man könnte von einer doppelten Verweigerung sprechen, die hier stattfindet: Auf der Ebene der Romanhandlung weist Johann jeden Anspruch auf Anteilnahme am Schicksal der verfolgten Familie ab; auf der Ebene der Konzeption des Buches verweigert sich der Autor jedem Anspruch, die Problematik dieser Verweigerung auch nur anzudeuten. Damit findet ein Umschlag aus dem kindlichen Verflochtensein nicht nur des Protagonisten, sondern auch seines Autors in eine Abwehrhaltung statt, die unter dem Namen „Unfähigkeit zu trauern“ mannigfach untersucht worden ist.

Dies gibt dem Buch eine bedrückende Authentizität. Denn die beschriebene Haltung des Sich-Abschottens war weit verbreitet. Aus der Sicht meiner Jahrgänge gesehen handelte es sich dabei weniger um die Zurückweisung von Vorwürfen oder die Ableugnung eines beschämenden Verhaltens, als vielmehr um das Bedürfnis, nicht in die Diskussionen der Erwachsenen um Schuld, Mitverantwortung, Nichtsgewußthaben hineingezogen zu werden. Es gab in der Tat diesen Affekt des „von sich nichts verlangen lassen“. Er mag zu tun gehabt haben mit dem Übermaß an dem, was von uns verlangt worden war. Das Vergessen war vielleicht gar nicht die häufigste Abwehrmaßnahme. Näher lag für einen Fünfzehnjährigen die Tendenz, die Probleme zu trivialisieren und zu ironisieren. In Gesprächen mit Gleichaltrigen wirkte sich aus, daß wir durch nichts mehr zu erschüttern waren und niemand Anlaß zum Flunkern und Angeben hatte. Vieles blieb ungesagt und manches wurde gezielt beschwiegen. Einiges ist erst jetzt, im Zuge der Vorbereitungen zu diesem Bericht, zur Sprache gekommen.

Was mein persönliches Zurechtkommen mit dem Gewirr der Umbrüche und Beharrungen betrifft, so zeigt sich hier die zunächst vielleicht paradox erscheinende Tatsache, daß gerade die regime-kritische Haltung meiner Eltern in der Nazizeit für meinen Bedarf an befreiender Klarheit nach dem Krieg nicht förderlich war. Natürlich bewirkte der Zusammenbruch des „Dritten Reiches“ in meiner Familie keinen Schock oder gar eine schmerzhafte Desillusionierung. Er war vielmehr ungeduldig herbeigesehnt worden, nicht zuletzt auch im Interesse einer Wiederaufnahme der anthroposophischen Tätigkeit, die für meinen Vater vor allem in der Gründung einer Waldorfschule in unserer Stadt bestehen sollte. Da ich zusammen mit meinen Geschwistern der obligatorischen Hitlerjugend nur mit großen inneren Vorbehalten angehörte und mich – unheldisch wie ich nun einmal war – nach Kräften zu drücken suchte, brach 1945 auch für mich persönlich keine Welt zusammen. Ich genoß die neuen Freiheiten, vor allem die geradezu unerhörte Unbefangenheit im Aussprechen politischer Meinungen und kindlicher Urteile, ohne viel nach den Umständen zu fragen, unter denen sich das neue Leben von der vorausgehenden Despotie unterschied.

Der Preis für diesen sanften Übergang war allerdings hoch. Da es scheinbar nichts zu bereuen, zu beichten oder zu verdrängen gab und man in der Familie nicht nach rückwärts, sondern zuversichtlich nach vorn blickte, spürte ich weder ein Bedürfnis, noch eine Verpflichtung, an jenem schmerzhaften Selbstreinigungsprozeß der Deutschen teilzunehmen, der damals allenthalben gefordert wurde, bekanntlich aber unterblieben ist beziehungsweise im Mechanismus der „Entnazifizierung“ verkam. Die bald nach Kriegsende einsetzende Entzweiung der Siegermächte und die damit verbundene Aufwertung Westdeutschlands taten ein übriges, um einer ohnehin vorhandenen Schläfrigkeit Vorschub zu leisten. Ich glaube, nicht nur die eigene Erfahrung zu verallgemeinern, wenn ich feststelle, daß bei vielen meiner Altersgruppe eine ernsthafte und nachhaltige Auseinandersetzung mit den Verbrechen des Nationalsozialismus erst in den späten fünfziger Jahren und im folgenden Jahrzehnt stattfand.

Was ich im Nachhinein vor allem vermisse, ist eine auch in jugendlichem Alter denk- und zumutbare Bereitschaft, für das große Ganze (man nenne es Kollektiv, Gesellschaft, Volk oder Nation) eine innere Mitverantwortung zu übernehmen, die vor allem darin besteht, wach zu sein für das Vergangene in seinen Konsequenzen für die Zukunft. Unsere Verflechtungen waren keine Verstrickungen im landläufigen Sinn von Schuld, aber sie beeinträchtigten diese Wachheit. Da, wo glückliche Umstände und ein starker Charakter zusammentrafen, sind aus den Jahrgängen, die jünger waren als die Flakhelfer-Generation, große und größte Leistungen hervorgegangen. Einige der bekanntesten Namen unserer „Alterskohorte" sind für mich Beispiele dafür, daß es damals auch sehr jungen Menschen gelingen konnte, den Schleier ihrer bürgerlichen Verflechtungen zu zerreißen und einen wachen Blick auf unsere so schnell beschwichtigte Gesellschaft zu werfen. Ich bekenne, diesen Blick erst in einem langen Prozeß des Aufwachens erworben zu haben und betone noch einmal meine Überzeugung, darin eher repräsentativ für meine Jahrgänge zu sein als jene Herausgehobenen unter unseren Gleichaltrigen.

II. Einschnitte (1945)

Die Stadt P.

Im Gegensatz zu Millionen anderer Menschen, die in der Kriegs- und Nachkriegszeit völlig entwurzelt wurden und vielleicht nur ein einziges Mal an die Stätte ihrer Kindheit zurückgekehrt sind, um zu erleben, daß die Basis ihrer Erinnerungen für immer versunken ist, bin ich in der glücklichen Lage, den Kontakt mit der Heimatstadt nie verloren zu haben. Allerdings: Wer die ersten zwanzig Jahre seines Lebens ausschließlich in seinem Geburtsort gelebt hat, dann aber mehr als ein halbes Jahrhundert lang nur noch zu Besuchen zurück kam, entwickelt eine eigentümliche Doppelwahrnehmung von dieser Stadt. Er ist ein Kenner der Szene, deren Kulissen ihm noch vertraut sind. Aber die alten Stücke werden nicht mehr gespielt. Er weiß mehr über die vergangenen Zeiten als viele der heute dort Lebenden. Aber er ist eine Art nostalgischer Besserwisser geworden, der darauf bestehen möchte, daß dieses und jenes eigentlich noch so sein müßte, wie es damals war. Vor allem die Viertel, in die er bei seinen Besuchen nur selten kommt, werden für ihn eine Art Reservat oder Freilichtmuseum der eigenen Kindheit. Hinzu kommt eine andere Doppelvision: Da er *schon* fünfzehn Jahre alt war, als alles zerstört wurde, hat er noch sehr genaue Erinnerungen an das alte Stadtbild mit seinen Gründerjahre-Fassaden und einer nur selten betretenen, winkeligen Altstadt, in der man einen noch breiteren Dialekt hörte als in den moderneren Geschäftsstraßen. Da er aber *erst* fünfzehn Jahre alt war, als der Wiederaufbau zaghaft, dann immer stürmischer einsetzte, haben seine Erinnerungen auch an jene neuere Zeit noch einen Anflug von der kindlichen Farbigkeit, in die man sich im Alter zurücksehnt.

Es gäbe also gute Gründe dafür, in Pietät und Dankbarkeit ein Porträt dieser Stadt als Schauplatz jugendlicher Erfahrungen zu zeichnen. Dies ist jedoch nicht meine Absicht. Auf der Suche nach den Verflechtungen, die teils als Nestwärme, teils als Fesseln bürgerlicher Konvention, und nicht zuletzt als Mitmachen bei dem, was alle machten, erkennbar werden, würde jeder stadtgeschichtliche Eifer stören und ablenken. Jeder Versuch, die damaligen Ereignisse an genauen topographischen Einzeldaten festzumachen, steht in der Gefahr, den Ton einer falschen Eindringlichkeit des „Noch-ganz-genau-Wissens" anzunehmen. Auch entziehe ich mich einer allzu strengen Chronistenpflicht, was allerdings nicht bedeutet, daß im folgenden auch nur das kleinste Detail erfunden oder erdichtet wäre. Es geht mir nicht um eine *Dokumentation* dessen, was damals in und mit dieser Stadt geschehen ist, und wenn im folgenden Abschnitt die genauen Zahlen der beim Luftangriff abgeworfenen Spreng- und Brandbomben aufgelistet werden, so soll damit nicht nur die brutale Absurdität des Bombardements selbst aufgezeigt werden, sondern auch die Hilflosigkeit jedes Versuchs, das Grauen in Zahlen zu fassen. Ich möchte die Geschehnisse ein wenig aus ihrer Verankerung in den konkreten örtlichen Gegebenheiten herauslösen und in die Zone einer größeren Verallgemeinerung heben. Ich möchte zwar so konkret wie nötig, vor allem aber so exemplarisch wie möglich erzählen. Ich gehe dabei so weit, auf alle die Stadt betreffenden Eigennamen, sogar auf den Ortsnamen selbst, zu verzichten, um damit anzudeuten, daß es im Grunde *irgendeine* Stadt, von *irgendeinem* Fünfzehnjährigen erlebt, gewesen sein könnte. Dies nimmt dem Bericht scheinbar die Schärfe des belegbar Faktischen, weist jedoch, wie ich hoffe, über das Zufällige konkreter Details hinaus auf den furchtbaren Gesamtzusammenhang, in dem wir uns von nun an bewegen wollen.

Vor allem der eine geographische Punkt, der die Perspektive meines Berichtes bestimmt hat, soll in dieser quasi-mythologischen Unbestimmtheit verbleiben: mein Elternhaus auf dem Hügel über der Stadt. Wem würde es nützen zu wissen, daß es in der Spichernstraße 36a stand und wir die Telefonnummer 3782 hatten? Das kleine Lehrerhaus, etwas einsam und versteckt hinter Obstbäumen gelegen, ist für mich der Inbegriff einer fragwürdigen Behütetheit geblieben, die mein unheroisches Leben geprägt hat. Es hat immer etwas von der Inselhaftigkeit behalten, die ich von frühester Kindheit an erlebte und in einem der folgenden Kapitel zu charakterisieren versuche. Von dieser Warte aus ist das hier zu Berichtende erkundet und erfahren worden.

Wie stabil dieser Standort auch gewesen und wie folgerichtig das Leben dort verlaufen ist – eine bruchlose Kontinuität wurde durch die Plötzlichkeit und Gewalt der Katastrophe vom Februar 1945 abgeschnitten. Meine Erinnerungen können vor- und zurücklaufen – immer bleiben sie an der Barriere des 23. Februar hängen und teilen die Zeit ein in ein „Vor dem Angriff" und „Nach dem Angriff". Dabei war es vermutlich nicht einmal der Schock des Bombardements selbst, der zu dieser Zäsur führte, als vielmehr die unmittelbaren Folgen. Ich erlebte den Luftangriff sogar weniger dramatisch als jenen ein Jahr zuvor über unserem Wohngebiet niedergehenden „kleineren" Bombenteppich, bei dem ich während der Länge eines Vaterunsers das Näherkommen und Sichentfernen der Einschläge in wirklicher Todesangst registrierte. Gemessen daran war der Vernichtungsschlag gegen die Stadt für uns auf dem Hügel nicht von der gleichen Wucht unmittelbarer Bedrohung. Ich glaube, mich erinnern zu können, daß der Anblick der brennenden Stadt das größere Schreckenserlebnis war und daß erst das allmähliche Begreifen in den folgenden Tagen jene Zäsur bewirkte, die seitdem in mein Bewußtsein eingebrannt ist.

„Die Stadt P." – das Wort steht im folgenden für all diese Erfahrungen des damals Fünfzehnjährigen. Aus dem Abstand von über sechzig Jahren betrachtet, sollen sich Geschehnisse, Gefühle, Stimmungen, so gut es eben geht, zusammenfügen. Vielleicht gelingt es, der Stadt gerade dadurch ein Denkmal zu setzen, daß es auf das Subjektive und Persönliche dieses Zusammenfügens ankommt. Dennoch soll in den folgenden Zeilen der Absurdität des bloß Faktischen die erste Stelle eingeräumt werden.

Die Stadt ist an jenem Abend von 362 viermotorigen Lancaster-Bombern und einigen sogenannten „Mosquitos" der Royal Air Force angegriffen worden. Sie kamen in einem 90 km langen Zug angeflogen und warfen über einem Gebiet von ca. 450 Hektar in 16 Minuten und 7 Sekunden eine große Menge (genauer: 448 672) Brandbomben ab, vermischt mit 706 Sprengbomben und Luftminen, die vor allem die Funktion hatten, Schneisen durch die bebaute Fläche zu reißen, um dem Feuersturm besseren Durchzug zu verschaffen. In der Hitze, die sich, wie geschmolzene Materialien zeigten, bis zu 1700 Grad Celsius steigern konnte, sind an jenem Abend, wie schon erwähnt, weit über 17 000 Menschen umgekommen. Von all den grauenhaften Szenen, die sich in jener Nacht abgespielt haben müssen, sind uns naturgemäß nur die überliefert, die Überlebende später aufgeschrieben oder zu Protokoll gegeben haben. So furchtbar diese auch sind – es findet in ihnen sicher nur eine entfernte Abschattung dessen statt, was wirklich geschehen ist und nur von den Toten selbst erzählt werden könnte. Wir haben keine Möglichkeit, einfühlend uns dies zu vergegenwärtigen. Deshalb scheue ich vor jedem Versuch zurück, auf einigen wenigen Seiten ein Stück weit an jenes Geschehen heranzuführen, es mit unzureichenden Mitteln heraufzubeschwören. Es muß vorläufig genügen, von dem Bild auszugehen, das die Stadt in den Tagen und Wochen nach dem Angriff bot. Sie war eine völlig ausgeglühte Trümmermasse, innerhalb derer kein einziges auch nur im Entferntesten bewohnbares Haus zu finden war. Wir lebten von jenem Abend an nicht mehr in einer wirklichen Stadt, sondern in Vororten und Randgebieten, zwischen denen der Krater lag, durch dessen Trümmer man hindurch mußte, wenn man von einem Rand zum andern wollte. Noch im Winter 1945/46 gab es nach meiner Erinnerung im gesamten Ruinenfeld abends nur ein einziges Lichtchen, das aus dem Turmsockel einer katholischen Kirche kam, wo sich ein Priester sein Behelfsheim eingerichtet hatte.

Diese Bezeichnung „Die Stadt P." steht für mich jedoch nicht nur für die Auslöschung des vertrautesten Lebens und vieler wie selbstverständlich mir zugehöriger Menschen, sondern auch für eine besondere Art von Banalität. Die banalste aller Wahrheiten, daß nämlich das Leben weitergeht, verband sich mit der Erfahrung, daß das Inferno in letzter Konsequenz wieder an das Banale angrenzt. Viele Jahre, bevor wir davon hörten, daß es eine „Banalität des Bösen" geben könne, erlebten wir dieses eigentümliche Umkippen des Grauenvollen. Dort, in Hannah Arendts provokativem Aufweis der Banalität in der Gestalt des bürokratischen Massenmörders Eichmann, erhielt das Banale das Gesicht eines einzelnen Menschen. Hier aber ging es um die anonyme Banalität, die in der Aufgabe bestand, die Toten durch Räumkommandos – wie man heute sagen würde – zu „entsorgen", und zwar so rasch wie möglich, bevor Seuchen ausbrechen konnten. Es war also nicht so, daß das Inferno selbst Züge des Banalen angenommen hätte. Vielmehr war es in seinen Folgen so überwältigend und jede Faßlichkeit übersteigend, daß kein Pathos, kein Gefühl für Bedeutsamkeit, Tragik oder apokalyptische Größe mehr möglich waren. So, wie Tausende der Opfer, in Lagen übereinandergeschichtet, von systematisch alkoholisierten Soldaten in Massengräbern vielfach anonym und mit einem nur hastig erteilten Segen beigesetzt wurden, so sind unzählige andere von ihren Angehörigen auf die primitivste Art, zumeist in Handleiterwagen, zum Friedhof gekarrt und provisorisch in Gräbern der Verwandtschaft mehr verscharrt als begraben worden.

Stellvertretend für alle der Bericht einer Frau, die – selbst nur wie durch ein Wunder gerettet – einige Tage nach der Brandnacht ihre Mutter in einer Reihe von sechzig Toten findet, die man inzwischen aus den Kellern der umliegenden Häuser geborgen hatte. In ihrer Angst vor dem Tempo der Räumkommandos bittet sie einen Soldaten um einen Bleistift und schreibt auf einen Fetzen Papier: „Bitte nicht ins Massengrab, wird privat beerdigt.“ Mit einer Haarnadel befestigt sie den Zettel an der Decke, mit der sie ihre Mutter zugedeckt hat. Trotz des allgemeinen Chaos bemüht sie sich um eine korrekte Abwicklung der Bestattung. Der zuständige, völlig überforderte Beamte der Friedhofsverwaltung, in einem Häuschen neben Bergen von Leichen sitzend, verbittet sich, daß man sich die Nase zuhält, wenn man mit ihm spricht. Auch er müsse den ganzen Tag lang diesen Geruch aushalten. Er verlangt, daß die Tote in einem Sarg beigesetzt werde, eine absurde Verfügung angesichts der vielen auf offenen Handkarren herbeigeschafften Opfer. Aber die Frau bleibt überkorrekt. Sie beschafft sich einen Sarg, einen Spaten und einen Leiterwagen. Als sie in größter Eile wieder bei der Toten ankommt, sind die betrunkenen Soldaten unter Grölen dabei, die sechzig Leichen auf Heuwagen zu verladen. In letzter Minute gelingt es ihr, die Ankündigung „Wird privat beerdigt“ einzulösen. So, wie diese allererste Antwort auf die Katastrophe nichts Feierliches und Würdiges haben konnte, sondern nur primitivste Bewältigung des Schlimmsten war, so ist auch später, Schritt für Schritt, das Leben unpathetisch in den Krater hinein vorgedrungen, zunächst in Gestalt von Ratten, die sich im Laufe des Frühjahrs rasch vermehrten, dann in Gestalt einer zaghaften Trümmervegetation, die wie eine Parodie auf das Dichterwort vom neuen Leben in den Ruinen wirkte.

Man könnte einwenden, daß es damals doch überall in den Ruinen Holzkreuze mit den Namen der nicht aufzufindenden Toten gegeben habe und daß an diesen Kreuzen noch jahrelang Blumen und Kränze niedergelegt wurden, die dem Krater den Charakter eines großen Friedhofs gegeben hätten. Aber dies war der Ausdruck einer erst wieder zurückzugewinnenden Besinnung, die, wenn ich mich recht erinnere, erst Monate nach dem Angriff einsetzte. Zunächst waren da nur einfachere Beschriftungen, die Auskunft gaben über das Schicksal der Bewohner und den Verbleib der Überlebenden. Auch hier eine Nüchternheit, die gerade im Gegensatz zu den späteren Kreuzen einem dürftigen Notbehelf diente, banalstem Bewältigen eines neuen Alltags. Natürlich gab es Ausnahmen. Ein Verwandter, Oberstleutnant der Reserve, der von weither angereist kam, um seine Tochter aus dem Schutt auszugraben und in der Familiengruft beizusetzen, erzählte mit grimmigem Stolz, daß im Augenblick der Beisetzung ein deutsches Jagdflugzeug genau über das Grab geflogen sei und die feindlichen Jagdbomber, die in jenen Tagen unablässig herumschwirrten, verjagt habe. Solche Reden beeindruckten uns nicht sonderlich. Denn auch wir Halbwüchsigen konnten nur unpathetisch und unsentimental auf die Katastrophe reagieren.

Das war schon so am Abend des Angriffs. Nach dem Schock des Bombardements und der aufblitzenden Gewißheit, verschont geblieben zu sein, entstand in mir eine Leere, die man als Hilflosigkeit des „Was nun?“ bezeichnen könnte. Ich klammerte mich an die Aufgabe, eimerweise Löschwasser, das vorschriftsmäßig in der Badewanne als Reserve gehalten wurde, in die entferntere Nachbarschaft zu schleppen, wo ein Dachstuhl in Flammen stand. Auf dem Weg dorthin hatte ich die brennende Stadt vor mir; auf dem Rückweg die friedlichste Vollmondnacht, die dem Feuer Hohn zu sprechen schien. Das Inferno war nicht einfach Hitze, Rauch und Flammen, sondern enthielt in sich Schreie, Explosionen und das Getöse zusammenstürzender Mauern. Es hätte das größte Schauspiel meines Lebens sein können. Aber ich wagte nicht, stehen zu bleiben und hinabzuschauen. Ich fühlte mich wie ausgeschlossen von dem, was dort unten geschah und rannte mit meinem Eimer hin und zurück. Vielleicht nicht so sehr, um zu helfen, sondern um mir selbst einen Halt zu geben. Dabei war es hilfreich, daß selbst am Rande dieser wahrhaft apokalyptischen Verheerung noch ein Sinn für Komik möglich war. Der Besitzer des brennenden Hauses, ein kleiner Handwerker, blieb voller Panik in seinem Keller sitzen und brüllte zu Frau und Mutter hinauf: „Löschet, löschet!“ Die versammelte Nachbarschaft, die sich bei der Rettung des Hauses zum Teil Brandwunden zuzog, geizte nicht mit einem fast fröhlich klingenden Spott. Das brachte ein erstes Stück Menschlichkeit zurück in die furchtbare Nacht. Für mich, der ich zu jung war, um irgendwo selbständig zu helfen, und schon zu groß, um mit meiner kleinen Schwester einfach im Keller zu bleiben, war dies der Anfang im Zurechtkommen mit dem eigentlich Unfaßbaren. Jeder meiner Altersgenossen mußte auf die eine oder andere halb kindliche Art mit der Katastrophe fertig werden.

Dies galt also in den Tagen und Wochen nach dem Angriff. Ein siebzehnjähriger Freund wurde von seinem Vater aufgefordert, gemeinsam nach Bekannten in den noch heißen Trümmern zu suchen. Auf dem Weg durch den Krater sahen sie zwischen anderen Toten ihren Friseur merkwürdig unverstümmelt vor den Trümmern seines Hauses liegen. Als er nach zwei Tagen immer noch dort lag, beschlossen sie, ihn mit dem Leiterwagen auf den Friedhof zu schaffen. Der Freund meinte später, daß es ihm eigentlich nicht viel ausgemacht habe; nur einmal, beim Aufheben der Leiche, sei ihm kurz übel geworden. Sein um zwei Jahre jüngerer Bruder, heute Arzt, berichtete mir vor einigen Jahren, er habe die auf so unterschiedliche Art Gestorbenen mit einem gewissen medizinischen Interesse betrachtet. Er durchquerte damals den Krater, um nach seinem Cello-Lehrer zu sehen, und fand ihn, von einem Räumkommando bereits zur Abholung bereit gelegt, auf dem Schutt seiner Wohnung. In der Hoffnung, es werde bei der Bestattung doch nicht ganz unpersönlich zugehen, heftete er seinem Lehrer einen Zettel mit dessen Namen an. – Härter getroffen hat es einen Vierzehnjährigen, dessen Vater zwei Tage nach dem Angriff die Suche nach seinem in den Trümmern verschollenen Bruder aufnahm, nachdem die Familie selbst nur mit knapper Not aus ihrem brennenden Haus hatte entkommen können. Er ließ sich von seinem Sohn begleiten. Der Junge mußte einen Tag lang unzählige und meist verstümmelte Tote auf eine etwaige Ähnlichkeit mit dem Onkel hin ansehen und brach abends zusammen. Noch heute kann er sich das Verhalten des Vaters nur durch die Abstumpfung erklären, die dieser in langem Fronteinsatz in Rußland erfahren haben mußte.

Auch die bloßen Berichte konnten ein Grauen erzeugen, wie das Beispiel eines achtjährigen Mädchens in wohlbehütetem Hause am Stadtrand zeigt. Ein junger Verwandter aus einer Nachbarstadt war hier tagelang beherbergt worden, um ihm Zeit zu geben, nach seiner Schwester und einer Tante zu suchen. Er vermutete ihre Leichen in dem noch glühendheißen Keller des zerbombten Hauses. Mitbewohner, die den Keller noch rechtzeitig hatten verlassen können und die er ausfindig machte, erzählten ihm, daß die beiden Frauen es nicht gewagt hatten, mit den andern in den Feuersturm hinauszugehen. Nie werde man den letzten Blick vergessen, den die Ältere der beiden den sich Rettenden zugeworfen habe. Der junge Mann fand schließlich die verkohlten Reste, die er nur durch den Schlüsselbund seiner Tante identifizieren konnte, sammelte sie in einer mitgebrachten Decke zusammen und bestattete sie mit Hilfe eines Soldaten im Grab seiner Großeltern. Danach reiste er ab, und das kleine Mädchen sollte wieder sein Zimmer beziehen, in dem der Gast gewohnt hatte. Das Bett wurde frisch bezogen, aber dem Kind graute vor der Nähe zu diesem Geschehen, dessen Einzelheiten sie am Familientisch täglich mitbekommen hatte.

Glücklicher veranlagt war eine Fünfzehnjährige, deren Mutter sie beim Suchen von Verwandten schon am Tag nach dem Brand mit „in die Stadt" nahm, wo sie an vielen Toten vorbeigekommen sein mußte. Ein freundlicher Abwehrmechanismus scheint ihr Wahrnehmungsvermögen blockiert zu haben, so daß sie sich später nicht erinnern konnte, überhaupt eine Leiche gesehen zu haben. Um so intensiver hatte ihre gleichaltrige Freundin mit den Opfern zu tun, allerdings nicht mit den Toten, sondern den Überlebenden. Ihr Elternhaus stand am äußersten Rand des Villenviertels der Stadt. Dahinter fing unsere Wiesen- und Gartenlandschaft an. Die dem Feuersturm Entkommenen, die zunächst einfach den Hügel hinauf durch das verschont gebliebene Viertel gezogen waren, machten Halt bei diesem letzten Haus. Ihre Kleider und Haare waren versengt und ihre Haut zeigte Brandwunden. Sie wollten nur zweierlei: etwas trinken und schlafen. Also verwandelte das junge Mädchen zusammen mit Mutter und zwei jüngeren Schwestern das geräumige Haus in ein einziges Nachtlager und versorgte die zum Teil unter Schock Stehenden mit Tee und dem ganzen Jahresvorrat an hausgemachtem Apfelsaft. Die meisten von ihnen blieben mehrere Tage, einige sogar wochenlang.

Aber auch andere Dimensionen des Schmerzes sollten nicht vergessen werden. So erzählte mir vor vielen Jahren eine junge Frau, die sich als Kind mit ihren Eltern und vier Geschwistern aus dem brennenden Elternhaus gerade noch hatte retten können, sie habe ihre Mutter in den darauffolgenden Tagen nur einmal weinen sehen. Es war, als eine Verwandte, deren Villa verschont geblieben war, darüber klagte, daß ein besonders wertvoller Teig (mit acht Eiern!) in der Firma ihres Mannes, wo eine Geselligkeit vorbereitet worden war, verbrannt sei. Da, sagte die junge Frau, da hat meine Mutter die bis dahin tapfer bewahrte Fassung verloren.

Ich selbst drückte mich – darin von meinen Eltern unterstützt – vor jeder direkten Konfrontation mit dem Schlimmsten und habe kein einziges der vielen Tausend Opfer gesehen. Höchst willkommen war deshalb die Pflicht, Brennholz zu beschaffen für den Beistellherd in der Küche, nachdem die Gasversorgung ausgefallen war und nur noch mit Holz oder Kohlen gekocht werden konnte. Auch der elektrische Strom war immer wieder unterbrochen, so daß die anheimelnde Atmosphäre des Holzfeuers noch gesteigert wurde durch den Geruch von zwei Jugendstil-Petroleumlampen und einigen von Weihnachten her noch übriggebliebenen Bienenwachskerzen. Abends, wenn die Tiefflieger abgeflogen waren, stellte sich in dem nun überfüllten Haus eine fast pervers zu nennende Gemütlichkeit ein. Sie erhielt noch dadurch eine besondere Note, daß es in jenen Tagen im Übermaß Vollmilch gab, weil der städtische Milchhof nicht mehr funktionierte, die Bauern aber unentwegt ihre Produkte an improvisierten Sammelstellen ablieferten. Im trauten Licht der Öllampen und beim Prasseln des Feuers hatten wir Sahne, Sauermilch und Quark im Überfluß, und man richtete sich im Chaos gleichsam häuslich ein. So jedenfalls hat es die kindliche Erinnerung festgehalten.

Dies galt auch für meine Holzbeschaffung. Bald hatte ich meine Spezialruine, die ich zwar nicht gegen Konkurrenz zu verteidigen hatte, aber doch eifersüchtig überwachte. Es war das Walmdach eines der typischen Dreißigerjahre-Häuser, das vom Luftdruck einfach weggetragen worden war und nun wie ein abgenommener Deckel oder Hut neben dem auch sonst durchgeblasenen Baukörper im Garten lag, zum Teil noch mit Ziegeln auf den Dachlatten. Auf diese Latten hatte ich es abgesehen, denn sie waren nicht verkohlt. Tag für Tag beinte ich ein Stück des Dachgerippes aus und entwickelte nicht nur ein gewisses Besitzergefühl, sondern fast eine Anhänglichkeit an diese Quelle unseres Holzreichtums. Im Rückblick finde ich es befremdlich, daß ich mich nie um das Schicksal der Hausbewohner gekümmert habe. Vermutlich waren sie durch den Druck der in der Nähe explodierten Luftmine sofort getötet worden. War es der Anfang einer gewissen Verrohung, oder der kindliche Eifer bei der Holzbeschaffung, oder eben doch ein heimliches Grauen vor einem möglichen Fund, die mich davon abhielten, auch nur einen Schritt in das verwüstete Gebäude zu setzen? Später erfuhren wir, daß die Bewohner, ein altes Lehrerehepaar, tatsächlich umgekommen, aber von Angehörigen schon am folgenden Tag aus der Ruine geborgen worden waren. –

Ich habe bewußt den gräßlichen Seiten des Untergangs der Stadt einige Elemente des kindlich-menschlichen Reagierens gegenübergestellt. Es liegt in der Natur der Sache, daß in den meisten Erinnerungen an jene Zeit das Furchtbare drastisch in den Vordergrund gestellt wird. Darüber wird häufig vergessen, daß es mitten in der apokalyptischen Verheerung immer auch Einschlüsse der Besonnenheit, ja des Humors gegeben hat. So soll der von uns allen verehrte, antinazistische Mathematik-Professor beim letzten Blick auf seine brennende Wohnung gesagt haben: „So, das hätten wir hinter uns." Das nun beginnende Leben am Rande des Kraters war nicht nur Not und Verzweiflung. Wie hätten wir sonst überleben können?

Sanduhr-Zeit

Das kleine Haus auf dem Hügel wechselte nach der Katastrophe seinen Charakter. Während es vor dem Krieg und in den „ruhigen" Kriegsjahren eine Enklave politischer Vorsicht und kindlicher Unbefangenheit war, in der Lieder aus der Wandervogel-Zeit gesungen und die verbotenen Schriften Steiners gelesen wurden, verwandelte es sich in eine Notherberge nicht nur für Ausgebombte, sondern auch für die Verwandten und Freunde von auswärts, die nach dem Angriff ihre Angehörigen aus den Ruinen zu bergen hatten und bei uns abstiegen. Schon unmittelbar nach dem Bombardement hatten fremde Menschen bei uns angeklopft, waren aber von meiner Mutter weitergeschickt worden, da sie hoffte, eine große Zahl obdachlos gewordener Verwandter aufnehmen zu können. Von dem guten Dutzend engster Angehöriger konnten sich allerdings nur drei Personen auf unseren Berg retten, von denen dann zwei, Großmutter und Tante, dreieinhalb Jahre lang bei uns wohnten. Dieser Zuwachs an weiblichen Bewohnern verstärkte das Ungleichgewicht im Verhältnis der Geschlechter: Ich war als Hausgenosse der Mutter, einer älteren und einer jüngeren Schwester und der beiden hinzugekommenen Frauen das einzige männliche Wesen, wenn man meinen damaligen Grad körperlicher Entwicklung überhaupt als Männlichkeit bezeichnen kann. Das Unheldische meines Wesens kam in jenen Wochen zwischen der Brandkatastrophe und der endgültigen Besetzung der Stadt durch die Alliierten besonders zur Geltung. Im Gegensatz zu manchen Gleichaltrigen, über deren Schicksal im folgenden Abschnitt berichtet wird, habe ich mich versteckt und verdrückt, so gut es ging. Bestärkt durch die Familie hatte ich nur den Ehrgeiz, das nahe bevorstehende Ende des Krieges unversehrt zu erleben.

Wir lebten in der Tat alle nur noch auf dieses Ende hin. Ich nenne jene Wochen die „Sanduhr-Zeit". Es gab in der Küche meiner Mutter zum Zwecke des richtigen Eierabkochens eine zierliche Sanduhr. Als Kind konnte ich mich kaum sattsehen an den winzigen Körnchen, die wie eine Flüssigkeit herabgerieselt kamen und sich unten zu einem weichen, sanft wachsenden Hügel verbanden. Das eigentlich Bestaunenswerte war die Eile, mit der in der oberen Hälfte des Glasbehälters die Sandkörner auf den Engpaß zustürzten, wenn gegen Ende des ganzen Vorgangs nur noch ein kleiner Rest des Sandes sich locker im Glas verteilte. Ich habe nie erforscht, ob die Durchlaufgeschwindigkeit sich gegen Ende tatsächlich erhöhte, oder ob man nur diesen Eindruck gewann, weil man nun den Lauf der einzelnen Körner beobachten konnte.

So etwa waren auch die Vorahnungen im Blick auf das bevorstehende Kriegsende. Die Sanduhr war beim Luftangriff ein letztes Mal umgedreht worden, und man spürte die Eile und Unentrinnbarkeit des Hinstürzens in das ganz und gar Ungewisse. Überall zeigte sich das. Behörden in ihren Notunterkünften wurden kleinlauter, Menschen aufmüpfiger, Beschwörungen des „Endsieges" schriller. Erste Abrechnungen erfolgten. Ein Beamter, den man verantwortlich machte für den unzureichenden Schutz der Bevölkerung, beging sozusagen öffentlich Selbstmord durch den Sprung von einer hohen Autobahnbrücke. – Unser Zellenleiter, zweituntersste Charge in der Partei-Hierarchie, der uns noch im Januar stolz in seiner braungelben Uniform heimgesucht hatte, um die Vermißtmeldung meines Bruders zu überreichen, lief jetzt in schäbigem Zivil und halb verstohlen über den Hügel. – Im Haus des theaterfreundlichen Malers wurde sonntags „Abschied vom Leben“ gefeiert, üppige Kuchenfeste, um die Vorräte aufzuessen, bevor die Feinde sie holten. Ein Gast, der im Garten frische Luft schnappen wollte, wurde von einem Tiefflieger beschossen und eilte schreckensbleich an die Kaffeetafel zurück. – Ein Freund meiner Eltern aus Zeiten der Jugendbewegung kam mit dem Motorrad aus einem Provinznest angefahren. Er wollte die chaotische Übergangszeit nutzen und in Muße eine Geschichte ihrer Wandervogel-Gruppe schreiben. Dazu benötigte er das alte Wanderbuch, das meine Mutter verwahrte. Sie war empört über so viel Weltflucht in dieser bewegten Zeit und trennte sich nur unter Protest von diesem erinnerungsschweren Dokument. Ich hatte Verständnis für den Wunsch des Mannes, sich in einer fernen, glücklichen Zeit einzuspinnen und dem äußeren Zusammenbruch seinen Lauf zu lassen. Ich hätte mich auch gerne in irgendeinen ländlichen Winkel verkrochen. Es gab Leute, die das konnten. Verwandte, eben noch schneidige Ja-Sager, die über Beziehungen und einen Dienstwagen verfügten, setzten sich ab in eine für sicher und erholsam gehaltene Gegend. Merkwürdigerweise fühlten wir uns durch solche Abreisen ein wenig verlassen, vielleicht sogar verraten, obgleich ja keineswegs feststand, wer diese allerletzte Phase des Krieges am besten überstehen würde. Es könnten ja *ihr* Auto von Tieffliegern getroffen, *ihre* Vorräte geplündert werden. Wie würden sie wiederkommen? Kleinlaut? Oder triumphierend und wieder das große Wort führend? Man besprach das mit etwas Neid und etwas Verachtung und war vielleicht auch ein wenig stolz darauf, so tapfer an der Heimatfront auszuharren.

Denn diese letzten Wochen des Krieges waren bei gutem Wetter ein einziges Schützenfest der berüchtigten *Thunderbolts* und ähnlicher alliierter Jagdbomber, die wir „Jabos“ nannten. Sie stürzten mit heulenden Motoren auf alles, was nach einem einigermaßen lohnenden Ziel aussah, und wenn sie keines fanden, beschossen sie zur Not auch einzelne Fußgänger. Unternehmungen mit meinem Leiterwagen waren gefährlich, weil man wegen des Ratterns den Anflug der Maschinen nicht früh genug hörte, um in Deckung gehen zu können. Dieses In-Deckung-Gehen war überhaupt eine neue, das zivile Dasein durchziehende Technik des Überlebens in allmählich bedrohlicher werdender Frontnähe. Jeder Bahnhof, jede

Brücke, jeder Zug war ein Ziel, das binnen weniger Minuten fast aus heiterem Himmel bombardiert oder beschossen werden konnte – ohne Vorwarnung und vor allem ohne Gegenwehr. So war man beständig auf dem Sprung, obwohl ja auch eine „Deckung" im Ernstfall, wenn nämlich die *Thunderbolts* ihre zwei leichten Bomben ausklinkten, keinen wirklichen Schutz mehr gewährte.

In der Familie stellte sich das Problem, wie das schnelle Abtauchen in den Keller für die gehbehinderte Großmutter technisch zu bewältigen sei. Den Ausschlag gab eine Szene, die mich fast erheiterte. Bei einem der Überraschungsangriffe ganz in der Nähe fand ich Großmutter und Tante im Eßzimmer, flach auf dem Boden liegend, unter dem schweren Eßtisch Schutz suchend. Da ich sie bisher nie auch nur kniend, geschweige denn hockend oder gar liegend gesehen hatte, brach für mich wieder einmal ein Stückchen jener Welt ab, in der alles dezent und würdig zugegangen war. Aber es war auch traurig zu sehen, wie die alte Frau, die sich nie sportlich hatte betätigen können, im hohen Alter noch zu solchen Exerzitien gezwungen wurde. So entwickelten wir ein System, das wir „Murmeltier" nannten. Wir richteten vor dem Eingang zur Waschküche, ebenerdig mit dem Keller, ein Plätzchen ein, wo die Großmutter die Sonne jenes besonders schönen und zeitigen Frühlings genießen, aber auch rasch verschwinden konnte, wenn Gefahr drohte. Im Grunde teilten wir alle diese Murmeltier-Existenz. War die Luft rein, kam man aus den Löchern hervor, arbeitete im Garten oder stand um Brot und Milch an. Kamen aber die Raubvögel, verkroch man sich, so gut es ging.

Ich selbst war in jener Zeit zu besonderer Vorsicht gezwungen. Meine Feinde aber waren nicht die Tiefflieger, sondern die „Häscher" der Hitlerjugend. Auf unserem Hügel wußten wir nicht genau, wo eigentlich das noch verbliebene Zentrum der Staatsmacht nun angesiedelt war. Von dort her kamen die unerfreulichen Botengänger, die schriftliche oder mündliche Befehle überbrachten, denen gemäß ich mich beim *Bann*, also der örtlichen Spitze der HJ, zu melden hatte. Erst nach dem Krieg erfuhr ich, daß in dem entlegensten Vorort, ganz im Süden der Stadt, von wo aus man sich rasch in den Schwarzwald absetzen konnte, eine letzte Bastion der Unentwegten entstanden war. Es waren vor allem drei Personen, die da mit ihren Stäben und einigem Gefolge residierten: der Kreisleiter der Partei; der Bannführer, ein ehemaliger Offizier der Waffen-SS, der wegen einer schweren Verwundung zum Dienst in der Heimat abkommandiert war; schließlich der „Kreisstabsführer" des Volkssturms, ein kriegsversehrter Leutnant der Wehrmacht, dem man zur Stärkung seiner Autorität Titel und Uniform eines Majors verliehen hatte. Alle drei waren in einer verbrecherischen Weise fanatisch. Sie verfügten außer dem Volkssturm über einige SA-Männer aus den umliegenden Ortschaften, aber auch über eine Gruppe von Hitlerjungen, die in unmittelbarer Nähe in einem sogenannten Wehrertüchtigungslager kaserniert waren. Ich vermute, daß auch ich in dieses Lager hätte gesteckt werden sollen. Dann wäre ich vielleicht nicht nur beim Volkssturm, sondern beim „Werwolf" gelandet, jenem zugleich lächerlichen und verbrecherischen Unternehmen, mit Hilfe einer Kinder-Guerilla den „Endsieg" doch noch erkämpfen zu wollen.

In dem hübschen Vorort, der in einem tief eingeschnittenen Flußtal zwischen den letzten Ausläufern des Schwarzwaldes liegt, hatte sich Monate zuvor schon ein wenig Weltgeschichte abgespielt. Heinrich Himmler, der „Reichsführer SS", Chef der deutschen Polizei, Reichsinnenminister und Befehlshaber des Ersatz-Heeres, hatte im Dezember 1944 zu diesen Ämtern auch noch den Oberbefehl über die „Heeresgruppe Oberrhein" übernommen, um die Stabilisierung der Südwest-Flanke des Reiches zu organisieren. Er hatte weiter südlich, in Triberg, sein Hauptquartier, bewegte sich aber mit seinem gepanzerten Sonderzug mehrmals bis zu unserem Vorort, wo der Zug in einem Tunnel stationiert wurde. Merkwürdigerweise wurde Himmlers Gegenwart vor der Bevölkerung nicht geheim gehalten. Eine Schulfreundin meiner ältesten Schwester erzählt noch heute, sie habe sich als „Kriegshilfsdienstverpflichtete" mit einem der Adjutanten des Zuges angefreundet, nachdem sie ihn zunächst wegen der Blockierung der Regionalbahn durch den Sonderzug beschimpft hatte. Der SS- Mann, der eine Tochter gleichen Alters hatte, zeigte eine menschliche Regung, schenkte dem jungen Mädchen ein Pfund Kaffee und schrieb ihr nach dem Abzug Himmlers aus unserer Region sogar noch einige Briefe. Ich erwähne dies als ein weiteres Beispiel skurrilster Verflechtungen. Im unmittelbaren Umfeld der vermutlich größten Machtkonzentration außerhalb des „Führerhauptquartiers" war es möglich, eine Art Dorfschwatz zu führen, Klagen über kalte Füße beim Warten auf die Lokalbahn zu beschwichtigen, Adressen auszutauschen. Bei

Anwohnern, die den Tunnel als Luftschutzbunker benutzten, war der „Himmlerzug“ beliebt, weil das Personal des Speisewagens großzügig Leckereien verteilte.

So hatte unser Vorort seine Weihe als dunkles Machtzentrum schon Ende 1944 erhalten, was uns auf dem Hügel allerdings gänzlich entgangen war. Genau so wenig wußten wir über das Treiben im Bunker-„Hauptquartier“ der letzten Naziführer der Stadt. Wir kannten nur die Boten, die von dort kamen und die wir fürchteten. Gerüchte gingen um, die sich meldenden Jungen würden auf die Waage gestellt und von einem bestimmten Gewicht ab eingezogen. Wie in Walter Kempowskis Buch *Tadellöser & Wolff* die Mutter in den letzten Tagen des Krieges die „kleinen Pökse“ bedauert, die man „mit Handgranaten und Panzerfäusten beladen“ nach Neubrandenburg schickte, sah auch meine Mutter mich bereits zur Verteidigung des Schwarzwaldes eingesetzt. Der Frauenrat des Hauses beschloß, daß ich mich keinesfalls melden dürfe, vielmehr mich zu verstecken habe. Es wurde vereinbart, mich „Omi“ zu nennen und bei akuter Gefahr mit dieser Parole in mein Keller-Versteck zu schicken. Als dann wirklich einmal ein Uniformierter unseren langen Gartenweg entlang kam, rief jemand im Haus: „Der Omi soll verschwinden!“ Ich bin trotzdem nicht entdeckt und aufgegriffen worden.

Damals habe ich mir vermutlich ein erhebliches Maß meiner Sympathie für alles Militärische abgewöhnt. Ich hatte leidenschaftlich gern mit Soldaten gespielt, und zwar nicht so sehr mit den altmodisch bunt bemalten Bleisoldaten, sondern mit den feldgrauen Elastolin-Figuren. Ein dringender Weihnachtswunsch des Siebenjährigen wurde von meinen Eltern in pädagogischer Weisheit mit einem Musikzug erfüllt, später mit einem Lazarettwagen mit Pferden, einem Verwundeten auf einer herausnehmbaren Tragbare und mit einer Krankenschwester. Aber diese pazifistischen Ablenkungstechniken verfingen nicht. Ich wollte kriegstüchtiges Material. Es war dies das einzige Mal in meinem Leben, daß ich außer für Bücher regelmäßig einen Katalog konsultierte. So legte ich mir nach und nach eine kleine Truppe einsatzfähiger Infanteristen und Artilleristen mit entsprechendem Gerät zu. Und auf dem meergrünen Linoleum des Küchentisches fanden Seeschlachten mit den kleinen Wiking-Schiffsmodellen statt.

Auch soll nicht verschwiegen werden, daß ich, mit meinem Bruder wetteifernd, für einige der Helden des Krieges schwärmte, allen voran für den Jagdflieger Werner Mölders, dessen immer höhere Auszeichnungen mit den Steigerungsstufen des Ritterkreuzes wir begeistert verfolgten, wie man heute Rekordmarken von Leistungssportlern feiert. Da wir außer Hitler selbst keine Idole haben durften und ich für eine Verehrung von Filmstars noch zu klein war, erfüllten Mölders und andere Jagdflieger, dazu einige U-Boot-Kommandanten und schließlich Rommel dieses Bedürfnis nach Heldenverehrung. Diese schloß übrigens bis zu einem gewissen Grad auch noch Hermann Göring ein, aber nicht den dicken Reichsmarschall, über den man nur Witze machte („Links Lametta, rechts Lametta / Und der Bauch wird immer fetta"), sondern den Jagdflieger des Ersten Weltkriegs, der zusammen mit Manfred von Richthofen und Ernst Udet als Träger des Ordens *Pour le mérite* eine legendäre Troika für uns bildete.

Eine besondere Rolle spielten für mich die jungen Offiziere, die ich die Zwischengeneration der „Vettern" nennen möchte. Da meine Eltern zu den jeweils Jüngsten in ihren Familien gehörten, ergab sich eine gewisse Verschiebung der Generationen, die mir und meinen Geschwistern eine stattliche Zahl solcher Vettern bescherte. Wir bewunderten sie schon vor dem Krieg als die unerreichbar Großen. Wir durften bei Besuchen ihre Zimmer gleichsam auf den Zehenspitzen betreten und bestaunten ihre Schülermützen, Briefmarken- und Schmetterlingssammlungen. Wenn sie nun im Krieg als junge Offiziere auf Heimaturlaub unsere Eltern besuchten, war die Ehrfurcht vor ihren Orden, ihren Verwundungen, ihren Verlobungen beträchtlich. Ihr Auftreten bei den „Kriegstrauungen" in besonders schmucken Uniformen konnte einem zehnjährigen Jungen durchaus imponieren. Man braucht sich nur ein Foto des jungen Oberleutnants Helmut Schmidt anzusehen, um sich ein Bild von der smarten Schneidigkeit dieser „Vettern" zu machen. Als nach Beginn des Rußlandfeldzugs immer mehr von ihnen fielen und wir ringsum in der Stadt bei Verwandten und Bekannten die Trauer um die vergötterten Söhne und Brüder miterlebten, erfuhr diese Generation eine fast mythische Überhöhung. Es war, wie manche sagten, die letzte Generation, für die „Ritterlichkeit" ein Ideal bedeutete.

Eine gewisse Schizophrenie im Verhältnis zu unserem Staat, nämlich seine Führer zu verachten, aber seine Wehrmacht zu schätzen, ja vielleicht zu lieben, wie sie für mein Elternhaus und andere Bürgerhäuser schon beschrieben wurde, übertrug sich nicht einfach auf mich, sondern fand in meiner kindlichen Sympathie mit dem Militär noch eine Steigerung.. Dies führte zu inneren Konflikten, wenn es im letzten Jahr des Krieges in Gesprächen der Familie darum ging, daß deutsche Siege den als bereits verloren geltenden Krieg nur noch verlängern würden. Als im Sommer 1944 die erste der lange und vollmundig angekündigten Wunderwaffen, die „V1", auf London eingesetzt wurde und bald darauf ihre Schwester, die Rakete „V2", folgte, konnte ich trotz gegenteiliger Einstimmung durch Eltern und Geschwister einen Anflug von Stolz und sogar von Hoffnung nicht unterdrücken. Selbst die Ardennen-Offensive im Dezember 1944, Hitlers letzter Versuch eines „Durchbruchs", ließ noch einmal Gefühle anklingen, wie ich sie als Zehnjähriger beim triumphalen Einmarsch der deutschen Truppen in Paris gespürt hatte. Meine Mutter hatte damals weinend am Radio gesessen, aber es war nicht klar, ob sie einfach von der Siegesstimmung überwältigt war oder den Triumph Hitlers betrauerte.

Dies alles drängte zur Klärung, aber ich kann nicht behaupten, daß ich mir die Zeit genommen hätte für klare Entscheidungen. Der tägliche Kleinkram und die Doppelrolle als „Omi" und „Murmeltier" waren wohl auch nicht geeignet, eine nachdenkliche Stimmung zu erzeugen. Eine wirkliche Besinnungspause hat es nach meiner Erinnerung nicht gegeben, übrigens – wie noch zu zeigen ist – auch nicht nach dem „Umbruch". Man suchte eher nach den kleinen Nischen am Rande des chaotischen Geschehens, so wie jener Alt-Wandervogel, der den großen Weltenlauf sich selbst überlassen wollte. Dieses scheinbar gelassene Sich-Einrichten im Unglück hatten wir ja mit unseren Petroleumlampen schon einmal ausprobiert. Von Schiller wird berichtet, daß er bei seiner Flucht aus Stuttgart mitten im hastigen Zusammenpacken seiner Sachen einen Gedichtband zur Hand genommen und daraus vorgelesen habe. Vielleicht gibt es so etwas wie den Luxus des Leichtsinns direkt vor einer Katastrophe; das Gefühl, man könnte auch ganz anders als sich einfach fallen lassen wie eines der Sandkörner. Ich jedenfalls hatte ein Bedürfnis nach unbeschwerter Abwechslung und ging gelegentlich – das Vorsichtsgebot mißachtend – mit meiner Geige hinüber ins Haus des Malerfreundes, wo die beiden jüngsten Söhne in der schwierigen Lage waren, den Krieg sozusagen aussitzen zu müssen. Sie waren ungleich stärker gefährdet als ich. Vor allem der Ältere, der seinen „Arbeitsdienst" schon hinter sich hatte und wehrpflichtig war, hätte von jeder Polizei- oder SS-Streife aufgegriffen werden können. Aber es entsprach nicht dem Stil des Hauses, daraus ein Drama zu machen. Der spätere Bühnenarchitekt und Marionettenbildner verstand sich schon damals auf den Umgang mit Textilien und nutzte die Sanduhrzeit, um die gleichsam politisch belasteten Stoffe, wie die obligatorische Hakenkreuzfahne und die Braunhemden der HJ-Uniformen, für neue Zwecke umzufärben. Wir musizierten dort wie eh und je, und mit Verstärkung durch eine Dame, die als Ausgebombte mit ihren Kindern im Hause wohnte, reichte es sogar für ein Streichquartett.

Ich betone bewußt das Idyllische dieser Nischenkultur. Sie gewann ihre makabre Harmlosigkeit aus der doppelten Bedrohung, die über uns schwebte. Jeden Augenblick konnte die Bombe eines Taffliegers ins Musikzimmer fallen, und jeden Augenblick konnte eine Gendarmerie-Streife nach Drückebergern oder Deserteuren suchen. So, wie es im Zelt erst richtig gemütlich wird, wenn der Regen aufs Zeltdach prasselt, haben wir diese Stunden ausgenutzt. Aber ich kann nicht behaupten, man habe sich in dem Bewußtsein zusammengefunden, dies könnte unser letztes Treffen sein. Der „Regen auf dem Zeltdach" war etwas nur sehr dumpf Empfundenes, und der „Luxus des Leichtsinns" hatte nichts Programmatisches an sich. Er konnte, im Gegenteil, einfach jugendlicher Leichtsinn sein, wenn zum Beispiel die beiden Brüder bei etwas entfernteren Jabo-Angriffen aufs Dach stiegen, um zuzusehen, wie die Flieger ihre Bomben ausklinkten.

Für unsere Jahrgänge bot die damalige Situation nur diese beiden Möglichkeiten: sich entweder idealistisch oder gar fanatisch zum Einsatz in Uniform zu melden, oder sich als „Omi" zu verstecken. Schon die um ein oder zwei Jahre Jüngeren kannten diesen Zwang zur Entscheidung nicht mehr. Sie konnten guten Gewissens Kinder sein – zwar „Murmeltiere", aber nicht „Omis".

Die „splendid isolation" unseres etwas abgelegenen Hauses förderte meine Doppelexistenz in dem Sinne, daß ich in jenen Wochen außer den Malerleuten kaum jemanden zu Gesicht bekam. Wo Familien näher beieinander wohnten, mag es zu häufigerem

Treffen von Jugendlichen gekommen sein. Aber alle offiziellen Kontakte des normalen Lebens, wie Schule, Sport, Dienst in der *Hitlerjugend*, Musikunterricht, Schachklub usw. waren abgebrochen, und ein beliebiges Sich-Herumtreiben verbot sich wegen des beständigen Fliegeralarms von selbst.

Es gab eine Ausnahme bei diesem Isolierungsprogramm: Botengänge als Familienkurier. Die briefliche und telefonische Verbindung mit meinem Vater, der in Stuttgart mit seiner Flak-Batterie einen Viadukt zu beschützen hatte, war nach dem Angriff abgebrochen. Es gab aber ganz in der Nähe unserer Stadt, auf der Hochfläche eines der letzten Ausläufer der Schwarzwaldberge, einen kleinen Militärflugplatz, mit dem sich mein Vater über seine Dienstleitung in Verbindung setzen konnte. Sogar Post konnte mit dem Kurier zwischen den beiden Einheiten hin- und hergeschickt werden. Durch einen mit uns befreundeten Luftwaffenhelfer, der im Fliegerhorst Dienst tat, wurde dieser Kontakt vermittelt. Ich hatte gelegentlich die Aufgabe – meist zusammen mit meiner älteren Schwester – auf den unserem Hügel gegenüberliegenden Berg zu wandern, um Post hinzubringen und abzuholen. Diese Unternehmungen fanden am frühen Morgen statt, bevor die Jabos ihr Tagewerk begannen. Ich habe bei diesen Gängen, auf einem Waldweg hinunter zum Fluß und auf der anderen Seite steil den Berg hinauf, den besonderen Reiz der Vorfrühlingsmorgen entdeckt, wenn die letzte Winterkälte der sternklaren Nächte mit den ersten Sonnenstrahlen zu schwinden beginnt und die Buchfinken ihre Botschaft in den noch kahlen Wald schmettern. Oben im Dorf H. roch es nach Holz- oder Brikettfeuer, verbunden mit dem damals anheimelnden Duft von Malzkaffee. Wie sehr mich die Verwüstung der Stadt bedrückte, schließe ich daraus, daß mir in jenen Wochen nichts wünschenswerter vorkam als das Leben in einem dieser kleinen Häuser im Dorf. Obwohl unser eigenes Haus auf dem Hügel es ja nicht an kleinbürgerlichem Charme fehlen ließ, war offenbar dieses Entrücktwerden auf einen anderen Berg und das scheinbar so abgerundete Dasein mitten in einem Bauerngarten ein besonders verlockendes Ideal. Wieder dachte ich an den Alt-Wandervogel, der sich abzukapseln versuchte.

Ironischerweise kam ausgerechnet aus diesem so friedlich erscheinenden Dorf H. eine schlimme Nachricht. Unser Freund, der gelegentlich selbst die Post für uns brachte, berichtete bei einem seiner Besuche, daß auf dem Dorffriedhof ein gefangener englischer Flieger von SA-Leuten und Hitlerjungen erschossen worden sei. Besonders empörend fand er – und wir fanden es auch – daß jemand dem Toten die pelzgefütterten Fliegerstiefel ausgezogen und sich angeeignet habe. An diese Einzelheit kann ich mich noch genau erinnern, wie man sich bei besonders häßlichen Erfahrungen häufig an scheinbar nebensächlichen Details festhält. Aber die Nachricht war von Anfang an von einem anderen Ereignis überschattet. Zwei Wochen zuvor war eine große Ansammlung von Menschen, die sich um eine Essensausgabe für Ausgebombte drängten, von Tieffliegern bombardiert und mit Bordwaffen beschossen worden. Wieder hatte es viele Tote und Verletzte gegeben. Die Bevölkerung empfand gerade diesen Angriff einzelner Maschinen als einen im wahrsten Sinn des Wortes gezielten Terror. Das Gefühl, daß man schon genug gelitten habe, steigerte sich zu einer Wut, die sich viel schärfer artikulierte, als es bei dem Betäubungsschlag des großen Angriffs möglich gewesen war. Auch in meiner Familie war die Erschütterung groß. So geriet die „Fliegergeschichte“ zwar nicht in Vergessenheit, aber doch in den Hintergrund. Es zeigte sich wieder der hektische Rhythmus der Sanduhr-Zeit. Keine Nachricht war schlimm genug, um aus dem Fluß der sich überstürzenden Ereignisse herausragen zu können. Auch ich nahm bei aller momentanen Empörung die Sache doch eher flüchtig zur Kenntnis. Ich konnte nicht ahnen, daß ich sechzig Jahre später mit der wirklichen Dimension des Mordes noch einmal zu tun haben würde. Darüber berichtet der *Epilog*.

Während das Familienleben im Häuschen auf dem Hügel trotz aller Schrecknisse um uns herum seinen einigermaßen gewohnten Gang ging und durch den dauernden, wenn auch nicht regelmäßigen Kontakt mit dem Vater ein wohltuendes Element der Beruhigung aus der Ferne erhielt, wurden andere junge Menschen meines Alters in die letzten Wirren des Krieges hineingezogen. Der untergehende Staat dankte denen nicht, die sich ihm voller Idealismus verschrieben und ganz in seinen Dienst gestellt hatten. Dies betraf nicht nur gläubige erwachsene Nationalsozialisten, sondern auch die „kleinen Pökse", die zum Teil durch die eigenen Eltern auf den Führer eingeschworen und im Glauben an die noch zu erwartenden Wunderwaffen alles zu opfern bereit waren. Ein Motiv für einen solchen totalen Einsatz in letzter Minute, als die großen und kleinen Machthaber längst ihr Fluchtgepäck bereitgestellt hatten, konnte neben jugendlichem Idealismus auch Abenteuerlust sein oder einfach die Freude, mit Gleichaltrigen zusammen zu sein. Aber es gab auch familiäre Gründe, das Elternhaus trotz der chaotischen Zustände zu verlassen. Einer meiner nächsten Verwandten, Sohn eines Vetters meiner Mutter, ist auf diese Weise zwar vor dem Tod in den Trümmern des elterlichen Hauses bewahrt worden, geriet dafür aber in abenteuerliche Schwierigkeiten, in denen mehr als einmal sein Leben auf dem Spiel stand. Er hat mir damals, in den Zeiten unserer Wortkargheit, nur Weniges erzählt. Aber jetzt, kurz vor seinem Tod, haben wir uns noch einmal zusammengesetzt und gemeinsam auf seine Kindheit und Jugend zurückgeblickt.

Walter war in Nordamerika geboren und achtjährig zusammen mit seinem Vater, der sich von seiner Frau getrennt hatte, in unsere Stadt gekommen. Ohne ein Wort Deutsch zu sprechen kam er in meine Klasse, wo er die Rolle des Exoten allerdings schnell ablegte. Er lebte zunächst bei seinen Großeltern, in deren Firma der Vater eingetreten war. Als dieser sich wieder verheiratete, bedeutete dies für den Jungen keinen Zuwachs an Heimatlichkeit; denn die Stiefmutter war streng bis zur Brutalität und schreckte auch vor dem Gebrauch der Reitpeitsche nicht zurück. Walter war sicher kein einfaches Kind. Was er brauchte, war Festigkeit und Wohlwollen, und dies fand er nur bei den Großeltern. Als der Vater im Krieg eingezogen wurde, wäre es gut gewesen, wenn der Junge ganz in der Obhut der alten Generation geblieben wäre, um den Willkürakten der Stiefmutter entzogen zu sein. Da er sich aber, um den Familienfrieden nicht zu gefährden, niemandem anvertraute, konnte ihm keiner helfen.

Eine Lösung schien sich endlich anzubieten, als im Januar 1945 ein bescheidenes Programm der *Kinderlandverschickung* in Gang kam, wie es schon Jahre vorher in den vom Bombenkrieg besonders heimgesuchten Städten im Norden und Westen des Reiches durchgeführt worden war. Walter war wohl einer der ersten, die sich freiwillig meldeten. Zu dem Bedürfnis, sich aus der unguten häuslichen Situation zu lösen, kam sicher ein gehöriger Schuß Abenteuerlust und womöglich jene blinde Siegeszuversicht, wie man sie den Jungen eingebleut hatte. Eine stets wache Hilfsbereitschaft, die Walter auch in seinem späteren Leben charakterisierte, zeichnete ihn offenbar schon damals aus. Sie wurde auch gebraucht; denn die Organisation der Lager in leerstehenden Hotels im Südschwarzwald unter der Leitung einiger nazistischer Studienräte war offenbar völlig unzureichend. Auch wurde der Sinn des ganzen Unternehmens, die Kinder vor dem Luftkrieg in Sicherheit zu bringen, dadurch verfehlt, daß sich eines der Hotels in unmittelbarer Nähe eines Bahnhofs befand, der die Tiefflieger auf sich zog. Drei Schüler starben bei Bombardierungen des Geländes.

Besonders schlecht organisiert war die Verpflegung. Daß die Rationen nicht ausreichten, war für die Kinder schon schlimm genug. Als sie jedoch merkten, daß einige der Lehrer, vor allem der besonders fanatische Lagerleiter, Essensvorräte heimlich abzweigten und in Freßpaketen an ihre Familien schickten, war bei einigen die Geduld zu Ende. Walter schrieb zusammen mit einem Freund an den Bannführer unserer Stadt, der für die paramilitärische Disziplin im Lager verantwortlich war. Durch die Denunziation eines Mitschülers wurde der Brief von dem Lehrer abgefangen und gelesen. Unter dem Vorwand, die beiden „Querulanten" hätten sich einer im selben Hotel vorübergehend untergebrachten Mädchenklasse unsittlich genähert, wurden die Briefschreiber in ein der Waffen-SS unterstehendes „Wehrertüchtigungslager" in der Nähe strafversetzt.

Schon dies war für einen Vierzehnjährigen eine schwer zu verkraftende Belastung: von der Familie getrennt, der Rache des ertappten Lehrers ausgeliefert, aus dem Kreis der Mitschüler ausgeschlossen und nun unter strenger SS-Disziplin an Panzerfaust und Karabiner ausgebildet. Aber es sollte noch schlimmer kommen.

Ein gewisser Trost war der Besuch des Vaters. Aber an jenem Februar-Abend, an dem unsere Stadt vernichtet wurde, machten beide einen Nachtspaziergang zu einer der beschneiten Höhen oberhalb des Lagers. Von dort aus sahen sie hinter den Bergen den Feuerschein der brennenden Stadt, und am folgenden Tag kam die telegraphische Nachricht vom Tod der Familie. Mit dem Verlust der Großeltern fehlten Walter die Menschen, die für ihn in einer schwierigen Kindheit immer Zuflucht und Halt bedeutet hatten. Und da der Vater bald darauf an die Front zurück mußte und in Gefangenschaft geriet, der einzige Bruder des Vaters in den letzten Tagen des Krieges fiel, war die Kindheit des Jungen mit jener Mondnacht auf dem Berg zu Ende gegangen. Fortan mußte er sich allein durchschlagen.

Dies begann damit, daß er im „Wehrertüchtigungslager" lieber Kartoffeln schälte als Dienst an der Waffe zu tun. Dann aber, in der letzten Phase des Krieges, waren eines Morgens die SS-Leute verschwunden. Sie hatten sich in Richtung „Alpenfestung" abgesetzt, jene legendäre letzte Fluchtburg des Reiches, die es nie gegeben hat, deren Name aber offenbar eine Art Parole für den Rückzug der Waffen-SS nach Süden gewesen ist. Die Jugendlichen blieben sich selbst überlassen. Walter und sein Freund machten sich auf, mitten im Chaos der nach Süden sich zurückziehenden Truppen in unsere Stadt heimzukehren. Als sie einmal ein Stück weit mit einem regulären Zug fahren konnten, geriet dieser unter Jabo-Beschuß. Ein im selben Abteil sitzender Soldat wurde von einem das Wagendach durchschlagenden Geschoß getötet. Sofort durchsuchten die beiden Jungen seinen Tornister nach Eßbarem. So weit, sagte Walter in unserem letzten Gespräch, hat man uns damals gebracht. In der Stadt sahen sie das ganze Elend der Verwüstung. Großeltern, Stiefmutter und zehn weitere Bewohner des Hauses waren inzwischen geborgen und in der üblichen Weise „privat beerdigt". Dem letzten Rat seines Vaters folgend, fand Walter bei Freunden seiner Stiefmutter ein Unterkommen. Aber wie es manchmal so ging am Rande des Kraters: nicht alle verschont Gebliebenen hatten ein Herz für die Opfer. Man glaubte es schlimm finden zu müssen, wie unappetitlich sein Hemd roch, das nun getrennt von der Wäsche der Familie unter besonderem Aufwand gereinigt werden mußte. Walter entzog sich weiterer Fürsorge dieser Art und schloß sich den letzten Hitlerjungen an, die sich im Umkreis des „Hauptquartiers“ von Kreisleiter, Bannführer und Kreisstabsführer im südlichsten Vorort noch aufhielten. Dort wurde er neu eingekleidet und erhielt – endlich – genug zu essen. Aber alles war im Aufbruch. Der Kreisleiter ließ seine im Luftschutzbunker gehorteten Vorräte an Cognac und Delikatessen durch die Hitlerjungen auf Lastwagen verladen. Dabei ging manches scheinbar zu Bruch, wurde in Wirklichkeit aber abgezweigt und gegen das Nötigste für einen fluchtartigen Rückzug eingetauscht. Denn nur darum ging es noch. Die einst Allgewaltigen türmten. Sie statteten Walter und einen zwei Jahre älteren Kameraden mit einem Motorrad aus, auf dem sie sich als Kradmelder gleichfalls nach Süden absetzen sollten. Auf ihrem Nummernschild prangte die „Wolfsangel“, Symbol des *Werwolfs*, dem sie nun anzugehören schienen.

In den Orten, durch die sie fuhren, war die Auflösung der staatlichen und militärischen Ordnung in vollem Gange. Heeresproviant wurde geplündert, teils aus Zügen, die in Bahnhöfen halb zerstört herumstanden, teils aus Transporten, die man der Bevölkerung überließ, bevor sie dem Feind in die Hände fallen konnten.

Walter und sein Kamerad erreichten am Bodensee das Lager der Waffen-SS, zu dem man sie beordert hatte. Auch hier war alles in Auflösung. Sie wurden damit beauftragt, große Benzinvorräte in den Bodensee zu schütten, und wieder konnten sie einiges für den eigenen Bedarf abzweigen. Die Waffen-SS machte Ernst mit dem Abmarsch in die „Alpenfestung“ und wollte die Hitlerjungen fest an sich binden. Als sich abzeichnete, daß sie sogar den Blutgruppenstempel der SS eintätowiert bekommen sollten, entschlossen sie sich zur Flucht. Sie brachen nachts in die Schreibstube ein und stellten sich einen Marschbefehl in ihre Heimat aus, fuhren allerdings zunächst weiter nach Süden. Im Allgäu gerieten sie in eine Gruppe von zwanzig Wehrmachtssoldaten, die im Begriff waren, sich selbst zu entlassen und ihre Waffen wegzuwerfen. Da erschien ein Motorrad mit Beiwagen, in dem ein hoher Offizier der Waffen-SS saß, auch er auf dem Weg in die „Alpenfestung“. Vermutlich hatte er es in erster Linie auf das Benzin der beiden abgesehen. Aber er behandelte sie als Deserteure und traf Vorbereitungen, sie zu erschießen. Nur durch das Eingreifen der Soldaten, die plötzlich ihre Gewehre wieder in der Hand hatten, konnten die Jungen gerettet werden. Immerhin nahm sich der SS-Offizier so viel vom Benzin der beiden Kameraden, wie in seinen Tank paßte, und verschwand mit seinem Fahrer.

Die beiden Jungen hatten nun wenig Chancen, mit dem Rest an Benzin irgendein Ziel zu erreichen. Auf der Weiterfahrt kam ihnen plötzlich ein deutscher Panzerspähwagen entgegen, dessen Fahrer sie anhielt. Er entpuppte sich als ein gutmütiger Bursche, der nur ein Ziel hatte: wohlbehalten in sein Dorf ganz in der Nähe zu kommen. So weit, meinte er, würde das Benzin im Motorrad noch reichen, und sie könnten dafür ja seinen Panzerspähwagen übernehmen. Dieser sei übrigens gefüllt mit Cognac und vielen anderen schönen Sachen. So fuhren Walter und sein Begleiter mit dem neuen Gefährt weiter, fürchteten aber bald, in eine Kontrolle zu geraten oder von Jagdbombern beschossen zu werden. Sie steuerten also den nächstbesten Bauernhof an, überließen dem Bauern ihre ganze Ladung und erhielten dafür Zivilkleidung, Kost und Logis. Ihr Fahrzeug versteckten sie im Wald.

An diesem Punkt könnte die Geschichte sich zum Guten wenden. Die französische Armee besetzte das Land, und es breitete sich eine Art von Frieden aus. Zwei der schlimmsten Gefahren jedenfalls waren gebannt: die „Jabos“ und die Kommandos der Waffen-SS. Die beiden Jungen arbeiteten unbehelligt auf dem Bauernhof. Zu ihren Pflichten gehörte es, die Milch täglich mit einem Pferdefuhrwerk in das nächste Städtchen zu fahren. Aber eines Tages befahl die örtliche Kommandantur der Bevölkerung, sämtliche Fahrräder auf dem Marktplatz abzuliefern. Es war eine jener Aktionen, wie sie die französische Besatzungsarmee in den ersten Monaten nach ihrem Sieg immer wieder einmal vornahm, wobei man nicht genau wußte, wie viel Eigeninitiative der Ortskommandanten im Spiele war. Jedenfalls stapelten sich auf dem Marktplatz die Fahrräder. Das brachte die beiden Jungen in ihrem Pferdefuhrwerk auf die Idee, zwei Fahrräder zu entwenden, um damit endlich die Heimreise anzutreten.

Auf dem Hof war alles für die Abreise vorbereitet. Da erschienen zwei marokkanische Soldaten und verhafteten die Fahrraddiebe. Eine Schwester des Roten Kreuzes hatte sie beobachtet und bei den Franzosen angezeigt. Sie wurden nach einem kurzen Verhör in ein provisorisches Gefangenenlager gebracht, von wo sie in das größere und bald berüchtigte Lager von Tuttlingen in Württemberg überstellt werden sollten. Die Fahrt dorthin konfrontierte sie erneut mit dem Tod. Zusammen mit achtzig weiteren Gefangenen sperrte man sie in einen Güterwaggon, der plombiert wurde. Die Strecke hätte in wenigen Stunden zurückgelegt werden können. Aber der Wagen wurde bald an diesen, bald an jenen Zug angehängt oder stand stundenlang in irgendwelchen Bahnhöfen herum. Die Fahrt in der prallen Sonne dauerte drei Tage. Die Zustände in dem Waggon waren, wie sie nicht anders sein konnten. Einige der Insassen starben und wurden entlang der Wände auf den Boden gelegt.

Auch das neue Lager brachte keine Erlösung. Es ist später unter dem Namen „Mühlau" bekannt geworden als das größte Durchgangs- und Entlassungslager der Franzosen in Süddeutschland. Ein Lokalhistoriker schätzt, daß von 1945 bis 1950 zwischen 200.000 und 300.000 deutsche Kriegsgefangene hier durchgeschleust worden sind. Für die einen war es das Tor zur Freiheit, für die anderen die letzte Station vor den Arbeitslagern in Frankreich. Walter und sein Freund hatten das Pech, in der ersten chaotischen Aufbauphase eingeliefert zu werden. Die Gefangenen kampierten zu Tausenden unter freiem Himmel. Sie mußten zunächst Zäune errichten, die dann mit Stromkabeln versehen wurden. Danach war jede Annäherung an den Zaun bei Todesstrafe verboten. Dies führte zu schlimmen Konflikten. Denn die Leute aus der Stadt versuchten, den hungernden Gefangenen zu helfen, indem sie Proviantpakete über den Zaun warfen. Manche dieser Gaben landeten nicht weit genug hinter dem Stacheldraht und wurden zu einer tödlichen Versuchung. Es kam zu Erschießungen. (Manche der deutschfreundlichen algerischen Bewacher sollen allerdings auch weggesehen oder die begehrten Gaben ein Stück weit in die Zone der Erreichbarkeit geschubst haben.) Der Hunger muß groß gewesen sein. Es gab zu Anfang pro Mann täglich eine Schöpfkelle voll wäßriger Suppe, für die man stundenlang anstehen mußte. Jeder Gefangene versuchte, ein kleines Stückchen Rasen für sich abzugrenzen und zu kultivieren, um sich aus Gras und Kräutern selbst eine „Suppe" kochen zu können. Schlimmer war die scheinbar humanitäre Aktion einer plötzlich verteilten Sonderration von etwa 200 g Käse. Nichtsahnend verschlangen die beiden Jungen diesen Leckerbissen, anstatt ihn in kleinen Portionen der täglichen Wassersuppe zuzugeben. So kam es in ihrem ausgemergelten Körper zu furchtbaren Verstopfungen. Einer half dem andern, mit Zweigen und anderem Gerät den zugekitteten Körperausgang freizukratzen.

Wieder waren die beiden gleichsam bei Null angekommen und hätten die Lagerhaft vielleicht nicht überlebt, wenn ihre Geschichte nicht durch das energische Einschreiten einer einzelnen Person eine entscheidende Wendung erfahren hätte. Eine Dame aus der Familie der am Ort ansässigen Schuhfabrikanten erreichte bei der Kommandantur, daß vierhundert jugendliche Gefangene unter achtzehn Jahren sofort entlassen wurden. Geschwächt, verdreckt und verlaust erreichten die beiden Freunde zu Fuß unsere Stadt, vielleicht auf der Route, die Hans Blickensdörfer in seinem Buch *Die Baskenmütze* beschreibt. Mitten in der Nacht kamen sie zum Haus des älteren Kameraden. Sie verbrannten als erstes ihre Kleider und verlangten nach einem Bad, – nackt, wie sie da zum Entsetzen der jüngeren Schwester im Haus herumliefen.

Die Odyssee Walters war damit noch nicht zu Ende. Die Verwandtschaft kümmerte sich schlecht und recht um seine Versorgung, ohne daß er irgendwo – auch nicht bei uns – in eine Familie aufgenommen worden wäre. Er landete schließlich auf einem Bauernhof, wo er wenigstens die schlimmste Hungerzeit überstanden hat. Es war ein langer Weg bis zu dem erfolgreichen und beliebten Geschäftsmann, der er schließlich geworden ist. Bei seiner Beerdigung herrschte ein Gedränge wie bei einem Staatsakt.

Es gibt mit Bezug auf ihn doch noch eine sinnvolle Anwendung des ominösen Wortes von der „Gnade der späten Geburt“, sofern damit gesagt sein soll, daß ein ohne Stütze und Orientierung dem Chaos ausgelieferter Mensch nur durch sein jugendliches Alter vor den schlimmsten Verstrickungen bewahrt blieb. Wäre er nur ein halbes Jahr älter gewesen, wäre er vielleicht wie jene Hitlerjungen, denen er sich anschloß, in die Mordaktion auf dem Dorffriedhof verwickelt worden.

Der Mantelsaum

In vielen Berichten über das Frühjahr 1945 wird das besonders früh einsetzende, warme und lang anhaltende Frühlingswetter erwähnt, oft mit dem Ausdruck der Dankbarkeit dafür, daß manches an Not und Entbehrung dadurch ein wenig gelindert wurde. Auch unsere Obstgartenwelt war in jenem April eine einzige Blütenlandschaft und hob sich scharf ab von dem Krater drunten, in dem sich nur ganz allmählich ein wenig Grün zeigte. Man hätte meinen können, daß das Schlimmste hinter uns läge und wir im Verein mit der unverwüstlichen Natur einen Neuanfang wagen könnten. Aber noch war es nicht so weit. Das Eigentliche lag ja noch vor uns und niemand wusste, was sich wirklich ereignen würde. Die Propaganda aus dem übrig gebliebenen Reich erreichte uns nur noch spärlich, doch war sie wirksam genug, um die Greuel eines feindlichen Einmarsches, wie sie aus dem Osten berichtet wurden, als Möglichkeit auch im Südwesten vor uns hinzustellen.

Für diese Situation reicht das Bild der Sanduhr nicht aus, um die Stimmung in unseren Häusern und Gärten wiederzugeben. Das Miterleben einer allmählichen Zersetzung der öffentlichen Ordnung in der Sanduhrzeit hatte noch eine gewisse innere Distanz zugelassen, bei aller Angst vor den Jabos. Was jetzt bevorstand, kam aus einer Dunkelheit, vor der es kein gelassenes Abwarten mehr gab. War es ein „Einmarsch“, eine „Eroberung“, eine „Besetzung“? Gab es den Untergang in einem allgemeinen Chaos, und konnte dieses schlimmer sein als das Inferno, in dem die Stadt eingeäschert wurde? Oder würde es ein dörfliches Glockenläuten geben, das Hissen weißer Fahnen und die feierliche Übergabe des Kraters durch einen Stadtältesten? Auch wenn man nicht auf die Parole „Sieg oder Untergang“ eingeschworen war, ahnte man doch, daß der „Einmarsch“ anderes bedeuten würde als ein plötzliches Umschlagen des bisherigen Zustandes in einen neuen, womöglich besseren. Die Angst, die ich damals vermutlich mit meiner Familie teilte, bezog sich nicht auf eine konkrete Gefahr, sondern war Ergebnis jener Unvorstellbarkeit dessen, was vor uns lag.

Natürlich wird es damals Menschen gegeben haben, die auf das Kommende so eingestellt waren, daß sie sofort zupacken konnten, wenn es da war. Von Bismarck gibt es das Wort, daß der Staatsmann auf den Gang Gottes durch die Geschichte zu achten habe, um schnell vorzuspringen und einen Zipfel seines Mantels zu erhaschen. Diesen „Mantel der Geschichte“ hat Helmut Kohl immer wieder beschworen, als es 1989 darum ging, rasch zuzupacken. Für uns Graswurzel-Leute im April 1945 war diese Schleppe zu schwer, um ergriffen zu werden. Der Mantel wehte nicht über uns, sondern sein bleischwerer Saum schleifte über das Land und schien uns erdrücken zu wollen. Er ließ nicht zu, daß wir den großen Augenblick seiner Präsenz hätten erfassen können. Vielmehr verging uns Hören und Sehen, und es blieb wieder einmal nur die Banalität des Überlebens. Die Blindheit für die historische Größe eines Augenblicks hat Ernst Bloch am Beispiel der Jünger in Gethsemane und an Pilatus aufgezeigt. Sie ist unübertrefflich komisch dargestellt in Kempowskis Bericht über den Einzug der Russen in Rostock: Großvater, Mutter und Sohn sitzen auf dem Balkon. Die Mutter kümmert sich um ihre Balkonpflanze und redet über Gott und die Welt. Ab und zu muß der Sohn nachsehen, ob „sie" schon da sind. Schließlich geht ein Schuß quer durch den blühenden Birnbaum vor dem Haus. Die Mutter sagt: „Ich glaub', wir gehen ´rein." Diese Reduzierung des welthistorischen Geschehens auf das Maß eines kleinen Gewitters, vor dem man sich ins Haus zurückzieht, ist in hohem Maße denkwürdig. Wir erleben heute, in einer weniger dramatischen Welt, eher das Gegenteil. Politiker künden die Tragweite einer Rede, eines Treffens, eines Parlamentsbeschlusses schon im voraus als historisch an, und die Medien breiten das aus. Als der Astronaut Armstrong seinen Fuß auf die Mondoberfläche setzte, durfte er den Satz aufsagen: „Ein kleiner Schritt hier, ein großer in der Geschichte der Menschheit." Vielleicht war es wirklich ein großer Schritt. Aber dem Zuschauer wurde die Freude daran etwas vergällt durch das Drehbuchgemäße der Szene. Die Regisseure der NASA hatten vorsorglich ihren Mantel der Geschichte selbst gewebt und ließen ihn über dem Ereignis wehen. Vielleicht bedarf es heute der ganz großen, ungeheuerlichen Geschehnisse, wie des Elften September, um überhaupt noch ein spontanes, völlig unmanipuliertes Gefühl für die geschichtliche Bedeutsamkeit eines „live" erlebten Ereignisses möglich zu machen.

Ich glaube nicht, daß es damals auf dem Hügel viele Menschen gab, die den Augenblick des Besetzt-werdens durch französische Truppen als eine biographische Zäsur größten Ausmaßes für sich erlebten. Eben noch waren sie Untertanen eines totalitären und brutalen Systems, aber auch stolze Bürger des Deutschen Reiches gewesen; jetzt gehörten sie zur amorphen Masse der Besiegten und Rechtlosen, aber auch der vom Krieg Erlösten und – objektiv betrachtet – der von einer verbrecherischen Despotie Befreiten. Kaum jemand wird in der Benommenheit des Augenblicks den inneren Abstand für eine solche Betrachtung gefunden haben. Die zu vermutende Blindheit, mehr noch vielleicht eine Art Betäubung der meisten unserer Landsleute in der Bedrängnis des Geschehens darf wohl als normal gelten. Sie fand dort allerdings ihr Gegenstück, wo die von den Nazis Verfolgten den Augenblick ihrer Befreiung als die große Wende in ihrem Leben erfuhren. Es macht das besonders Bewegende von Büchern jüdischer Autoren aus, als Leser auf diesen Augenblick hingeführt zu werden.

Was meine eigene Blindheit betrifft, so war sie durch zwei äußere Faktoren bestimmt: Das letzte Stadium des Krieges war bei uns überschattet von der Angst vor den „Marokkanern“. Ich setze dieses Wort in Anführungszeichen, da ich nicht sicher bin, ob dies ein Sammelname für alle nordafrikanischen Kolonialtruppen der französischen Armee war, oder ob sich die Soldaten aus Marokko tatsächlich von denen aus Algerien und Tunesien unterschieden. Es gibt einen Bericht aus unserer Stadt, in dem behauptet wird, die Tunesier seien deutschfreundlicher und weniger brutal gewesen als die wirklichen Marokkaner. Ich lasse dies offen. Die (später bestätigten) Gerüchte über Vergewaltigungen und gräßliche Szenen waren nicht geeignet, bei meinem „Frauenrat“ ein Klima der ausgeglichenen Distanz zu erzeugen. Noch wußten wir nicht einmal, daß *alle* Altersgruppen der weiblichen Bevölkerung gefährdet waren. Unsere Sorge galt vor allem meiner siebzehnjährigen Schwester. Es gab zwar eine lustige Szene, als sie uns vorspielte, in welcher Aufmachung und Mimik sie sich als Vollidiotin präsentieren würde, wenn das Schlimmste bevorstünde. Doch half dies über die Sorge um alle im Haus nicht hinweg.

Der zweite Grund für eine blind machende Benommenheit lag darin, daß man noch Anfang April beschlossen hatte, unsere Stadt zu verteidigen; genau genommen die südliche Hälfte des Kraters und unseren dazugehörenden Hügel. Diesem kam damit die Rolle eines „Bollwerks“ gegen den von Norden heranrückenden Feind zu. Das hatte zur Folge, daß es uns nicht vergönnt war, das Ende des Krieges als harmloses letztes Kapitel zu erleben, etwa mit rasch durchfahrenden Panzern, weißen Fahnen an den Häusern und den von Kindern umringten Jeeps, aus denen erste Kaugummis verteilt wurden.

Statt dessen mehrten sich die Anzeichen, daß das Stadtgebiet noch einmal vollständig in das Kriegsgeschehen hineingezogen werden sollte. Wieder gab es auf unserem Berg nur Gerüchte, böse Ahnungen, undurchschaubare Maßnahmen. Heute weiß man, daß der Wahnsinn noch einmal vom Hauptquartier des Kreisleiters ausging. Gegen den Widerstand des Militärs erzwang er die Verteidigung der Stadt, ließ sie zum „Festen Platz" erklären, und setzte seinen Volkssturm ein. Der Gauleiter, den Himmler zum „Reichsverteidigungskommissar" gemacht hatte, unterstützte den Plan und schickte 700 Hitlerjungen aus dem Schwarzwald in unsere „Festung". (Ein besonnener Wehrmachtoffizier veranlaßte ihre sofortige Rücksendung.) So wurde gegen jede strategische Vernunft und mit unzureichenden Mitteln eine letzte Verteidigungslinie quer durch den Krater gebildet. Der Reichsverteidigungskommissar (im Zivilberuf Volksschullehrer) hatte sich gegen den Kommandierenden General durchgesetzt.

Von solchen Plänen und Maßnahmen hatten wir glücklicherweise keine Kenntnis; denn die Angst vor einem längeren Kampf um die Stadt hätte uns womöglich zu einer unbedachten Flucht in eines der umliegenden Dörfer verleitet. Vielleicht hat uns auch die Unbeweglichkeit der Großmutter davor bewahrt. Im Rückblick betrachtet konnten wir gar nichts Besseres tun als dazubleiben und abzuwarten, wie schmerzhaft der Mantelsaum über uns hinweggeschleift würde.

Das Ende kam in zwei Schüben. Die Franzosen drangen am Sonntag nach Ostern in den nördlichen Teil der Stadt und des Kraters ein, wurden in Straßenkämpfe verwickelt und gingen am linken Flußufer in Stellung. Den Tag dieses ersten Anpralls empfand ich als recht dramatisch, aber auch wieder komisch. Granateinschläge auf unserem Berg ließen uns stündlich erwarten, daß es zu Kämpfen um uns herum kommen würde. Inmitten der Schießerei erschien plötzlich ein Mann aus der ferneren Nachbarschaft im Garten und schrie, wir sollten schleunigst eine weiße Fahne heraushängen. Der Feind könne jeden Augenblick erscheinen. Meine Mutter stürmte ins Balkonzimmer, holte ein Bettlaken aus dem Schrank, riß es in zwei Stücke und fing an, die eine Hälfte an der kleinen Fahnenstange, die schon bereit stand, zu befestigen. Meine Tante und ich waren ihr nachgeeilt. Für die Tante war dies sicher eine Stunde der größten Schmach. Sie versuchte, meine Mutter aufzuhalten, zur Besinnung zu bringen; warum sollte unser so abgelegenes Haus eine weiße Fahne hissen? „Gerade, weil es so abgelegen ist, müssen wir sie hissen," rief meine Mutter und ließ sich nicht aufhalten. Ich stand zwischen den beiden Schwestern und spürte, wie all die nur halb ausgetragenen Gegensätze der vergangenen Jahre hochkochten. Es schien der Triumph meiner Mutter zu sein. Immer schon war es auch um Fahnen gegangen. Als man zu Anfang der Nazi-Zeit noch die Wahl zwischen verschiedenen Fahnen gehabt hatte, kaufte sich meine Mutter demonstrativ eine große, teure schwarz-weiß-rote Fahne. Dies waren die Farben der Monarchie gewesen, für sie aber vor allem die Farben des Ersten Weltkriegs, die Farben Hindenburgs. Sie war dreizehn, als dieser nach der Schlacht von Tannenberg zum Volkshelden wurde, und sie liebte ihn bis zu seinem Tod. Ich erinnere mich dunkel an seinen Todestag, einen trüben Sommermorgen. Meine Mutter war traurig. Kurz zuvor war mein Großvater gestorben, und beide Ereignisse vermischten sich in meinem vier Jahre alten Gehirn. Vielleicht war daran auch der manchmal makabre Humor meines Vaters schuld. Denn auf die Frage, warum alle Fahnen mit einem Trauerflor versehen seien, sagte er, dies geschehe vielleicht zu Ehren des toten Großvaters. Jedenfalls demonstrierte die Mutter mit der Hindenburg-Fahne gegen Hitler. (Daß es auch eine schwarz-rot-goldene gab, die immerhin die offizielle Fahne der Republik gewesen war, ignorierte sie.) Als dann 1935 die Hakenkreuzfahne zum alleingültigen Symbol gemacht wurde, kam es in der Wohnung von Großmutter und Tante zu einer der etwas peinlichen Szenen. Meine beiden älteren Schwestern sagten treuherzig: „Wir haben lieber Schwarz-Weiß-Rot" und wurden in einer Weise zum Schweigen gebracht, wie wenn sie etwas Unanständiges gesagt hätten. So kurz war das Gedächtnis derer, die wenige Jahre zuvor selbst noch mit Schwarz-Weiß-Rot geflaggt hatten. Für die nun obligatorisch gewordene Hitler-Fahne wählten meine Eltern ein ziemlich kleines Format und vergaßen bisweilen an den vielen Tagen, an denen geflaggt werden mußte, das kleine Ding zu hissen. Nun also trug die Fahnenstange das halbe Leintuch.

Aber der Schmerz der Tante währte nicht lange. Denn bald nach dem Ende der Schießerei erschien der Nachbar wieder: Wir sollten schleunigst die Fahne hereinholen. Die deutschen Soldaten seien entschlossen, unseren Hügel zu verteidigen und würden jedes Haus anzünden, aus dem eine weiße Fahne hinge. So stand es im Flaggenstreit eins zu eins.

Nach diesem denkwürdigen Tag, an dem niemand recht wußte, wie man sich verhalten sollte, kam es zu einer Art Stellungskrieg, einer zehntägigen Belagerung der südlichen Stadthälfte mit unserem Hügel als Bollwerk. Während in der schon besetzten Nordstadt die „Marokkaner" ihr Unwesen trieben, erlebten wir auf unserem Festungs-Berg eine eigentümlich ruhige Zeit. Mit einem Schlag waren die Jabos verschwunden; denn der komplizierte Frontverlauf der allmählich immer enger eingeschnürten Stadt war selbst für die Tiefflieger zu unübersichtlich geworden. An ihre Stelle trat ein einzelnes, sehr langsam über uns kreisendes Flugzeug von der Gestalt eines „Fieseler Storch". Es war der Artillerie-Beobachter einer französischen Batterie, die am Nordrand der Stadt Aufstellung genommen hatte und über unsere Köpfe hinweg nach Süden schoß. Man hörte zunächst die vier dumpfen Abschüsse, dann das Gurgeln der Granaten über uns, schließlich den viel helleren, scharfen Knall der Einschläge. Es kennzeichnet die Situation unserer „Festung", daß dieses Flugzeug zehn Tage lang über uns kreisen konnte, ohne auch nur von einem Maschinengewehr beschossen zu werden. Fast hätte man den Eindruck haben können, der Frieden sei bereits ausgebrochen und erste Panoramaflüge fänden statt über unserer makaber fotogenen Trümmerlandschaft.

Wir hatten damals viel im Freien zu tun. Meine Mutter hatte mit dem Einverständnis der Nachbarn ein Grundstück mit Beschlag belegt, dessen Besitzer seit dem Angriff nie mehr aufgetaucht, also offenbar umgekommen waren. Dieses Stück Land, dessen Prunkstück ein großes Erdbeerbeet war, wurde nun in größter Eile bestellt. Vor allem wurden die noch übrig gebliebenen Winterkartoffeln in den Boden gesteckt, bevor sie verfaulen oder requiriert werden konnten. Sie waren nicht eben ein ideales Saatgut, haben uns aber im Herbst ein gutes Stück weitergeholfen. Alle diese Arbeiten unter freiem Himmel fanden auch unter den Augen der „lahmen Ente", des Artillerie-Beobachters, statt. Wir scheinen nie auf die Idee gekommen zu sein, daß er seine Kanoniere auch einmal auf uns ansetzen könnte. Im Gegenteil, wir fanden es lustig, mit welch komischen Geräuschen die Granaten über uns hinwegzogen. Einmal fand am Abendbrottisch ein Wettkampf im „Nachgurgeln" der Granaten statt, den die Tante, groß im Imitieren von Geräuschen, klar gewann.

Natürlich gingen die Einschläge hinter uns nicht ins Leere. Aber erst nach dem Ende der Kämpfe erfuhren wir von der einen oder anderen Katastrophe, die über Bekannte und Freunde durch diesen Beschuß hereingebrochen war. Eines der Opfer war der Bruder von Walters Vater. Sein Tod steht für die ganze Absurdität des Kampfes um unsere Stadt. Er wurde von einer Granate zerrissen, als er auf dem Weg war, die Brille seines Kompaniechefs im Städtischen Krankenhaus abzuholen, wo dieser nach einer Verwundung sie vergessen hatte.

Es ist verständlich, daß das französische Militär keine unsinnigen Opfer mehr bringen wollte und statt einer Erstürmung unseres Hügels die Umzingelung des Südteils der Stadt betrieb. Die eigentliche Front, die den Fluß entlang mitten durch die Stadt und das Trümmerfeld ging, hatte an manchen Stellen eher den Charakter einer Demarkationslinie. Wer dringende Familienbesuche in der schon besetzten Nordstadt zu machen hatte, konnte sich, mit einer weißen Armbinde versehen, beim französischen Posten an einer der wenigen noch erhaltenen Brücken melden und erhielt einen Passierschein für den Tag. Von solchen Grenzgängern erfuhr man nähere Einzelheiten über die Ausschreitungen der „Marokkaner". Es entspricht der Konzeption dieser Aufzeichnungen, diese Seite unserer Kriegserfahrungen zwar nicht zu verschweigen, aber auch nicht auftrumpfend oder aufrechnend zu präsentieren. Es mag genügen zu sagen, daß sich die Angst in unserem Frauenhaus durch solche Meldungen erheblich steigerte. Aber es gelangten auch Nachrichten zu uns, in denen Elemente des Menschlichen aufblitzten. Zum Beispiel die Kriegslist einer einfallsreichen Lehrersfrau. Sie schmierte das Gesicht ihrer sechzehnjährigen Tochter mit nassem Brikett-Staub ein und legte sie ins Bett. Sich selbst verunstaltete sie in ähnlicher Weise. Als die betrunkenen Eroberer ins Haus kamen, erklärte sie ihnen in fließendem Französisch, sie selbst sei eine alte Frau (sie war noch nicht fünfzig!), und ihre kranke Tochter hier im Bett hätte nur noch wenige Tage zu leben. Beide waren gerettet. Eine andere vaterlose Familie mit einer achtzehnjährigen und einer vierzehnjährigen Tochter hatte Glück mit den Besatzern, denn diese gingen nur an ihre Essensvorräte. Als das jüngere Mädchen anfing zu weinen, fragte einer der Soldaten, wovor sie sich fürchte. Man bedeutete ihm, daß sie nicht Angst, sondern Hunger habe. Dies bedrückte den jungen Nordafrikaner so, daß er während der Belagerungszeit immer wieder ein Huhn, Kartoffeln oder Brot anschleppte – sicher auf Kosten anderer Familien.

Daß es bei uns auf dem Berg, wie in der ganzen Südstadt, in den zehn Tagen des Stellungskrieges überhaupt zur Ausgabe von Lebensmitteln kam, nahm ich damals wohl als etwas Selbstverständliches oder Gottgegebenes hin. Erst viel später erfuhr ich, daß einige beherzte Frauen und Männer es unternommen hatten, für unseren von Ämtern und Versorgungsstellen abgeschnittenen Stadtteil da und dort Vorräte an Mehl, Milch und Fleisch aufzuspüren und nach einem eigenen Verteilungsplan an Bäckereien und Lebensmittelläden auszugeben. Während unser Kreisleiter sich seine Bunker-Vorräte auf Lastwagen verladen ließ und mit diesen nach Süden floh, haben jene verantwortungsbewußten Menschen sich vor allem für die Ernährung der Neugeborenen und Kleinkinder eingesetzt. Der Hauptinitiator, der bei jenem berüchtigten Jabo-Angriff auf die Essensausgabe Frau und Tochter verloren hatte, war dennoch in den Wochen unmittelbar danach unermüdlich helfend tätig. In seinen Erinnerungen findet man eine Zusammenstellung der Rationen, die er an uns verteilen ließ. Es ist kaum noch vorstellbar, daß so dicht hinter der Front, die quer durch unsere Stadt verlief, eine improvisierte Versorgung nicht nur der Bevölkerung, sondern teilweise auch der uns „beschützenden" Soldaten stattfand und uns vor dem schlimmsten Hunger bewahrt hat.

Der zweite Anlauf zur Eroberung der Stadt verlief im ganzen weniger dramatisch, wenn auch für Mutter und Schwester beinahe tödlich. Unser Wohltäter hatte in einem Kühlhaus im Süden der Stadt große Mengen an Gefrier-Ei entdeckt und an verschiedene Geschäfte abgeben lassen. Durch das übliche Buschtrommel-System von Haus zu Haus erfuhren wir von dieser verlockenden Sonderration. Meine Schwester reihte sich, auf halber Höhe im Tal, vor einem Laden in die lange Schlange ein. Nach einigen Stunden bemerkten wir zuhause Gebliebenen, daß die Art des Schießens sich verändert hatte. Es war nicht mehr das für uns so harmlos verlaufene Zielschießen der Artillerie, sondern unregelmäßiges lautes Krachen in der Nähe; explodierende Panzergranaten, wie wir später feststellten, als wir einen großen Granatsplitter im Dachboden fanden. In großer Aufregung rannte meine Mutter den Berg hinunter zu meiner Schwester, um sie nach Hause zu holen. Auf der Straße am Berg, die plötzlich menschenleer war, kam ihnen ein Arbeitsdienstführer entgegengerannt, der oben ein Flakgeschütz zur Panzerabwehr in Stellung gebracht hatte. Er beschwor sie, nicht mehr weiterzugehen: „Dort oben ist der Feind!“ Mutter und Tochter ließen sich nicht abhalten. Noch wären einzelne Häuser da gewesen, in denen sie hätten Zuflucht finden können. Aber sie wollten nur eines: zu den Anderen ins eigene Haus! Auf der Höhe, wo kein Gebäude mehr Schutz bot, führte ihr Weg, für jedermann sichtbar, an einem Feld entlang. Meine Schwester nahm ihre rote Dirndl-Schürze ab, um weniger aufzufallen, und beide liefen nun in größter Hast, tief geduckt, bis zum nächsten Feldweg. Da lag am Wegrain ein deutscher Soldat, das Gewehr im Anschlag. Er zischte sie an, keinen Schritt weiter zu gehen. Jeden Augenblick könnten die Marokkaner an der Wegbiegung erscheinen. Aber es gab kein Halten mehr. Das rettende Gartentor war nur noch fünfzig Meter entfernt. Doch jetzt kam der fast hundert Meter lange Gartenweg. Er verlief quer zur Schußrichtung der Franzosen, und die beiden hörten das Pfeifen und Zwitschern der Gewehrkugeln um sich herum. Noch tiefer geduckt und so schnell wie es irgend ging, erreichten sie schließlich das Haus. Ich hatte an der Ausstiegluke des Luftschutzkellers Ausschau gehalten. Ihre roten Gesichter habe ich nie vergessen.

Als die Schießerei abflaute, wagte sich meine Mutter wieder vors Haus und sah noch einen deutschen Soldaten, der mit zwei Gewehren in den Händen unseren Weg entlang lief, hinaus auf die Straße. In diesem Augenblick, könnte man sagen, schleifte der Mantelsaum über uns hinweg. Wir waren hinter der Front.

Aber wir hatten nicht die Muße, das alles „historisch“ zu finden. Da war kein Drehbuch, das uns sagen ließ: „A big step in our life!“ Es gab nur die Angst vor dem, was nun kommen könnte. Wie würde das Haus voller Frauen in wenigen Stunden aussehen? Als es dunkel wurde, hörten wir von irgend woher das Durcheinanderschreien und -schnattern in einer fremden Sprache. Würden sie kommen?

Als es dann wirklich klopfte, war es der Malerfreund und der ältere der beiden Söhne. Sie hatten sich durch die Gärten und durch Löcher in den Zäunen herübergeschlichen. Wir sollten alle rüberkommen, „rum komme“, wie es früher, in friedlicheren Zeiten, geheißen hatte. Mit Kissen und Decken unter dem Arm gingen wir im Gänsemarsch durch die Nachbargärten, die Großmutter, wie immer, am Arm meiner Tante. Wieder war es eine Vollmondnacht, und wieder war die Natur so weit entfernt von dem, was die Menschen miteinander anstellten. Noch heute erinnert mich der Duft blühender Apfelbäume an jene Nacht.

Im Haus der Malerleute war im halb ausgeräumten Eßzimmer ein großes Lager vorbereitet. Unter den Bewohnern sahen wir einen fremden Herrn: den Oberleutnant, der wenige Stunden zuvor Zuflucht im Haus gefunden hatte. Wir verbrachten die erste Nacht der neuen Zeit bei Freunden, die ihr Leben riskiert hatten, als sie, in Rufweite der irgendwo kampierenden Franzosen, nach uns sahen und uns bei sich aufnahmen.

Verpaßte Besinnungspause

Wenn mir ein freundlicher Geist der Geschichte die Möglichkeit gäbe, mein Leben nachträglich an einigen Punkten zu revidieren, würde ich bei dem Morgen nach dem Einmarsch der Franzosen beginnen. Ich würde den Fünfzehnjährigen auf den Balkon (wo nun doch wieder die weiße Fahne hing) hinaustreten lassen und ihm die Kraft geben, sein ganzes bisheriges Leben in einer einzigen Vision zu umgreifen und alle bisherigen Verfehlungen, Verirrungen und Beschädigungen in das Fundament für ein neues Leben umzuschmelzen.

In der Dichtung ist das möglich. Goethe läßt seinen Faust zu Beginn des Zweiten Teils der Tragödie in einer großartigen Regenerationsszene mit den Worten beginnen: „Des Lebens Pulse schlagen frisch lebendig." Jedes einzelne Wort beschwört die Erneuerungskraft, die der vielfach schuldig Gewordene und Gescheiterte braucht. Er spürt „ein kräftiges Beschließen, zum höchsten Dasein immer fortzustreben." Allerdings – das sollte nicht unerwähnt bleiben – läßt er seine Verirrungen und Verbrechen in einem heilsamen Vergessensschlaf hinter sich zurück.

Für einen solchen genialischen Neubeginn fehlten freilich alle Voraussetzungen. Zunächst und vor allem in meiner unreifen und alles andere als männlichen Verfassung. Dann aber in der Situation der einzelnen Häuser auf dem Hügel, in der Stadt, im ganzen Land. Es hat vielleicht Orte in Deutschland gegeben, wo Menschen in dieser unbefangenen Weise den Aufbruch in ein neues, nicht mehr gefährdetes Leben und Arbeiten feiern konnten, unbelastet und frei. Ich denke etwa an den kleinen, zur Lazarettstadt erklärten und nicht verteidigten Ort im Allgäu. Meine älteste Schwester hatte dort bei Freunden Zuflucht gefunden, als sie versuchte, sich aus ihrem Arbeitsdienstlager in Tirol noch vor Auflösung des Reiches zu uns durchzuschlagen. Der Bericht über den Einmarsch der Amerikaner, den sie uns nach ihrer Heimkehr gab, enthielt für uns, die härter Geprüften, eine Welt undramatischer Ordentlichkeit. Die Bevölkerung sei auf ein bestimmtes Sirenensignal vorbereitet worden, das „Feindalarm" bedeutete. Bei dessen Ertönen begab man sich in die Luftschutzkeller, und als dann die altbekannte „Entwarnung" erfolgte und man sich ins Freie traute, standen die amerikanischen Panzer auf dem Marktplatz. Das Leben konnte weitergehen. Die Ärzte operierten weiter; der schwer kriegsversehrte Cellist, bei dessen Familie die Schwester wohnte, übte weiter; seine Frau bügelte weiter. Man könnte sich vorstellen, daß es trotz all des Leids und der Verzweiflung, die in einer solchen Lazarettstadt herrschten, doch Menschen gab, die von heute auf morgen alle Bedrückung abschüttelten und sich in „kräftigem Beschließen" einer neuen Zeit zuwandten.

Davon konnte auf unserem jetzt also eroberten Hügel kaum die Rede sein. Das Leben schlug nicht einfach um vom Krieg auf Frieden. Es begann vielmehr damit, daß wir uns in aller Frühe genauso heimlich wie am Vorabend durch die Gärten zurückschlichen in unser Haus. Es war unversehrt geblieben. Nur das Loch im Dach zeigte uns, wie gefährlich der letzte Kampf noch hätte werden können. Noch wußte man in diesem abgelegenen Häuschen nichts Genaues über die militärische Lage. Wir Kinder, vor allem die Mädchen, blieben im Haus versteckt. Am Abend dieses ersten Tages unter französischer Herrschaft gingen wir noch einmal heimlich ins Malerhaus hinüber. Die Prozession war nicht mehr so aufregend und romantisch wie am Abend zuvor, obgleich der Mond auch jetzt wieder in die Apfelblüten schien. Der sich ankündigende „Frieden" schickte seine Vorboten: etwas weniger Angst, weniger Anspannung. Aber niemand übte Cello oder bügelte weiter.

Erst am zweiten Tag gewinnt die Lage gewisse Konturen. In die Villa neben uns werden dreißig nordafrikanische Soldaten einquartiert, offenbar friedfertige und nicht unfreundliche Menschen, die allerdings die Gärten nach Hühnern und Kaninchen absuchen. Auch unsere Tiere verschwinden. Eine kleine Irritation zwischen Mutter und Tante entsteht: Hätte diese nicht mit ihrem guten Französisch den Hühnerräubern entgegentreten können? Geschichten aus anderen Häusern untermauern später den Vorwurf: Die Nordafrikaner freuten sich kindlich über eine Begrüßung in französischer Sprache. Ein elsässisches Dienstmädchen in einem der Hügel-Häuser brachte einen zunächst gewalttätig wirkenden Besucher mit ihrer französischen Suada sogar dazu, daß er ihr stolz sein Gewehr vorführte, Löcher in den im Garten stehenden Mülleimer schoß und sich die Hühner beim Nachbarn holte. Auch die dreißig Einquartierten neben uns ballern den ganzen Tag im Garten herum. Es sind die ersten Schüsse im Krieg, die uns nicht mehr beunruhigen, womöglich aus denselben Gewehren kommend, deren Kugeln zwei Tage zuvor Mutter und Schwester bedrohten. So bleibt die Front noch gegenwärtig. Jabos fliegen in kleinen Pulks zum Einsatz. Sie beängstigen uns nicht mehr, aber der Ton ihrer Motoren sitzt uns noch in den Gliedern. Bomberverbände ziehen stundenlang über uns hinweg nach Südosten. Ob es doch die legendäre „Alpenfestung“ gibt und ihr Ziel ist? Kriegsgedanken dieser Art vermischen sich mit Sorgen und kleinen Freuden eines neuen Alltags. Der Luftschutzkeller, eigentlich Kohlenkeller, wird ausgeräumt, Matratzen und Bettzeug an die Sonne gebracht. Die Schlafzimmer im oberen Stock gewinnen ihren einladenden Charakter zurück. Eine neue Art von Wohligkeit beim Zubettgehen stellt sich ein: Niemand wird uns stören. In dieser Hinsicht wenigstens herrscht Frieden.

Aber der Junge kam nicht dazu, auf den weißbeflaggten Balkon hinauszutreten und beim Blick über die blühenden Apfelbäume ein „kräftiges Beschließen“ zu spüren. Der Neubeginn war zu wenig markant, die Nöte und Sorgen zu vertraut und der Rhythmus des Alltags zu sehr bestimmt von der fortwährenden Anstrengung, „durchkommen“ zu müssen. Erste Sonderzuteilungen von Brot, Milch, Kartoffeln waren buchstäblich zu „erstehen“, anderes zu „organisieren“, zum Beispiel Kochsalz, das aus der Ruine eines Lagerhauses entwendet und mühselig vom Trümmerstaub gereinigt wurde, oder blaukariertes Bettzeug aus der vom deutschen Militär verlassenen Kaserne. Der verwaiste Hühnerstall war neu zu bevölkern. Eine freundliche Kleingärtnersfrau lieh uns eine Glucke, eine andere besorgte die notwendigen Eier, so daß wir nach drei Wochen einen neuen Stamm von Küken besaßen. Junge Kaninchen wurden gegen Bettzeug eingetauscht. Diese Art des Tauschhandels nahm bald ritualisierte Formen an. Mit dem Leiterwagen ging es hinaus in die Dörfer, vorwiegend zu ehemaligen Dienstmädchen der Großmutter. Die nicht mehr ganz jungen Bauersfrauen konnten beim ersten Wiedersehen eine mütterliche Regung nicht unterdrücken und schenkten uns bereitwillig Brot, Fett und Mehl. Später, vor allem nachdem ihre Männer und Söhne aus der Gefangenschaft heimgekehrt waren, wurden die Bedingungen härter. Man war sich seines Wertes bewußt geworden.

Und so könnte man das vielgesungene Lied von der Zeit, „als es nichts gab", weitersingen, aber ich entziehe mich auch hier jeder Chronistenpflicht. Allein die Metamorphosen der Verflechtungen sollten uns interessieren, die fast bruchlosen Übergänge von einer Notsituation zur nächsten bei immer gleichbleibendem Funktionieren eines Minimums an bürgerlichen Konventionen und Gebräuchen. Die Reduzierung der Familie auf eine Überlebensnotgemeinschaft lähmte nicht nur die physischen Kräfte, sondern lieferte auch einen Vorwand dafür, alle heiklen Themen am Familientisch nach Möglichkeit zu vermeiden, um die Schlagkraft unserer Truppe nicht durch politische Debatten zu untergraben. Diese Art der Rücksichtnahme schloß auch eine sehr selektive Art des Radiohörens ein. Denn als endlich der elektrische Strom wieder verläßlich funktionierte, wäre das Radio die Hauptquelle nicht nur der Information, sondern vor allem der politischen Neuorientierung gewesen. Aber man wich aus auf Unverfängliches, Musikalisches, „Heiteres", sofern überhaupt Radio gehört wurde. Auf diese Weise habe ich zum Beispiel nur ganz sporadisch Kenntnis von dem ersten Nürnberger Kriegsverbrecherprozeß nehmen können – ein Defizit, das sicher zu meinem damaligen politischen Desinteresse beigetragen hat. Auch kann ich mich nicht erinnern, daß die ersten Meldungen über die befreiten Konzentrationslager und die entsetzlichen Fotos im Kreis unseres „Frauenhauses" jemals zu einer Diskussion geführt hätten. Entscheidend für diese Situation war natürlich das Fehlen des Vaters, der nach dem Ende der Kampfhandlungen nur kurz bei uns aufgetaucht und dann in Gefangenschaft geraten war. Ich versuche mir vorzustellen, wie anders das erste Nachkriegsjahr für mich verlaufen wäre, wenn es eine tägliche, sozusagen geheiligte Sitzung mit ihm am Radio gegeben und ich gelernt hätte, Fragen zu stellen. So blieb vieles unausgesprochen, nicht zu bewältigen und von alten Denk- und Gefühlsmustern durchsetzt. Allein schon die Tatsache, daß Vater und Bruder in französischer Gefangenschaft waren, bestärkte mich in dem kindlichen Haß auf die französische Besatzungsmacht. Nicht einmal die Aufdeckung eines Verbrechens an französischen Widerstandskämpfern konnte mich aus meiner Gefühlsstarre lösen. In einem Bombentrichter im Stadtwald hatten die Besatzungstruppen die Leichen von 26 Angehörigen der Résistance-Gruppe *Réseau Alliance* gefunden, die schon im November 1944 von der Gestapo nach Deutschland verschleppt und hier durch Genickschuß ermordet worden waren. Es war die erste öffentliche Konfrontation der Bevölkerung mit einem Naziverbrechen, die allerdings kaum Bußfertigkeit und Reue erzeugte. Man empfand es vielmehr als Zumutung, an dem offenen Grab vorbeidefilieren zu müssen, überwacht von französischen Soldaten, die darauf sahen, daß man auch nahe genug an die schon halb verwesten Leichen herantrat. Die Toten wurden anschließend auf dem Ehrenfriedhof der Stadt beigesetzt, und auch dies erzeugte eher Ressentiments als Erschütterung. Im Rückblick sehe ich hier ein erstes Symptom jener „Unfähigkeit zu trauern", die von Jahr zu Jahr eher zu- als abnahm. Die besondere Situation der zerstörten Stadt hat dazu sicher beigetragen; denn alles Entsetzliche, was damals ans Licht kam, blieb dauerhaft konfrontiert mit der obstinaten Frage: Und was hat man *uns* angetan? Darin lag auch für mich und meine Freunde eine Kontinuität der Verflechtungen mit dem Schicksal der Stadt, die für die Gewinnung von Klarheit und Wachheit wenig hilfreich war.

Auch für mein Verhältnis zu Frankreich wäre die Anwesenheit des Vaters heilsam gewesen. Er hatte als Schüler einige Zeit in Frankreich verbracht und behielt zu diesem Land schon dadurch eine besondere Beziehung, daß er als junger Mensch einmal einen Franzosen aus der Seine gerettet hatte. Er hätte vermutlich den Kontakt zu den französischen Besatzungsoffizieren gesucht, womöglich ein Amt in der Stadt übernommen. Jedenfalls hätte er meinen eigenen Weg der Annäherung an unser Nachbarland geebnet. Als er nach einem Jahr aus der Gefangenschaft heimkehrte, war unsere Stadt längst Bestandteil der amerikanischen Besatzungszone, und das Thema „Frankreich" verlor, nachdem auch mein Bruder geflohen und in Sicherheit war, an Interesse. Leider hatte aber auch das allgemeinere Problem des Zurechtkommens mit dem, was man euphemistisch „unsere jüngste Vergangenheit“ nannte, die aus dem ersten Entsetzen stammende Aktualität eingebüßt. Die Chance einer Besinnungspause unter dem unmittelbaren Eindruck der Katastrophe und der von ihr freigelegten Verbrechen war verpaßt. Man war auf dem Weg zur „Normalisierung“.

III. Kindheit im Zwielicht (1933–1945)

Die Insel

Im Zuge der Revision meines Lebensganges, wie sie der freundliche Geist der Geschichte mir hätte gewähren können, läge auch die Möglichkeit, den Fünfzehnjährigen noch eine Weile auf dem weißbeflaggten Balkon stehen zu lassen. Er hätte dort auf die Idee kommen können, daß sein bisheriges, in seine eigene Erinnerung fallendes Leben genau dem Zeitraum entsprach, den Hitler als „Führer und Reichskanzler“ gebraucht hat, um das Reich in den Abgrund zu führen. Auf jene zwölf Jahre hätte man zurückblicken können mit der Frage, was es auf sich hatte mit den Verflechtungen, von denen oben gesagt wurde, sie seien „teils als Nestwärme, teils als Fesseln bürgerlicher Konvention, und nicht zuletzt als Mitmachen bei dem, was alle machten“ erkennbar geworden.

Damit rückt das Haus auf dem Hügel noch einmal ins Zentrum unseres Interesses. Es ist noch nicht der Ausguck oder die Notunterkunft, um die herum sich die Katastrophe in ihren einzelnen Wellen abspielte. Es geht um die frühe, prägende Kraft eines Elternhauses, das in den dreißiger und vierziger Jahren auf eine stille und vielleicht harmlos scheinende Weise den Zeittendenzen zu trotzen versuchte – dem Geist der modernen „Zivilisation“ im allgemeinen, dann aber dem Ungeist und der Hysterie einer „neuen Zeit“. Beides, die „Zivilisation“ und die „neue Zeit“, hatten etwas Verführerisches, und es gehörte ein gewisses Maß an Verzicht, Mut und Weltverneinung dazu, sich diesen Kräften zu widersetzen.

Das Haus mit den grünen Läden war nicht die einzige Herberge für diesen beharrlichen, aber ganz unspektakulären Geist des Neinsagens. Den Zwängen folgend, die eine rasch sich vergrößernde Familie bei zunehmender wirtschaftlicher Beengtheit ausübte, hatten meine Eltern schon vor meiner Geburt mehrfach die Wohnung gewechselt. Ich selbst erlebte als sehr kleines Kind noch zwei weitere Umzüge und kann deshalb meine frühsten Erinnerungen leichter lokalisieren, als wenn wir immer im selben Haus gewohnt hätten. Die Entwicklung, die dann auf dem Hügel zu einem Abschluß kam, erscheint mir in der Rückschau als ein Vorgang des allmählichen, von außen erzwungenen Sich-Öffnens der „Welt" gegenüber. Wir lebten zunächst wie auf einer Insel. Dieser Eindruck wird in meiner Erinnerung dadurch noch verstärkt, daß ich die Wohnung, in der ich als knapp Dreijähriger zu einem erinnerbaren, artikulierten Leben erwachte, nie als ganze zu überschauen gelernt habe. Es gibt für mich nur einzelne Bilder: eine Art Spielzimmer, eine Art Schlafzimmer, eine Art Wohnzimmer, die in keinem räumlichen Zusammenhang zueinander stehen, aber um so intensiver gefüllt sind mit Gefühlsgehalten bestimmter Situationen. Mit Sicherheit waren meine drei älteren Geschwister damals längst der „Welt" überantwortet. Sie gingen zur Schule und spielten auf der Straße mit Nachbarskindern. Meine eigenen, frühesten Erlebnisse scheinen sich ganz auf Innenräume zu beziehen. Mit einer deutlichen Ausnahme allerdings. Ich werde an einem Wintertag, in Decken eingehüllt, aus der Wohnung meiner Eltern in das Haus der Großeltern getragen. Durch einen Spalt zwischen den Decken sehe ich einen Augenblick lang die merkwürdig „zackige" Bewegung von ausschwingenden und wieder angewinkelten Armen. Daß es sich um eine marschierende Kolonne handelte, ist vielleicht schon spätere Zutat, und daß es „Schupos" waren, ganz sicher eine nachträgliche Interpretation. Die hin- und herschwingenden Arme jedoch sind ein in sich abgeschlossenes Bild, das sich noch heute in meiner Phantasie hervorrufen läßt.

Daß diese Momentaufnahme nicht sofort wieder vom Strom des Vergessens eingeholt worden ist, mag damit zu tun haben, daß ich damals ein dumpfes Bewußtsein von Lärm, Getümmel und Schlägerei auf der Straße gehabt haben muß. Auch hier sind Namen, wie „SA", „Kommunisten" und „Schupos" spätere Konkretisierungen dieser dumpfen Ahnungen. Es kann sich nur um den Winter 1932/33, also um Erinnerungen des noch nicht ganz Dreijährigen, gehandelt haben. In diesen Zeitraum fällt – zugleich mit dem Anfang der Nazizeit – der Anfang meines eigentlichen, weil erinnerbaren Lebens.

Es wäre aber ganz falsch, wenn ich daraus den Anspruch ableiten wollte, daß ich in dieser frühkindlichen Phase schon ein – selbst rudimentäres – Gespür für wirklich bedrohliche Vorgänge draußen auf der Straße gehabt hätte. Spätere Erzählungen meiner Geschwister lassen vielmehr vermuten, daß es die Nervosität meiner Mutter war, die sich auf mich übertrug. Sie ängstigte sich in jenen Monaten um ihren Mann allein schon deshalb, weil er häufig einen braunen Anzug mit Kniebundhosen trug, der ihn irgendwie „politisch" aussehen ließ. Auch konnte es vorkommen, daß er nach Abendveranstaltungen mit seinen anthroposophischen Freunden stundenlang diskutierend auf und ab ging, womöglich an Tagen, an denen es zuvor besonders heftige Schlägereien zwischen den „Roten", den Nazis und der Polizei gegeben hatte.

Aber es wäre auch falsch, wenn von hier aus der Eindruck entstünde, meine frühe Kindheit sei von den politischen Ereignissen überschattet gewesen. Es war vielmehr so, daß die Kolonnen drunten auf der Brücke vor unserem Haus, oder was immer ich von ihnen wahrnahm, nur einen gelegentlich fühlbaren Kontrast zu unserem ganz eigenen und unverwechselbaren Familienleben abgaben. Diese uns prägende Lebensform war das Ergebnis einer eigentümlichen Stilmischung, die sich aus Schicksal und Lebensgang meiner Eltern gebildet hatte.

Mein Vater hatte als Kind und Gymnasiast den raschen Aufstieg und Fall im Leben seiner Eltern erfahren. Mein Großvater war als Mitbegründer einer Schmuckfabrik Ende des 19. Jahrhunderts rasch zu einem Vermögen gekommen, zog sich früh als „Privatier" aus dem Geschäft zurück, reiste viel, ging auf die Jagd und gehörte zu den ersten Automobilisten der Stadt. Höhe- und Wendepunkt in seinem Leben war der Bau einer Villa, die von außen wie eine Burg aussah (und in der Stadt „Gespensterschlößchen" oder einfach „Das Schlößchen" hieß), von innen aber noch heute als ein gediegenes Jugendstilhaus gelten kann. Meine Großmutter, von der ein Verwandter zu sagen pflegte, sie sei in ihrer Jugend „die schönste Frau der Stadt" gewesen, hatte sich dieses Haus auf einer Reise durch das untere Engadin gewünscht. Die weithin sichtbare *Villa Engiadina* bei Schuls, heute ein Hotel, wurde in kleinerem Maßstab „nachempfunden". Die Erfüllung dieses Wunsches, der viele andere nach sich zog, hat dem Vermögen des Großvaters wohl stark zugesetzt. Als dann sein Schwager eine erhebliche Bürgschaft in Anspruch nehmen mußte, kam es zum Verkauf des Hauses noch vor dem Ersten Weltkrieg. Für uns Enkel wurde die „Villa" ein Stück Familien-Mythos. Ich habe das Haus als Kind nie betreten und erst in den siebziger Jahren besichtigt, als es unter strenger Aufsicht der Denkmalschützer renoviert wurde.

Die Aufregungen um die finanziellen Einbußen beeinträchtigten die Gesundheit des Großvaters. Er starb 1923 in der schlimmsten Inflation, als auch der Rest des Vermögens vernichtet wurde. Meine Großmutter lebte seitdem in sehr beengten Verhältnissen. Da sie im Alter etwas wunderlich wurde, war die Beziehung zu ihr eher höflich als herzlich. Mit ihren französischen Ausdrücken, wie „plafond“ und „tableau“, und dadurch, daß sie das Wort „Offizier“ wie „Offissier“ aussprach, erinnerte sie – vielleicht nicht ganz unbewusst – an ihre große Zeit, als man nach Karlsruhe in die Oper fuhr oder unter einem großen Florentinerhut im offenen Wagen durch die Dörfer kutschierte.

Aber sie hat auch ein fortwirkendes Erbe hinterlassen, das vor allem meinen Vater geprägt hat: ihre Musikalität. Es gehört zu meinen frühesten musikalischen Erinnerungen, daß uns der Vater zum Einschlafen den Anfang der *Kreisleriana* von Schumann spielte. Mit diesen Stücken erreichte er wohl den Höhepunkt seines pianistischen Könnens. Er hat sie in späteren Jahren nicht mehr gespielt. Vielleicht waren sie für ihn wie Blätter aus einem Album, die man zu anderen Erinnerungsstücken aus einer glanzvollen Jugendzeit legt, aber dort auch liegen läßt. Vielleicht waren sie ihm, der nicht mehr regelmäßig übte, auch zu schwer geworden.

Dieser sehr bürgerliche junge Mann, den ein frühes Foto korrekt gescheitelt und mit steifem Kragen zeigt, begegnete nach dem Ersten Weltkrieg nicht nur Rudolf Steiner und der Waldorfschul-Bewegung, sondern auch dem *Wandervogel.* In einer so kleinen Stadt gab es innerhalb der bürgerlichen Schicht unzählige Querverbindungen, und so trafen Vertreter der verschiedensten Flügel der damaligen Reformbewegung immer wieder zusammen – kirchliche, heidnische, völkische, sozialistische ... Auch im *Wandervogel* gab es verschiedene Strömungen. Meine Mutter gehörte einer Richtung an, in der die romantische Verklärung des Mittelalters und die Wiederbelebung alten Brauchtums, wie Volkslied und Volkstanz, gepflegt wurden, ohne daß die „völkische“ Komponente – für damalige Begriffe – zu sehr betont wurde. „Deutschtum“ war freilich für alle ein großes, fast heiliges Wort, und im *Zupfgeigenhansl* – Gesangbuch und Bibel der Bewegung in einem – steht der Satz: „Wir müssen immer deutscher werden.“

Für meine Mutter bedeutete es sicher eine glückliche Wendung, daß sie sich mit einem Mann verband, der nicht aus dieser Bewegung *herkam*, sondern eher ein Stück weit auf sie *zuging*; gerade so weit, um sich aus einer gewissen Befangenheit in engen bürgerlichen Konventionen zu lösen. (Äußerliches Merkmal dieser Annäherung war der Wechsel vom steifen Kragen zum Schillerkragen.) Die Gefahr, mit dem „Deutschtum“ fahrlässig umzugehen, war durch die besonnene, großen Worten abholde Art meines Vaters gebannt. Auch war der religiöse Zug in seinem Charakter durch die Erfahrungen des Krieges verstärkt worden. Für seine Fragen hielt der *Wandervogel* keine Antworten bereit. Im Vergleich zu anderen Freunden meiner Mutter, die sich den Nationalsozialisten zwar nicht anschlossen, aber doch manchen altvertrauten Ton begrüßten, entwickelten meine Eltern stärkere Abwehrkräfte, die sie auch an uns Kinder weitergaben.

Was die Stilmischung betrifft, die uns geprägt hat, so läßt sie sich durch das Neben-, manchmal Gegeneinander von zwei Musikinstrumenten charakterisieren. Mit seinem Klavierspielen brachte mein Vater eine bestimmte bürgerliche Kultur mit in die Ehe, die im Elternhaus meiner Mutter nur wenig vertreten war. Es waren ja nicht nur Schumann und Brahms, sondern die ganze mitteleuropäische Musikgeschichte von Bach bis Reger, die sich der junge Mann schon in der „Villa“ aneignen konnte und die in ihm das Bewußtsein von der Kontinuität der Stilentwicklungen bis in seine unmittelbare Gegenwart hinein entstehen ließ. Was heutigen Menschen, selbst wenn sie keine Noten lesen können, wie selbstverständlich erschlossen sein kann, ist noch in der Generation meiner Eltern für einen musikalischen Laien nur dann zugänglich gewesen, wenn ihm die entsprechenden Klaviernoten und -auszüge, zweihändig oder vierhändig gesetzt, zur Verfügung standen. Leider haben wir die Notensammlung meines Vaters schon vor vielen Jahren aufgelöst und in alle Richtungen verstreut. Es wäre eine reizvolle musiksoziologische Aufgabe gewesen, das Spektrum dessen abzumessen, was einem musikalisch gebildeten Laien um das Jahr 1920 an Musikliteratur geläufig sein konnte. Ich habe die meisten Sinfonien von Mozart, Beethoven und Schubert durch Klavierauszüge kennengelernt, aus denen mein Vater, meist vierhändig zusammen mit einer meiner Schwestern, spielte; dazu Vorspiele zu den Wagner-Opern, Concerti grossi von Händel oder Teile der Matthäus-

Passion. Auch Schallplattensammlungen wohlhabender Familien, wie sie in den dreißiger Jahren immer mehr zum guten Ton gehörten, konnten schon aus räumlichen Gründen mit einer solchen Vielfalt kaum aufwarten.

Ich habe weit vorgegriffen, um zu zeigen, wie stark die durch das Klavier vermittelte Kultur auch noch in den späteren Jahren unsere Kindheit und Jugend bestimmte. Aber dies war nur die eine Hälfte der Musikwelt, in der wir aufwuchsen. Das Gegeninstrument zum Klavier war die ganz und gar antibürgerliche, man könnte sagen fundamentalistisch aufgeladene „Klampfe" der Jugendbewegung, das Instrument meiner Mutter. In ihrer Familie hatte es kein Klavier gegeben. Das musikalische Leben bestand darin, daß einzelne der fünf Geschwister Violinunterricht erhielten, was jedoch zu keiner wirklichen Hausmusik führte. Wenn auch nicht gerade der Grundsatz galt, daß es jenseits von Marsch, Choral und Walzer keine anständige Musik geben könne, so blieb der musikalische Horizont doch eng begrenzt.

Meine Mutter spielte, mal auf der Gitarre, mal auf der Laute, einfühlsam und mit zehn aktiven Fingern. Verpönt war das Anreißen von Akkorden oder gar das rhythmische Schlagen. Ihr Repertoire an Liedern war groß. Sie erfand Begleitungen zu allen gängigen Weihnachtsliedern. Es war ein ungeschriebenes Gesetz, daß diese nicht mit Klavierbegleitung gesungen wurden. Dies galt mehr noch für jene Adventslieder, die damals neu entdeckt und in normal-bürgerlichen Familien unbekannt waren. Man kann sich heute kaum noch vorstellen, wie wenig selbstverständlich diese Art von Adventskult einmal war. Vielleicht ist das Erbe der Jugendbewegung nirgends so lebendig geblieben wie hier. Das hatte auch elitäre Züge. Wir mieden die als kitschig empfundenen Lieder, wie *Leise rieselt der Schnee*, oder *Süßer die Glocken*, ohne freilich zu ahnen, daß es wohl der Dreivierteltakt war, der gegen unser hehres Adventsethos verstieß.

Die beiden musikalischen Welten prallten nicht etwa aufeinander, sondern verbanden sich allein schon dadurch, daß wir Kinder nach dem obligatorischen Blockflötenunterricht „richtige" Instrumente, wie Querflöte, Geige, Cello und natürlich Klavier spielen lernten. Doch damit greife ich schon wieder bis in die späten dreißiger und die vierziger Jahre voraus. Zunächst muß ein anderes

Element unseres Familienlebens ganz zu Anfang der dreißiger Jahre nachgezeichnet werden.

Es gibt einige Kilometer außerhalb unserer Stadt in dem dritten Tal, dessen man sich als „Dreitälerstadt" rühmt, ein damals abgelegenes Dorf, das merkwürdigerweise ganz an einen Nordhang gebaut ist. Auf der gegenüberliegenden Talseite teilten sich zu Beginn des vorigen Jahrhunderts einige Künstler und Lebenskünstler den schönen Südhang und errichteten in ihren sehr großen Gärten kleinere Villen, Ateliers und Sommerhäuser. Einen dieser Gärten, ein fast 1 Hektar großes Grundstück, pachteten meine Eltern einige Jahre lang, bevor sie schließlich das Haus auf unserem Hügel kauften. Wir verbrachten dort außer vielen Wochenenden mehrere Sommerferien und hätten nirgends in der Welt glücklicher sein können. Genau besehen war es ein Notbehelf für die kinderreiche Lehrerfamilie, die sich einen Ferienaufenthalt an der See oder in den Bergen nicht leisten konnte. Davon wußten wir Kinder nichts. Wir genossen die Tage in dem weitläufigen, mit alten Bäumen bestandenen Grundstück. Es grenzte auf der einen Seite direkt an den Wald, in dem man Beeren und Pilze sammelte und Holz für das Herdfeuer holte.

Das Ganze stellte eine bescheidene, damals schon etwas verwilderte Parkanlage dar, in deren Zentrum ein nach vorn turmartig abgerundeter Jugendstil-Pavillon stand, dessen geschwungenes Schieferdach mit Türmchen fast an eine Kapelle erinnerte. Das obere Stockwerk bestand aus einem großen, mit einer Stuckdecke verzierten Raum, der nach Süden, dem Dorf zu, in eine Glasveranda überging. Das Zimmer wurde beherrscht von einem breiten Himmelbett. Eine stilgerecht geschwungene Eckbank umgab einen eher zierlichen, im selben Stil gehaltenen Tisch. Im unteren Stock befanden sich Küche und Vorratskeller. Das Häuschen war nicht gerade für die Bedürfnisse einer (damals noch) sechsköpfigen Ferien-Familie gebaut. Wir Kinder kampierten auf Strohsäcken in der Glasveranda, die Eltern schliefen im Himmelbett, in dem auch Gutenachtgeschichten für die ganze Familie vorgelesen wurden. Gegessen wurde in der Küche oder im Garten. Nichts Wichtiges schien zu fehlen.

Der Garten ist für mich Symbol für eine besondere Art der Abgeschirmtheit geblieben, in der wir aufwuchsen. Dies bezieht sich nicht nur auf die innere Abwehr der damals beginnenden

Herrschaft der Nazis. Was schon für den Alltag in der Stadtwohnung galt, erfuhr in unserem Paradies eine besondere Steigerung. Verbannt war alles Moderne, Laute, Zudringliche, wie Auto, Telefon, Radio, Grammophon, Zeitung, Sport, Mode, Reklame usw. In der Sprache einer damals weit verbreiteten Kulturphilosophie gesagt: Wir besaßen die „Kultur"; die „Zivilisation" blieb draußen. Aber auch das aggressiv Unharmonische in Kunst und Literatur der Weimarer Zeit kam nicht über die Schwelle des Gartentors. Der Wächter an der Pforte war der Geist einer etwas verspäteten Romantik, der sich hier in die frühen dreißiger Jahre herübergerettet hatte. *Des Knaben Wunderhorn* versetzte uns in die Welt der Ritterfräulein, Pagen und Landsknechte, zu denen wir gehörten und deren Lieder wir sangen: *All mein Gedanken die ich hab,* oder: *hüt dich schöns Blümelein.* Mörikes *Schön-Rohtraut* und die *junge Lilofee* weckten erste Ahnungen: *Was siehst mich an so wunniglich? Wenn du das Herz hast, küsse mich!* Das war nicht unmoralisch und frivol, sondern wurde genau so ernst und stimmungsvoll gesungen wie ein Abendlied; denn die Nähe zu den alten Zeiten, Volksweisen und Sagen galt an sich schon als schützende Hülle gegen den Geist oder Ungeist der Moderne. Wie eng sich freilich dieses Erbe der Jugendbewegung mit dem romantisierenden „Deutschtum" der Edel-Nazis verknüpfen ließ, war meiner Mutter sicher nicht bewußt. Ich vermute, daß mein Vater später behutsam mäßigend zu wirken versuchte, indem er uns einige dieser Lieder in einem anspruchsvollen dreistimmigen Chorsatz singen ließ. Da kam es nicht mehr so sehr auf den Text an. Jeder hatte sich auf seine kompliziert gesetzte Stimme zu konzentrieren. Dieses Singen a capella im engsten Familienkreis war die vielleicht glücklichste Synthese aus den unterschiedlichen musikalischen Tendenzen der Eltern. Dies alles wird mir erst heute ganz deutlich, nicht zuletzt beim Blättern im *Zupfgeigenhansl* und in Briefen der Eltern. Natürlich wußten wir nichts von „Jugendstil" und „Jugendbewegung". Aber das Erlebnis einer in sich geschlossenen Welt, einer Art Inselhaftigkeit, war selbst dem Vierjährigen schon gegenwärtig und hat ihn sein ganzes Leben lang begleitet als eine Erinnerung, die kindliche Sehnsüchte weckte oder auch milde belächelt wurde.

Das Häuschen selbst hat mir darüber hinaus für eine andere Lebensform die Augen geöffnet. Seine Geschichte war verbunden mit einem Maler, der dort einige Zeit lebte und mit einer Cousine meines Vaters befreundet war. Ich habe von daher für das Besondere, daß eine Künstlerexistenz zu einem vielleicht etwas ausgefallenen Gebäude gehört, ein geschärftes Bewußtsein. Urform dieses Bezugs war natürlich Rilke in seinem Turm, den er etwas großartig „Château de Muzot" nannte. Aber auch das „Russenhaus" in Murnau, das „Efeu-Häusle" des Kulturphilosophen Leopold Ziegler in Überlingen oder das Häuschen von Oskar Schlemmer bei Badenweiler teilten mit unserem Pavillon einen ganz bestimmten Zug. Sie waren nicht Residenzen von Maler- und Dichterfürsten, die von hier aus – mit Thomas Mann gesagt – ihren Ruhm verwalteten. In ihren oft sehr bescheidenen Gemächern entstanden ganz am Rande der Gesellschaft Werke, deren spätere Wirkung in keinem Verhältnis zu der Anspruchslosigkeit ihrer Entstehungsorte standen.

Teer und Nivea

Das Idyll im Sommergarten kam zu einem abrupten Ende, als der Besitzer das Grundstück bebauen wollte und den Pachtvertrag kündigte. Aber auch ohne diese Vertreibung aus dem Paradies wäre der Zauber unserer Insel verblaßt. Das moderne Leben, vor dem man sich so konsequent abgeschirmt hatte, ließ sich nicht unbegrenzt lange draußen vor dem Tor halten.

Für mich war diese rauhe, laute und faszinierende Welt, der nichts widerstehen konnte, in erster Linie die des Autos, mit allem, was sich damit verband. Wäre ich allein auf meine persönlichen Erinnerungen angewiesen, würde ich behaupten, daß das Auto damals erst anfing, die Welt zu verändern. In Wirklichkeit war dieser Prozeß längst im Gange, und es war an mir, dies zu entdecken und mich auf den Lauf des technischen Fortschritts einzustellen. Für ein etwa vierjähriges Kind bedeutete dies vor allem, sich der Faszination zu überlassen, die nicht nur von den Autos selbst ausging, sondern von der ganzen Welt des Straßenverkehrs mit seinem Tempo, seinem Lärm, seinen Regeln, Gefahren und Sensationen. Wir wohnten einige Jahre lang in einer Straße, die zu den südlichen Vororten hinausführte und für damalige Begriffe ein lebhaftes Verkehrsaufkommen hatte. Die Straßenbahn schob sich quietschend am Haus vorbei. Lastwagen donnerten am frühen Morgen durch die Stadt; dreirädrige Lieferwagen hielten vor Geschäften oder an

Baustellen; Polizei, Müllabfuhr und Militär boten für den Jungen am Fenster immer neue Spektakel. Das eigentlich Aufregende aber war das Innere der Autos mit ihrem heute so nicht mehr anzutreffenden Geruch von Vornehmheit, ihren Lederpolstern, ihren aufwendigen Knöpfen und Hebeln. Verwandte und Freunde der Eltern luden uns Kinder gelegentlich zu kleineren Autofahrten ein, die zu den Höhepunkten des damaligen Lebens gehörten.

Mit dem Auto drang auch der Sport in meine Welt ein. Es gab am Stadtrand, nicht weit von unserer Wohnung entfernt, ein kleines Rennen auf einer kurvenreichen Bergstrecke, das ich allerdings nur atmosphärisch miterlebte. Das Interesse daran fand zusätzliche Nahrung durch die Begeisterung für die Rennfahrer Stuck und Caracciola (genannt „Karratsch"), von denen ich allerdings kaum mehr wußte, als daß Stuck einen silbernen Rennwagen fuhr, dessen Spielzeug-Version zu den Schätzen meines Bruders gehörte.

Die Teilnahme an der Aufbruchsstimmung, die sich nicht nur mit dem Rennsport, sondern ganz allgemein mit der Motorisierung des Lebens verband, ist in meiner Erinnerung festgemacht in der Freude an dem Geruch von Teer. Überall wurden Landstraßen, die bis dahin kaum mehr als geschotterte Wege gewesen waren, verbreitert und asphaltiert. Diese Form der Eroberung einer fast noch aus der Zeit der Postkutsche stammenden Landschaft hätte eigentlich als der schärfste Gegensatz zu unserer Inselwelt empfunden werden müssen. Ich kann mich nicht erinnern, dies so erlebt zu haben. Der Teergeruch hatte etwas von der angenehm in der Nase brennenden Schärfe des Neuen. Ich kann nicht ausschließen, daß dieses Gefühl gefärbt war durch andere Elemente einer „neuen Zeit", etwa die Marschmusik im Radio der Großmutter oder womöglich die Lautsprecher-Übertragung von Hitlerreden auf Straßen und Plätzen. Ich gehe so weit zu vermuten, daß es keine subtilere Verflechtung atmosphärisch aufgenommener Elemente der dreißiger Jahre für mich gegeben hat als diese Vermischung.

Auch andere Wellen der Modernisierung umspülten und verwischten die Grenzen unserer Insel. Was meine Eltern noch durch ihre Kleidung betont hatten, nämlich nicht zu den korrekten Spießbürgern gehören zu wollen, wurde dadurch unterlaufen, daß das öffentliche Leben im Ganzen sich von den engen Konventionen der älteren Generation abwandte und sich entweder martialisch oder sportlich gab. Auch diese Entwicklung setzte nicht erst in den dreißiger Jahren ein. Aber so, wie Hitler die Zylinder-Demokraten der Weimarer „Systemzeit“ verspottete und für überwunden erklärte, hatten wohl auch die in Knickerbocker-Hosen und Polohemden daherkommenden oder in hellen Staubmänteln aus ihren Autos steigenden Herren der dreißiger Jahre das Gefühl, jetzt erst ganz auf der Höhe der Zeit zu sein. Jedenfalls hatte ich schon als sehr kleines Kind ein Bewußtsein von dem Abstand zwischen der betont unsportlich-romantischen Jugendbewegtheit im Freundeskreis der Eltern und dem Stil jener „Vettern“, die wir später als Offiziere, zunächst aber in ihrer smarten Sommerlichkeit bewunderten. Daß sich unsere Familie in gewissen (nicht zuletzt finanziellen) Grenzen dieser neuen Zeit anglich und selbst der Schillerkragen des Vaters seine Symbolkraft verlor, konnte der Knirps von fünf oder sechs Jahren zwar nicht als Entwicklung überblicken. Da wir Kinder aber schon früh anfingen, in den Fotoalben der Eltern zu blättern, fiel der Vorgang der „Normalisierung“ zumindest nach einigen Jahren auch uns Kleinen in die Augen. Schon die Einschulung meiner älteren Geschwister bedeutete eine Zäsur, und als sie von wohlmeinenden Verwandten ihre Uniformen für die inzwischen zur Staatsjugend erhobene Hitlerjugend geschenkt bekamen, geriet die *Normalisierung* in gefährliche Nähe zu einer *Gleichschaltung*. Sie erforderte andere Gegengewichte als die etwas ausgefallene Kleidung, die meine Mutter gelegentlich für uns ausdachte. Zumal, da z.B. Pagenkopf und Matrosenanzug eher einen Rückfall in kaiserliche Zeiten signalisierten und keine subversiven Elemente mobilisieren konnten.

Das Geflecht der Lebensbezüge wird, je tiefer man in den Schichten der frühsten Erinnerungen zu graben versucht, immer unübersichtlicher und entzieht sich jedem nachträglich herangebrachten Schema. Dies wird mir bei einer anderen Geruchserinnerung fast noch deutlicher als beim Teer-Gefühl. Es hatte zu unserer Insel-Existenz gehört, an verschwiegenen Plätzen eines der kleinen Flüsse, die auf unsere Stadt zufließen, sommerliche Badetage zu begehen. Harmloses Plantschen in knietiefem Wasser, meist im Schatten von Büschen und Bäumen des engen Tales. Zwar hatte der Vater weiter flußabwärts am Wehr einer Sägemühle seinen eigentlichen Schwimmplatz, der aber für uns Kinder – überbehütet auch hier – als zu gefährlich erachtet wurde. So verblieben wir an solchen Tagen in einer harmlosen, naturseligen Stimmung, in der wir eher Elfen und Zwergen als wettbewerbsfreudigen Schwimmern und in der Sonne badenden Familien zu begegnen bereit waren.

Dies änderte sich Mitte der dreißiger Jahre, als solche Badefeste an weniger verschwiegene, auch von anderen Familien besuchte Plätze verlegt wurden, wo das Wasser erste zaghafte Schwimmversuche erlaubte und man auf den Uferwiesen in der prallen Sonne herumtollen und Ringtennis spielen konnte. Meine Mutter hatte sich mit einer nicht aus dem engsten Freundeskreis stammenden Dame zusammengetan, die allein schon durch ihre Bubikopf-Frisur eine andere Welt repräsentierte und deren Kinder etwas mehr sportlichen Ehrgeiz zeigten, als er bei uns gepflegt wurde. Auch brachten sie jenes (inzwischen von Günter Grass immortalisierte) Brausepulver mit, das wir allerdings nur aus der eigenen Handfläche aufleckten. Alles war – wie man damals sagte – „prima", diesseitig und normal. Vielleicht hat es solche Badetage nur einige wenige Male gegeben. In der Erinnerung stehen sie für eine neue Epoche.

Was mich für alle Zeiten an jene Tage erinnert, ist der Geruch der Hautcreme, mit der wir eingerieben wurden und die aus einer blauen Dose mit weißer Aufschrift kam. Es gibt Produkte, deren Name stellvertretend für alle Gebrauchsgegenstände derselben Art steht. So darf ich, ohne mich der Schleichwerbung schuldig zu machen, das Wort *Nivea* als Chiffre gebrauchen, selbst wenn ich nicht ausschließen kann, daß wir oder die Kinder der anderen Familie auch mit dem Sonnenschutz anderer Provenienz behandelt wurden. Ich sehe noch die beiden Mütter in ihren Badeanzügen, sich selbst eincremend und uns der Reihe nach versorgend, sehe noch die ersten Anflüge von Rötung auf einer Haut, die man in diesem Maß sonst nie sah und die vorher nie ein Thema gewesen war. Die Unbefangenheit, mit der Mütter und Kinder ihre Körper massierten, ihre Schultern, Arme und Schenkel, hat sicher die letzten Elfen und Zwerge aus unserem Dunstkreis verscheucht. Die Großen durften sich selbst eincremen und halfen sich gegenseitig, kitzelten sich dabei oder trugen die Creme so dick auf, daß sie Mühe hatten, die Haut unter der weißen Fettschicht wieder sichtbar zu machen. Während es meiner Mutter um die Vermeidung von Sonnenbrand ging, gab es in der anderen Familie den Wettstreit um die gelungenste Bräunung und die Vermeidung von Sommersprossen. Es läßt sich für mich heute nicht mehr auseinanderhalten, wie viel ich zu diesem Thema auf der Uferwiese gelernt habe und was mir später durch Werbeplakate vermittelt wurde. Jedenfalls war diese Art des Badens in Licht und Luft nicht nur für mich, sondern vermutlich auch für meine Geschwister eine neue Erfahrung. Wir kannten ja den Badebetrieb an Nord- und Ostsee nicht und näherten uns der neuen Zeit nur in winzig kleinen Schritten, zumal es ein öffentliches Freibad in unserer Stadt erst Jahre später gab.

Auch bleibt für mich im Dunkeln, ob der Eindruck des Neuen irgendwie verbunden war mit Stimmungen, wie sie der noch junge NS-Staat verbreitete. Ich kann mich an keine Einzelheit unserer Badefeste erinnern, die in einem direkten Zusammenhang mit der politischen Szene gestanden hätte. Andererseits ist es fast ausgeschlossen, daß es bei den neuen Erfahrungen ohne Verflechtungen zugegangen sein könnte, wie ich sie beim „Teer-Gefühl" vermute. Allein schon die Beflaggung der Stadt an zahlreichen Tagen des Jahres mag die kindlichen Wahrnehmungen gefärbt oder beflügelt haben. Wie viel mögen Parolen, Plakate, Reden, selbst das sprichwörtliche „Hitlerwetter" dazu beigetragen haben, schon in dem Knirps auf der Badewiese das Ideal gebräunter Haut, sportlicher Leistung, männlichen Durchhaltens zu formieren? „Modernität" und „neue Zeit" verschwammen zu einem unklaren Ganzen, dessen Verquickungen gleichsam nur durch die Poren aufgenommen wurden.

Eingekreist

Die Vermutung, daß die ersten zwölf Jahre meines erinnerten Lebens in einer gewissen Korrespondenz zu den zwölf Jahren der Nazi-Zeit stehen, ging zunächst davon aus, daß die Anfänge jeweils in den Winter 1932/33 fielen. Sie findet eine weitere Stütze in der Tatsache, daß mein allmähliches Wachwerden für politische Ereignisse zeitlich parallel verlief mit der Steigerung der Dramatik, die dann im Ausbruch des Zweiten Weltkriegs kulminierte. Dies wird mir vor allem beim Rückblick auf das Jahr 1938 deutlich. Was sich in den Jahren davor politisch in Deutschland ereignete, warf kaum seine Schatten ins Kinderzimmer. Der Tod von „Großvater" Hindenburg wurde schon erwähnt. Ich sang „Deutsch ist die Saar", weil meine Geschwister dies sangen. Ich wünschte mir Soldaten, weil mich die immer häufiger zu sehenden Militärfahrzeuge faszinierten. Daß Hitler eine neue Wehrmacht aufbaute, zeigte sich vor allem in der neuen Uniform des Vaters und in seiner Abwesenheit zu Reserveoffiziersübungen. Daß einzelne Tagesereignisse ganz unverständlich bleiben konnten, wurde deutlich beim Anblick eines alten Verwandten, den wir während einer Hitlerrede besuchten. Er benutzte noch ein Detektor-Radiogerät und saß mit den Kopfhörern über den Ohren wie entrückt in seinem Sessel. Natürlich durfte man ihn nicht stören, nicht einmal begrüßen, und der ohnehin etwas unwirsch wirkende Mann ist mir fast nur noch durch diese Szene erinnerlich. Aber nach dem Krieg erfuhr ich, daß der inzwischen Verstorbene Freimaurer gewesen war. Ließ seine „Entrücktheit" etwa nur auf starre Ablehnung von Hitlers Bramarbasieren schließen? Oder war er doch fasziniert von der brutalen Rhetorik? Gab es am Ende einfach nur technische Probleme mit seinen Kopfhörern, die ihn zu besonderer Angespanntheit zwangen? Alles war möglich.

Die großen Sportereignisse der Zeit, Max Schmelings Sieg über Joe Louis und seine spätere Niederlage, die Autorennen und schließlich die Olympiade, unterschieden sich für mich kaum von politischen Geschehnissen, solange sie beim Spielen auf der Straße oder im Kindergarten eine vergleichbare Rolle spielten. Wir schrieen „Flieger! Flieger!", wenn ein Flugzeug über der Stadt kreiste, oder „Zeppelin! Zeppelin!" bei entsprechendem Anlaß. Alles war gleich wichtig. Auch die Ankunft einer kleinen Schwester war so weltbewegend wie die gleichzeitig stattfindende Olympiade.

Dies änderte sich zunächst auch nicht grundsätzlich, als ich 1937 in die Schule kam. Ein vielleicht zu gütiger Lehrer erleichterte mir den Anfang. Der Weg zur Schule war kurz, da wir noch unten in der Stadt wohnten. Als wir dann im selben Jahr auf den Hügel umzogen, wurde der neue, lange Schulweg mit neuen Freunden wichtiger als alle Ereignisse der Welt. Vor allem der Heimweg auf den verschiedensten Routen führte zu immer neuen Entdeckungen im Hügelgebiet, aber auch zu häuslichem Ärger wegen unpünktlichen Erscheinens beim Mittagessen.

Erst vom folgenden Jahr ab richtete sich meine Aufmerksamkeit wenigstens sporadisch auf das politische und schließlich militärische Geschehen, bis hin zu Einzelheiten im „Wehrmachtsbericht", wie er dann vom 1. September 1939 ab unsere tägliche Informationsquelle war. Nach meiner Erinnerung wurde von 1938 an der Zugriff von Staat und Partei auf die Familien massiver und – wie ich heute sagen würde – unverhohlener. Dies konnte auch ein Kind wahrnehmen. Luftschutzmaßnahmen griffen in die Ordnung jedes Hauses ein; unter der Parole „Kanonen statt Butter“ wurde das für mich köstlichste Nahrungsmittel rationiert; es gab die obligatorischen Eintopfsonntage; das *Winterhilfswerk* (WHW) zog an vielen Sonntagen mit Sammelbüchsen und dem Verkauf von Ansteck-Figuren eine Extrasteuer ein, der sich kein Passant auf der Straße entziehen konnte; am „Tag der deutschen Solidarität“ (ein Ausdruck, an den ich mich nur deshalb erinnere, weil wir ihn wie das Gegacker von Hühnern aussprachen) wurde die Opferbereitschaft beschworen und verklärt, und wenn Hitler seine Reden mit „Volksgenossen, Volksgenossinnen“ begann, spürte ich ein gewisses Erschauern bei dieser Beschwörung der „Volksgemeinschaft“, auch wenn ich wußte, daß meine Eltern sich dieser Suggestion entzogen.

In diese von Eifer, Pflichterfüllung und Opferbereitschaft erfüllte Zeit fiel im März 1938 der „Anschluß“ Österreichs. Wir hatten damals noch kein Radio, so daß ich den Triumph Hitlers in Wien nicht „live“ miterlebt habe. Auch für die Wochenschau im Kino war ich noch zu klein. Meine Erinnerungen beziehen sich auf eher Peripheres. So gab uns der Lehrer auf, zu Hause nach dem höchsten Berg Deutschlands zu fragen. Wenn dann als Antwort „Zugspitze“ gesagt würde, müßten wir widersprechen: „Großglockner!“ Die Rede war nun von der „Ostmark“, die heimgeholt worden war. Dies alles atmete den Geist der Erfüllung eines nationalen Traumes. Die Schaufenster waren geschmückt mit Hitlerbildern zwischen Blumen und Grünpflanzen, und natürlich war überall geflaggt. Einer der neuen Nachbarn auf dem Hügel ermahnte meine Eltern, trotz der versteckten Lage des Hauses die Fahne nicht zu vergessen, und so wurde wohl damals jenes kleinformatige Ding gekauft, dessen Stange später das ominöse halbe Leintuch trug.

Ob es nun an der Erweiterung des kindlichen Wahrnehmungsfeldes lag oder ob sich tatsächlich erst mit der Wende von 1937 zum folgenden Jahr neue, dunkle Mächte um uns herum aufbauten – nach meiner Erinnerung jedenfalls fällt in diese Zeit das Ende meiner ungetrübt glücklichen Kindheit. Das erste Jahr auf dem

Hügel hatte einen Höhepunkt bedeutet. Die Wiesen um unseren Garten herum stellten einen fast unermeßlichen Spielplatz dar, der auch unsere Freunde anzog. Die Beziehung zu den Malerleuten war besonders eng. Unsere Insel schien sich ausweiten zu wollen oder immer mehr Welt in sich aufzunehmen. Die kleine Schwester brachte noch einmal die unbeschwerte Kindlichkeit in das Familienleben, das im Rückblick als durch und durch harmonisch erscheint. Wir glichen einer jener kinderreichen Lehrerfamilien, wie sie in kleinbürgerlichen Romanen vorkamen und uns in gemeinsamer Lektüre nahegebracht wurden.

Die Wende kam im Laufe des Jahres 1938. Wieder waren es die Baupläne eines Grundstücksbesitzers, die der paradiesischen Freiheit ein Ende bereiteten. Viele Wiesen und Obstgärten um uns herum gehörten dem schon erwähnten Edelsteinhändler, der ein sehr großes Haus bauen und das gesamte Gelände in einen parkartigen Garten verwandeln wollte. Er ärgerte sich darüber, unseren Vorgängern das kleine Grundstück verkauft zu haben, das nun als störende Enklave mitten in seinem „Areal" (wie er zu sagen pflegte) lag. Als einflußreicher Parteigröße gelang es ihm, eine ursprünglich geplante Straße, die sein Grundstück zerschnitten hätte, zu verhindern, wodurch das Haus meiner Eltern ohne direkten Anschluß an eine Straße blieb. Das Provisorium eines langen Fußweges durch das fremde Grundstück wurde dadurch zur endgültigen Lösung. Es war der lange Gartenweg, der auch auf dem Bild des britischen Aufklärers zu sehen ist. Als dann die Erdarbeiten (ohne Bagger; die Erde wurde wochenlang mit Spitzhacken, Schaufeln und Schubkarren abgetragen!) begannen, verwandelte sich unser Zugang allmählich in eine Lehmwüste, über die man auf Brettern zu balancieren hatte. All dies ist nur deshalb erwähnenswert, weil hier für uns Kinder zum ersten Mal eine direkte Konfrontation mit einem uns nicht wohlgesonnenen Nationalsozialisten stattfand und weil diese Konfrontation zu deutlich wahrnehmbaren Spannungen zwischen meinen Eltern führte. Mein Vater wußte, daß er als Nicht-Parteigenosse gegen den großen Bonzen keine Chance hatte und gab klein bei, was meine Mutter nur schwer akzeptieren konnte.

Das ganze gewann in meinem kindlichen Bewußtsein eine quasi politische Dimension. Dies kam einerseits daher, daß der Mann eine auffallende Ähnlichkeit mit Hitler hatte, die er durch die entsprechende „Bürste“ noch unterstrich. Mein Bruder machte daraus das Rätsel: „Warum ist Herr X. ein Widerspruch in sich selbst?“ Die Lösung lautete: „Wer aussieht wie der Führer, darf keine Einkreisungspolitik betreiben.“ Dieses Wort war damals in aller Munde und gehörte zur propagandistischen Vorbereitung des Krieges. Deutschland sah sich eingekreist und verlangte eine Öffnung nach Osten. Auch unser Haus also wurde eingekreist, unsere Spielwiesen eingezäunt, unser Zugang auf die Breite eines Fußweges verengt. Die Atmosphäre auf dem Hügel war gestört, und da sich das „Areal“ zwischen unser Grundstück und das der Malerleute schob, wurde auch der Weg „rum und num“ beträchtlich länger. Nur in den beiden Mondnächten beim Einmarsch der Franzosen sind wir heimlich durch Löcher im Zaun gekrochen und haben den herrschaftlichen Garten betreten.

Daß ich die Einschränkung unserer Freiheit nicht nur betrüblich, sondern geradezu bedrohlich fand, hing nicht nur mit der Ähnlichkeit des Nachbarn mit Hitler zusammen, sondern vor allem damit, daß er Reichtum und zugleich politische Macht besaß. Zu einer Zeit, als im Zuge von Görings *Vierjahresplan* überall in der Stadt die gußeisernen Umzäunungen der Grünanlagen entfernt und eingeschmolzen wurden, erhielt – ein Jahr vor dem Krieg – die pompöse Eingangshalle des Einkreisers große verschnörkelte Metallgitter vor den wandgroßen Fenstern. Dies wurde in der Familie mit Gästen immer wieder einmal empört diskutiert. Ich kann nicht mehr mit Sicherheit sagen, ob mir eine Beziehung zu Fotos von Hitlers *Berghof* schon damals vorschwebte oder ob sich dieser Zusammenhang erst später aufdrängte. Jedenfalls war das unbeschwerte Dasein in unserem jetzt noch bescheidener wirkenden Häuschen beeinträchtigt.

Auch andere Berührungen mit wirklichen Nazis habe ich damals als Bedrohung aufgefaßt. Mein Bruder hatte Ärger mit seinem Turnlehrer. Dieser war Mitglied des *Sicherheitsdienstes* (SD), der Spitzelorganisation Himmlers. Er benutzte – oder mißbrauchte – die Turnstunden zur Aufhetzung der Schüler im Blick auf die sich verschärfenden internationalen Spannungen. Er verlangte von den Zwölfjährigen aktive geistige Teilnahme an Deutschlands Kampf gegen die Einkreisung durch die alten Feinde. Dabei wurden die Schüler examiniert und vermutlich auch ausgehorcht. Der Lehrer fand es unfaßlich, daß mein Vater, ein Beamter, noch kein Radio besaß und prangerte dies vor der zum Appell angetretenen Klasse in drastischen Worten an. Ich höre noch, wie mein Bruder die Rede am Mittagstisch wiedergab. Es war für mich der erste direkte Angriff eines Nazis auf unsere Familie. Daß es schon früher Schikanen und Gefährdungen gegeben hatte, war mir verborgen geblieben. So war unser jüdischer Kinderarzt wegen des Erzählens politischer Witze für einige Wochen ins Gefängnis gekommen. Die Gestapo hatte sich schon Mitte der dreißiger Jahre für die Sitzungen des Waldorfschulvereins interessiert, die in unserer Wohnung stattfanden, und wollte uns von der darunter gelegenen Wohnung aus abhören. Der Mieter, Gymnasialprofessor und korrekter Beamter, ließ dies nicht zu und informierte sogar meine Eltern. In diese und andere Vorgänge war ich nicht eingeweiht worden. So erschien mir der Angriff des Turnlehrers als eine ungeheuere Gefährdung. In Wahrheit war er nicht viel mehr als der letzte Anstoß für eine längst überfällige Entwicklung. Unsere „Insel“ kapitulierte: es wurde ein Radio angeschafft. Dies erwies sich jedoch keineswegs nur als ein Fluch und war im Blick auf den bevorstehenden Krieg sogar unvermeidlich. Jetzt erst begann für mich die unmittelbare Teilnahme am Weltgeschehen, so isoliert und unverdaulich die einzelnen Informationsbrocken auch zunächst gewesen sein mögen. Daß ich seit dieser Zeit die Reden Hitlers selbst hören konnte, selbst wenn sie Stunden dauerten, ließ bald eine eigene Sparte in meinem Gedächtnis-Archiv entstehen.

Die kindliche Unschuld geriet von den verschiedensten Seiten her in Bedrängnis, und immer gab es auch einen Bezug zum politischen Leben. Die Sommerferien 1938 durfte ich mit Großmutter und Tante in Badenweiler verbringen. Ich zeichnete mit meinen Buntstiften immer wieder die Sonnenuntergänge und wurde darüber aufgeklärt, daß die Vogesen, hinter denen die Sonne verschwand, zu Frankreich gehörten. Früher hätten sie zu Deutschland gehört. Hellhörig geworden für solche Grenzfragen schnappte ich irgendwo auf, daß man unten in der Rheinebene am „Westwall“ baue. Dies wurde mit dem Ton der Befriedigung und des Sich-in Sicherheit-wiegens gesagt. Man erklärte mir: Wenn die uns Kürbisse herüberschicken, kriegen die auch welche von uns ab. Dies also waren die „Kanonen statt Butter“. Es lag eine grundsätzliche Feindschaft gegen Frankreich in der Luft, die es in meinem Elternhaus nicht gab.

Aber wie immer vermengte sich das Weltgeschehen mit dem Kindlichen und Kindischen und tut es in der Erinnerung auch heute noch. „Badenweiler“ steht nicht nur für die Entdeckung Frankreichs als eines direkt vor uns liegenden, feindlich geltenden Landes, sondern gleichzeitig für den zum ersten Mal erlebten Sog einer musikalischen Sinnlichkeit. Ich konnte stundenlang in der ersten Reihe vor der Kurkapelle sitzen und vor allem den Cellisten nicht nur zuhören, sondern zusehen, ihrem Vibrato, ihrem Portamento, ihrem Schmelz und Kurgarten-Schmalz. Im Hotelzimmer beunruhigte ich Großmutter und Tante, wenn ich am Tisch den rechten Ellbogen aufstützte und den hochgereckten Unterarm als Cello-Hals gebrauchte, auf dem ich mit den Fingern der linken Hand wohlige Vibrato-Bewegungen zu frei erfundenen, näselnd nach Cello klingenden Melodien vollführte. Daß diese kleinen musikalischen Lüste etwas mit Erotik zu tun haben könnten, ist mir erst bei der Begegnung mit Hanno Buddenbrook aufgegangen, jenem etwas degenerierten letzten Sproß der Kaufmannsfamilie, der das süße Gift der Tristan-Musik geschlürft hatte. Noch war ich weit entfernt von solchen Exerzitien, doch kann ich behaupten, schon früh Begleitstimmen zu irgendwelchen Melodien erfunden zu haben, in denen ich mich an den chromatischen Spannungen weidete.

Diese Einweihung in eine sublime Sinnlichkeit fand ihr profanes Gegenstück durch zwei rote Käfer, die – einer auf dem anderen reitend – einen Grashalm heraufkrochen. Von einem um einige Jahre älteren Jungen wurde ich darüber aufgeklärt, welche Bewandtnis es damit hatte: Sie „fickten“. Ich hatte das Wort noch nie gehört und verlangte weitere Erläuterungen. So kam es zu der unvermeidlichen Schlußfolgerung, daß auch die Eltern dies taten, zumindest getan hatten, bevor wir auf die Welt kamen. Der Knabe verpflichtete mich zu größtem Stillschweigen, da er den Unmut meiner Eltern fürchtete. In meiner Ratlosigkeit vertraute ich mich anderen Jungen an, die schon viel mehr zu wissen schienen als ich. Überall herrschte schärfste Schweigepflicht. Aber wir wurden verpetzt, und es folgte ein Verhör, in dem es vermutlich mehr um die Aufdeckung der schmutzigen Informations-Kanäle als um den Stand meines Wissens ging. Meine Eltern ließen mich spüren, wie traurig sie für mich seien, was mich wiederum traurig für sie sein ließ. Es kam zu einer großen Trauer- und Weinszene. Das ominöse Wort wurde dabei nicht verwendet. Es blieb im Untergrund und gewann dämonische Kräfte. Wieviel leichter wäre manches gewesen, wenn mein Vater damals lachend gesagt hätte: „So, die Käfer haben gefickt?" Statt dessen ist unsere Insel in diesem Sturm fast untergegangen.

Und wieder war alles auch mit dem Politischen verquickt. Es gehört zu den grotesken Verflechtungen in meiner Kindheit, daß sich dieses erste Tabu-Wort meines Lebens mit einem anderen verband: „Jud". Das spannungsreiche Jahr mündete ein in den November 1938. Im Radio hörten wir von der Ermordung eines deutschen Diplomaten durch den „Juden Grünspan". In der Perspektive eines Achtjährigen sahen die folgenden Ereignisse so aus: Der 10. November war eigentlich „Abfütterungstag" bei Großmutter und Tante. Ich hatte den Termin vergessen und befand mich mit einem Schulfreund auf einem der neuen Hügelpfade. Da kam von der Stadt herauf der Knall einer großen Explosion. Ich lief schnell nach Hause, um meiner Mutter von der Detonation zu erzählen. Sie aber schimpfte mich aus, weil ich den Essenstermin bei der Großmutter vergessen hatte. Von unten sei schon angerufen worden, wo ich so lange bliebe. Voller Reue rannte ich den Berg hinunter und kam mit übergroßer Verspätung zur Wohnung am Fluß. Merkwürdigerweise nahm man die Sache dort nicht sonderlich ernst. Die sofort spürbare Irritation betraf gar nicht mich, sondern das Dienstmädchen Adelheid. Sie war nicht wegzubringen vom Küchenfenster. Von dort aus hatte man einen Blick über die Hinterhöfe zur Rückfront eines Hauses, in dem es offenbar wild zuging. Fensterscheiben wurden eingeschlagen, Möbel zertrümmert, Männer feuerten sich an mit lauten Rufen. Es ging, wie mir Adelheid erklärte, um eine jüdische Gebetsschule, eine „Juddeschul", die jetzt „ausgeräumt" werde. Meine Tante schloß energisch und demonstrativ das Fenster und verlangte, daß endlich gegessen werde. Bei Tisch erzählte sie, daß es in der Stadt Ansammlungen von Menschen gegeben habe. Ihr Vetter (der Mann, der seine Autorität von Gott hatte) sei mit seinem Auto im Verkehr stecken geblieben. Sie habe ihn noch nie so fürchterlich grimmig gesehen. Ich verstand überhaupt nichts. Beim Heimweg sah ich vor dem besagten Haus einen großen Berg zertrümmerter Bänke und Tische. Zu Hause auf dem Hügel herrschte große Erregung. Bei der Explosion habe es sich um die Sprengung der Synagoge gehandelt, die sich in fast unmittelbarer Nachbarschaft zum Gymnasium meiner Geschwister befand. Kurz vor dem Knall seien in allen Klassenzimmern die Fenster geöffnet worden. (Aus heutiger Sicht gesagt: der „Volkszorn" war umsichtig organisiert!) Viele Schüler seien nach der Schule hinübergegangen. Das Gebäude stehe noch, habe aber keine Fenster und Türen mehr. Mein Bruder sei dann schnell ins Stadtinnere gelaufen, wo bei einigen Schuhgeschäften die Schaufenster eingeschlagen gewesen seien und man geplündert habe. Er brachte von einem der jüdischen Läden eine Glasscherbe mit (die noch heute in der Familie aufbewahrt wird). Eine meiner Schwestern hatte eine jüdische Dame, die gelegentlich mit meinem Vater musizierte, in Tränen auf der Straße gesehen. Ich verstand weiterhin nichts und fing an zu weinen. Die Erklärungsnöte meiner Mutter sind mir noch genau in Erinnerung. Ich spürte, daß sie entsetzt und empört war und doch formelhaft etwas sagen wollte, womit ich mich beruhigen konnte. Im Ohr habe ich noch den Satz: „Seit heute Nacht stehen alle Synagogen in Flammen." Aber auf mein verzweifeltes „Warum?" konnte sie nichts antworten.

In den nächsten Tagen vervollständigte sich das Bild, doch kann ich heute das später Erzählte von dem damals Erfahrenen nicht mehr trennen. Berichtet wurde, daß der Hausmeister des Gymnasiums noch am Abend versuchte, den Davidstern über der Kuppel der Synagoge abzusägen, dabei aber abgerutscht sei und sich den Arm gebrochen habe. Noch wochenlang hing der halb abgesägte Schaft mit dem Stern an der Spitze über die Kuppel herab und erzeugte in mir ein – allerdings verheimlichtes – Grauen. Die Synagoge war die erste Ruine, die ich sah.

In der Schule wurde am Morgen nach der Explosion wenig über die Ereignisse geredet. Nur der schwächliche Sohn des Hausmeisters, der bald darauf an Diabetes starb, hielt mit der einen Hand eine Photographie der Synagoge hoch und klopfte mit der anderen rhythmisch auf ihr herum, wozu er im Takt deklamierte: „Judde-Schul, Judde-Schul."

Die für mich damals noch neue Vulgarisierung des Wortes „Jude" durch die Dialektform, vor allem aber die vielen neuen Wortverbindungen aus dem Vorrat der Schmäh- und Schimpfwörter, die aus den Juden Karikaturen im Stil des *Stürmer* machten, gerieten für mich in eine unheilvolle Nähe zu den obszönen Begriffen, die mir die roten Käfer eingebracht hatten. Da meine Eltern das Wort „Jude" ostentativ mit sehr langem „u" aussprachen, wurden alle vom süddeutschen Dialekt gefärbten Kurzformen in die

Zone der Gossensprache verwiesen, für die man sich zu schämen hatte. Diese Verflechtungen führten dazu, daß ich mich eine zeitlang sicherheitshalber für alles schämte, was nicht am Familientisch verhandelt wurde.

Es bleibt noch zu erwähnen, daß meine kindliche Vermengung ganz verschiedener Tabus eine gewisse Entsprechung in den „bürgerlichen“ Reaktionen auf das November-Pogrom hatte. Es galt wohl in vielen Häusern als unanständig, von der Sache überhaupt Kenntnis zu nehmen. So bekam ein vierzehnjähriger Freund meiner Geschwister sofort eine Ohrfeige, als er zu Hause von den Plünderungen der Schuhgeschäfte erzählte. Auch für meine Tante bestand bis in ihr hohes Alter das Anstößige jenes Tages in erster Linie darin, daß „die Adelheid nicht vom Fenster wegzubringen“ gewesen sei. Nicht das Pogrom war das Schlimme, sondern das Interesse an ihm, das Unbehagliches freilegte. Dieser Logik des Wegsehens folgte vielfach das plötzliche Desinteresse an dem Schicksal jüdischer Menschen, die man kannte. Immer wieder taucht sogar heute noch die Formulierung auf, die Familie X oder die Schulfreundin Y seien damals „plötzlich verschwunden“. Gemeint waren nicht die Deportationen der späteren Jahre, sondern die legale Emigration vor dem Krieg, die man geflissentlich übersah.

Als 1980 ein Erinnerungsband mit Fotos der zerstörten Stadt erschien, wurde ich unvermutet und nachdrücklich an jenen Tag der großen Explosion erinnert. Ein Bild zeigte die Straße, in der sich der „ausgeräumte“ Gebetsraum befunden hatte. Vor der niedergebrannten Häuserfront lag etwa an der Stelle, wo damals die zertrümmerten Möbel aufgehäuft waren, ein hoher Berg aus Schutt und großen Trümmersteinen.

Doppelbödig – doppelzüngig

Mit dem Beginn des Krieges verlor das Hügel-Haus noch mehr von seiner Inselhaftigkeit. Die bisher draußen so verkrampft und schreierisch beschworene „Volksgemeinschaft“, der wir uns nur mit Maßen zurechneten, verwandelte sich in eine echte Notgemeinschaft, in der alle gleich gefährdet und einigermaßen gleich versorgt waren. Im Gegensatz zum Ersten Weltkrieg erwies sich der Staat dieses Mal als bestens vorbereitet und gerüstet für den

Ernstfall. Von einigen Turbulenzen gleich bei Kriegsbeginn abgesehen, als zum Beispiel unsere Schulhäuser freigehalten wurden für die aus der frontnahen Rheinuferzone evakuierte Bevölkerung, war von einem „Kriegsausbruch“ wenig zu spüren. Der Vater, der sich in der Nacht zum 1. September 1939 in Uniform im Kinderzimmer verabschiedet hatte und bei mir ein leises Schluchzen ins Kopfkissen bewirkte, war nur eine Bahnstunde entfernt in seiner Garnison und konnte schon an einem der ersten Kriegswochenenden zu uns herüberfahren.

Die Erwachsenen ließen uns Kinder ihre Sorgen kaum spüren, so daß sich unsere Interessen eher auf die technischen Neuerungen des Kriegsalltags konzentrierten. Die Rationierung der Nahrungsmittel und die Verdunkelung waren zwar in der „Kanonen-statt-Butter“-Zeit schon eingeübt worden, gewannen aber jetzt vorderste Plätze in unserem Leben und forderten die Strategen der „Einkäufe auf Marken“, die Bastler und die Verdunklungsperfektionisten heraus. Fast ein kleines Familienfest war das Anprobieren der an alle ausgegebenen „Volksgasmasken“. Kleine handliche Dinger, auch in Kinderkopfgröße zu haben, die man nicht ohne Mühe über den Kopf zu ziehen hatte. Meine älteste Schwester machte den Anfang und wurde von uns allen in aufdringlicher Hilfsbereitschaft zurechtgezupft und -geglättet, bis sie in ihrer Bedrängnis die bis dahin angehaltene Luft durch das Nasenventil abließ, was einen komischen, schnorchelartigen Ton erzeugte. Wir haben diese Gasmasken später gottlob nie gebraucht, sehr im Unterschied zu vielen unserer Mitbürger, die sich zwar nicht gegen Giftgas, aber Rauch und andere gefährliche Dämpfe zu schützen hatten.

Statt einer Insel glich unser Haus nun eher einem für Wind und Wetter gerüsteten Boot, das eindeutig dem Kommando der Mutter unterstand, während der Vater es zwar häufig, aber doch eher besuchsweise inspizierte. Ich selbst war ausgesprochener Leichtmatrose. Die Großen, also die Zwillinge (Bruder und Schwester) und die nächste, ein Jahr jüngere Schwester, waren als Dreizehn- und Zwölfjährige vom ersten Kriegstag an in den neuen, vaterlosen Alltag eingespannt, während ich und die sechs Jahre jüngere Kleine in den ersten vier Kriegsjahren eine im Rückblick als erstaunlich unbeschwert erscheinende Kindheit verbrachten.

Das Leben insgesamt war in jenen Jahren auf eine heute unheimlich wirkende Weise doppelbödig. Durch die strengen Gesetze des Kriegszustandes fühlten wir uns auch in der verdunkelten Stadt beschützt und sicher; durch die Reduzierung des Autoverkehrs auf kriegswichtige Fahrzeuge erschien sie zurückversetzt in die Zeit, als Straßenbahnen und Pferdefuhrwerke das Straßenbild beherrschten; durch die Rationierung von Lebensmitteln und Luxusgütern waren auch in unserem Gymnasium die sozialen Unterschiede eingeebnet; durch die Pflicht, Altmaterial zu sammeln, waren wir als Schüler in ständigem Kontakt mit Verwandten und Nachbarn, die uns sogar die Knochen aus der Küche ablieferten, dabei aber auch manchen Leckerbissen zusteckten.

Dies war die „friedliche" Seite des Krieges, zu der aus der Sicht von uns Schülern sogar noch der gelegentliche nächtliche Fliegeralarm gehörte, der am folgenden Morgen manche Klassenarbeit ausfallen ließ und deshalb bisweilen geradezu herbeigesehnt wurde.

Von der anderen Seite dieser Doppelbödigkeit wußten wir zwar, aber sie hat uns Kindern die unbefangene Lebensfreude nicht entscheidend beeinträchtigt: Etwa das Wissen um die Toten und Verwundeten draußen an der so fernen Front, oder die ersten Bombardierungen deutscher Städte im Nordwesten des Reiches. Der Alltag des Kriegsgeschehens bestand im Sommer und Herbst 1941 aus Sieges- und Sondermeldungen, eingeleitet durch die aufwühlenden Franz Liszt-Posaunen, und als in Rußland die Siege spärlicher ausfielen, blieben für einige Zeit noch die Meldungen über die Versenkung alliierter „Bruttoregistertonnen" durch deutsche U-Boote. Da auch der Schulalltag bis 1944 praktisch störungsfrei ablief, war der Kreis meiner Pflichten bis zum Beginn des letzten Kriegsjahres ein durchaus friedlicher: Hausaufgaben, Geige üben, Arbeit im Garten, Dienst im *Jungvolk*.

Dahinter aber verbarg sich eine andere Wirklichkeit, die nur ganz allmählich in mein Bewußtsein drang. Schon das von dunklen Ahnungen erfüllte Jahr 1938 hatte den Achtjährigen spüren lassen, daß das Idyll auf dem Hügel brüchig war. Als dann im Krieg die Gestapo ins Haus gekommen war, nahm die Bedrohung konkrete Formen an. In der Familie wurde die Parole ausgegeben: Mund zu, wenn's neblig ist! Es war die Gegenparole zum offiziellen „Feind hört mit!", mit dem die Regierung vor Spionen warnte. So, wie die Unversehrtheit eines Hauses nach einem Einbruch für immer beschädigt bleibt, auch wenn äußerlich wieder alles in Ordnung gebracht ist, bedeutete das Auftreten der zwei Beamten in Zivil einen dauerhaften Riß im scheinbar so fest gefügten System von Ordnung und Sicherheit. Zwar reichte meine Phantasie damals nicht aus, um mir eine Abholung der Eltern bei Nacht und Nebel vorzustellen. Aber es blieb doch eine Ahnung der Möglichkeit, daß die staatlich garantierte Ordnung und Sicherheit nicht Schutz, sondern Gefahr – höchste Gefahr – sein könnte.

Aber die Grenzen blieben verschwommen. Wofür, wogegen war man in der Familie? Der Kriegsbeginn verlief in mancher Hinsicht parallel zum Ausbruch des Ersten Weltkriegs und weckte bei meiner Mutter nicht nur Erinnerungen, sondern auch Verhaltensmuster aus der 25 Jahre zurückliegenden Zeit des patriotischen Aufbruchs und der Begeisterung für Hindenburg. Vielleicht war dies die größte Falle, die Hitler für die Deutschen vorbereitet hatte: den Weltkrieg im zweiten Anlauf doch noch gewinnen zu wollen, mit allen Begleiterscheinungen, vom Siegesjubel und der Verklärung der „Feldgrauen“ bis zum Opfermut, der bei vielen Familien die „stolze Trauer“ einschloß, mit der sie den Heldentod ihrer Söhne bekanntgaben. Meinen Eltern blieben die meisten dieser Versuchungen erspart, aber es herrschte doch das Grundschema: Draußen unsere Soldaten, hier die Heimat, die Opfer zu bringen hatte; die um die Väter, Söhne, Brüder bangte und sie mit Feldpostpäckchen versorgte. Selbst eine Europakarte wurde an die Wand geklebt und der Frontverlauf im Polenfeldzug mit Fähnchen markiert – eine Reminiszenz an das Verhalten des Großvaters im Jahre 1914.

Ich habe schon davon berichtet, daß meine Mutter weinend am Radio saß, als der Triumph des Einmarsches deutscher Truppen in Paris übertragen wurde. Ich empfand diese Reaktion schon damals als Ausdruck der Zwiespältigkeit, in die unsere so wenig kriegslüsterne Familie gebracht worden war.

Der Doppelbödigkeit entsprach in mancher Hinsicht eine Doppelzüngigkeit, die behutsam, aber beharrlich eingeübt werden mußte. Ich sehe darin heute eine gewisse moralische Beschädigung, die ich den Nazis verdanke. Das Verhältnis zu meinen Eltern gewann dadurch fast prekär zu nennende Züge, daß ich von dem martialischen Getue, das ich verachten sollte, doch auch fasziniert war. Als in der vierten Volksschulklasse mein Lehrer Anstalten machte, mich für eine Napola vorzuschlagen, teilte ich zwar den Schrecken meiner Eltern und war froh, als die Sache abgeblasen wurde. Und doch blieb ein kleiner Stachel: Wäre es nicht toll gewesen, zur „Elite“ zu gehören?

Ich war noch zu klein, um mich ohne Abstürze auf dem schmalen Grat bewegen zu können, der für die Eltern die einzige Chance darstellte, die Nazi-Zeit heil zu überstehen: zwischen vorsichtiger Loyalität dem Regime gegenüber und der beharrlichen, die Grenze des Subversiven streifenden Ablehnung. Diese Einengung muß wohl meinen kindlichen Leichtsinn provoziert haben. Ich erinnere mich an Situationen, in denen ich die Gefährdung der Eltern durch dumme Streiche oder gedankenloses Plappern noch erhöhte. Vielleicht wollte man nicht immer geplagt sein von dem Bewußtsein des Verbotenen im Leben der Familie; der Zweisprachigkeit selbst schon im Verkehr mit Großmutter und Tante, viel mehr noch in Schule und *Hitlerjugend*; der doppelten Wertung im eigenen Gemüt, wenn Siege zu feiern waren, die von den Eltern mit Zurückhaltung zur Kenntnis genommen wurden; der immer wieder angemahnten Vorsicht im Umgang mit Schulkameraden; des schlechten Gewissens, wenn man doch, unter dem Siegel der Verschwiegenheit, politische Witze erzählte, die man von Besuchern der Eltern aufgeschnappt hatte.

Diese Doppelbödigkeit konnte absurde Formen annehmen, wenn es darum ging, nicht nur einen dummen Nazi durch einen besonders zackigen Hitlergruß zu erschrecken, sondern sogar die eigenen Eltern zu provozieren. Ich denke dabei an eine häusliche „Feier“, die noch vor dem Krieg, nämlich zu Hitlers 50. Geburtstag am 20. April 1939, stattfand und über die wir im Kreis der Geschwister noch heute den Kopf schütteln. Zum Erstaunen und vielleicht Entsetzen unserer Eltern bekränzten wir ein postkartengroßes gerahmtes Hitler-Porträt mit Blumen aus dem Garten, stellten es auf eine Art Altar, sangen Lieder der „Bewegung“, sagten Gedichte auf, wobei meine älteren Geschwister in ihren HJ-Uniformen auftraten (ich selbst war noch nicht im *„Jungvolk“*). Das Ganze hatte, wie ich mich deutlich erinnere, einen halb parodistischen Charakter. Die Großen wollten den Eltern einfach einmal zeigen, wie man – in der Sprache einer späteren Generation gesagt – eine solche Show abzieht. Das süßsaure Lächeln meiner Mutter und die etwas bemühte Zuwendung des Vaters waren eine zusätzliche Herausforderung. Ich weiß nicht mehr, wie das Ganze ausgegangen ist. Mein eigener Beitrag bestand eigentlich nur darin, daß ich aus einem Liederbuch, das ich kurz vorher zum Geburtstag geschenkt bekommen hatte, einige neue, noch wenig bekannte Nazi-Lieder beisteuern konnte.

Vermutlich waren meine Geschwister in Schule und Hitlerjugend in den Wochen zuvor auf „Führers Geburtstag" so nachhaltig eingestimmt worden, daß sie einiges von diesem Wust wieder loswerden mußten. Aber es muß ein Schuß Bewunderung für den Mann im Spiel gewesen sein, der gerade erst mit dem Einmarsch in Prag gezeigt hatte, wie man territoriale Probleme löst. Ich habe mich später oft gefragt, was aus uns geworden wäre, wenn man uns damals signalisiert hätte, daß unsere Feierlichkeit so lächerlich nicht sei und daß wir uns – mit Maßen – dem Führer anvertrauen könnten. Es gab im alten Freundeskreis der Eltern Familien, in denen nach einigem Zögern die Zustimmung zum Nationalsozialismus überwog oder wo spätestens mit der Begeisterung der Kinder und ihrem Aufstieg als Führer und Führerinnen in der HJ letzte Bedenken überwunden wurden. Vielleicht war unsere Feier ein unbewußter Test, um auszuloten, wo die Familie wirklich stand. Vielleicht war sie aber auch nur ein kindischer Unfug. Ich weiß es nicht.

Die Freude am parodistischen oder travestierenden Nachahmen ernster Bräuche war bei uns Kindern ohnehin lebendig. Als wir einmal einen jungen Star, dem mein Vater das Sprechen beibringen wollte, mit Regenwürmern zu Tode gefüttert hatten, fand im Garten eine Bestattungszeremonie statt, die sich in ihrem kindischen Halbernst kaum von der Hitlerfeier unterschieden haben dürfte. Ob nun Hitler oder Star, die Hauptsache war, man hatte ein Objekt für ein halb erhebendes, halb kitzliges Ritual am Rande des Zulässigen. Was war verboten, was nur unerwünscht? So, wie ich nicht bestraft, sondern nur zu größerer Vorsicht ermahnt wurde, als ich bei Großmutter und Tante die gefährlichen Äußerungen des Vaters über Robert Ley preisgegeben hatte, fehlte fast immer das eindeutige Schwarz-Weiß-Schema, in dem zumindest ich als der Kleine mich hätte orientieren können. Ich bin meinen Eltern dankbar, daß sie nicht konsequent Theater gespielt und uns nicht in dem Glauben gelassen haben, sie bejahten das Hitler-Regime. Aber den kleinen Jungen überforderte die Kunst des vorsichtigen Lavierens.

Auch bei einem anderen Bestattungsritual spielte das Kitzlige des Halbverbotenen sicher eine Rolle. Unter meinen Elastolin-Soldaten befand sich ein „Hitler mit beweglichem Arm“, wie er im Katalog genannt wurde, also eine Figur, deren rechten Arm man zum „deutschen Gruß“ hochklappen konnte. Aber das Armgelenk hatte das viele Grüßen nicht vertragen, der Arm fiel ab und Hitler stand mit einer klaffenden Schulterwunde da. Mein engster Freund kam auf die Idee, ihn insgeheim zu verbrennen und die Asche zu bestatten. In unserer Sandkiste bauten wir eine Gruft, wo der einarmige Leichnam auf kleinen Holzspänen eingeäschert werden sollte. Aber das Elastolin war unbrennbar. Der Leib des Führers verkohlte nicht einmal, sondern war nur mit Ruß überzogen. Die drei Jahre später am Original exekutierte Methode, den zu Kremierenden mit Benzin zu übergießen, kannten wir noch nicht, und so wurde der Schwarzberußte achtlos im Garten verscharrt. Die Sache blieb streng geheim. Nur meine kleine Schwester war Zeugin der mißlungenen Kremation.

Das kleine Mädchen war natürlich unbefangener im Umgang mit Halbverbotenem. Als am Tisch einmal die Rede auf Goebbels und seinen Chefkommentator Hans Fritzsche kam, gebrauchte meine Mutter die Formulierung: „Der Goebbels und sein Double“, weil Fritzsche genau so näselte wie sein Meister. Mit sicherem Gefühl für das Abschätzige dieser Bezeichnung machte die Kleine daraus den Reim: „Der Goebbels und sein Döbbels“. Wieder war unklar, wem man dies erzählen durfte. Natürlich mußte wenigstens der Freund eingeweiht werden, der allerdings bei sich zuhause Entsetzen und einen scharfen Verweis auslöste.

Die Beziehung zu einem anderen Freund grenzte gleichfalls immer an die Zone von Vorsicht und Doppelzüngigkeit. Seine Großeltern besaßen eine Konditorei mit Café im Zentrum der Stadt. Unvergeßlich die Stunden im sogenannten „Ladenstüble“ hinter der Theke, wo man, vom Laden aus nicht gesehen, zu Mittag aß, Hausaufgaben machte, Schach spielte. Die Großeltern hatten sich, vielleicht aus geschäftlichen Gründen, den „Deutschen Christen“ angeschlossen, dem hitlergläubigen Flügel der Protestanten unter ihrem „Reichsbischof“ Müller. Einige opportunistische Kreise unserer Stadt waren den wenigen Pastoren gefolgt, die diesem Flügel angehörten. Wie gläubig die Großeltern des Freundes tatsächlich waren, sei dahingestellt. Aber die Chefin wußte genau, welche Kundin sie mit „Heil Hitler" anzureden hatte und bei welcher ein leutseliges „Guten Tag" angebracht war. Vom Ladenstübchen aus konnte man mit anhören, wie virtuos sie auf dieser Klaviatur spielte. Es herrschte ein Klima artistischer Unehrlichkeit, das mich aber, wie ich gestehen muß, eher amüsierte, da die Frau sehr lustig sein konnte und hinter mancher Kundin, der sie die Tür aufhielt – jawoll, Frau Pfarrer, Heil Hitler, Frau Pfarrer – die Zunge herausstreckte. Ich selbst hielt mich mit Geschichten aus der Familie zurück und konzentrierte mich außerhalb des Stübchens auf Streifzüge durch die weitläufige Konditorei, in der es – erlaubt oder unerlaubt – immer etwas zu naschen gab.

Die eigentliche Zone der Doppelzüngigkeit war die Schule. Heute wissen wir, daß die meisten unserer Gymnasiallehrer aus Vorsicht, Feigheit oder Berechnung in die Partei eingetreten sind, zu einem Zeitpunkt, als Hitler fest im Sattel saß. Damals hielten wir sie für überzeugte Nationalsozialisten. Es gab Ausnahmen, wie einige als sehr katholisch geltende Männer oder den schon erwähnten, wegen seines Sarkasmus beliebten Mathematiker, der nach dem Krieg eine führende Rolle in der Stadt spielte. Den meisten Lehrern begegnete ich in einer Mischung aus Schülertrotz und Furcht vor kleinen Schikanen. Manchen redete ich nach dem Mund. Ich erinnere mich an ein Aufsätzchen, das ich über den Einsatz deutscher Bomber gegen England zu schreiben hatte. Darin heißt es: „Hütet euch, ihr Regenschirmträger!" Gemeint waren die demokratischen (damals ein Schimpfwort) Politiker vom Schlage Chamberlains, der immer mit Regenschirm abgebildet wurde. Vielleicht hatte dieses Nazi-Pathos etwas von der parodistischen Hinterhältigkeit unserer häuslichen Feier; vielleicht war es pure Anpassung; mit Sicherheit nicht ehrliche Überzeugung.

Fast nicht mehr doppelzüngig zu nennen war der Umgangston im *Jungvolk*, weil zwischen Befehl und Gehorsam wenig Spielraum lag. Es war wie eine Erlösung, als ich mit einer Sondergenehmigung den öden Formaldienst in Uniform vorzeitig verlassen durfte und in das *Bannorchester* der Hitlerjugend aufgenommen wurde, für das man eigentlich vierzehn Jahre alt sein mußte. Es war die Aufnahme in einen Club, in dem außer meinen Geschwistern die Söhne des Malerfreundes und Kinder anderer mit uns befreundeter Familien, sowie die mir bereits bekannten „Großen" aus unserem Schulorchester versammelt waren. Man traf sich in Zivil mittwochabends im Singsaal eines Gymnasiums unter der Leitung von jüngeren Berufsmusikern, die sich betont kameradschaftlich gaben. Es wurde weder „angetreten“ noch „abgezählt“. Wir begrüßten uns, wie in der Schule, mit „Heil“, was nicht pathetisch gemeint, sondern eine saloppe Wiederaufnahme des Wandervogelgrußes war, den ja die Nazis für sich reklamiert hatten. Auch hier überwog das parodistische Element.

Das Unpolitische im Umgangston dieses Kreises entstammte allerdings weniger dem Gleichklang der politischen Neutralität, als vielmehr dem Narzißmus der Fortgeschrittensten, die sich ständig in Szene setzten. Da wurden im Treppenhaus bei besonders günstig hallender Akustik einzelne Brillant-Fetzen aus Violinkonzerten „geübt“, in Wirklichkeit vorgeführt; da sang ein Cellist beim Hereinkommen eine Cantilene aus einem am Abend zuvor gehörten Konzert, um sie gleich noch einmal auf dem Cello vorzuspielen; da waren immer Klavierspieler am Werk, die den armen Flügel malträtierten. Aber es war wohltuend, daß man sich hier wenigstens musikalisch austoben konnte. Es gab keine Blockwart-Mentalität, kein Denunziantentum, kein Führer-Gehabe. Ein kluger Siebzehnjähriger, von mir maßlos bewundert, schirmte uns vor den Betonköpfen in der Bannführung ab. Er spielte Klarinette, die selten zum Einsatz kam, und man sagte, er könne auch „jazzen“. Wir spielten Stamitz, Spitta, Dittersdorf und – immer wieder – die G-Dur-Sinfonie von Gluck. Zu offiziellem Einsatz in Uniform kamen wir selten und spielten dann oft nur die beiden Nationalhymnen, das *Deutschland-* und das obligatorisch angehängte *Horst-Wessel-Lied*. –

In keiner dieser Geschichten ist die Rede von Heldentum, kompromißlosem Widerstand, hartnäckiger Verweigerung. Das Haus auf dem Hügel war kein Verschwörernest, kein Hort der „inneren Emigration“. Es fällt heute schwer, den Punkt zu bestimmen, von dem ab Klugheit und Vorsicht umschlugen in Ängstlichkeit und halbe Kompromißbereitschaft, womöglich Feigheit und Opportunismus. Für eine wirkliche Dramatik fehlte einer, der unserem Haus erspart geblieben ist: ein Denunziant. Zur Ehre meiner Eltern sei gesagt, daß es genug Ansatzpunkte gegeben hätte für kleine, bornierte Fanatiker, um meinen Vater dauerhaft einzuschüchtern. „Dachau“ war auch für uns Kinder das große Drohwort. So wenig wir von Vernichtungslagern wußten, so präsent war doch die Gefahr einer politischen Haft. Ein einziges unvorsichtiges Wort darüber, daß mein Vater seine elsässischen Schulkinder auf Französisch unterrichtete, hätte für eine Katastrophe ausgereicht. Aus späteren Erzählungen weiß man, daß es einen besonnenen Schulrat gegeben hat, der sich schützend vor meinen Vater stellte, als dieser in einen (vielleicht lächerlichen) Konflikt mit Teilnehmern eines Ski-Lagers der SS im elsässischen Dorf geriet. In ein Dossier hätte auch das sympathisch freche Wort meines Bruders gepaßt: „Das kommt davon, wenn alles auf den schlüpfrigen Boden der heutigen Politik übertragen wird!" Gemeint war der Versuch seines Deutschlehrers, Bezüge zwischen Goethes *Egmont* und dem Hitlerreich herzustellen. Der Mann (übrigens derselbe, der uns seine Geschichte über die Erschaffung des Juden nacherzählen ließ), war zunächst sprachlos, rief aber dann: „Jetzt habe ich deine wahre Gesinnung erkannt." Mein Bruder mußte sich am nächsten Tag vor der Klasse entschuldigen, was den Vorfall auf das Maß einer „normalen" Frechheit zurückstufte.

Schließlich geriet meine Mutter wenige Monate vor dem Ende der Nazi-Zeit durch eine Unvorsichtigkeit in Gefahr. Sie hatte, als mein Bruder an die sich auflösende Front bei Belfort gekommen war, damit begonnen, die Nachrichten der BBC abzuhören. Es war wohl in erster Linie der Versuch, in einer dauernden inneren Verbindung mit dem Sohn zu bleiben, nachdem seine Postkarten seltener wurden und schließlich ganz ausblieben. Von einem seiner Kameraden erfuhren wir, daß er vermutlich in Gefangenschaft geraten war. Der offizielle Besuch des „Zellenleiters" der Partei in seiner gelblich-braunen Uniform erfolgte im Januar 1945, als die „Vermißt"-Meldung für uns ihre Schrecken schon verloren hatte. Meine Mutter ließ den Mann in der Diele stehen, um sein gespreiztes Beileidsgetue möglichst kurz zu halten. Da ertönte im Zimmer bei offener Tür das berühmte Pausenzeichen der BBC. Statt des *Drahtfunks*, der lokalen Information über die Luftlage, war der Feindsender eingestellt geblieben! Mit der wie beiläufig gemachten Bemerkung: „Mach mal den Drahtfunk aus" wurde ich ins Zimmer geschickt. Der ahnungslose Mann verabschiedete sich wortreich und wünschte uns Wachsen, Blühen und Gedeihen.

Wenige Wochen danach erfolgte der große Angriff, durch den die Zeit der Angst vor einer gezielten Überwachung der Familie zu einem Ende kam. Damit sind wir wieder beim Frühjahr 1945 angekommen.

IV. „Normalisierung“ (ab 1945)

Hunger nach Normalität

Es gab in unserem Leben eine zeitliche Achse, die zwei gegensätzliche Bewegungen voneinander trennte. Als der letzte deutsche Soldat aus unserem Garten verschwunden war und wir die Nacht bei den Malerleuten verbrachten, kam ein Prozeß zum Stillstand, in dem sich die normalen Vorkriegsverhältnisse in immer schnellerem Tempo ins Dramatische, schließlich ins Katastrophale gewandt hatten. Am folgenden Morgen, als wir damit anfingen, den Luftschutzkeller in einen einfachen Kohlenkeller zurückzuverwandeln, begann eine neue Entwicklung, die in kleinen und großen Schüben zu den friedlichen Zeiten hinüberführte, in denen wir heute leben. So, wie im Keller wieder normale Verhältnisse einkehrten, erlangten wir Schritt für Schritt Altgewohntes, zum Teil Langentbehrtes zurück. Wenn dies heute auch als etwas ganz Natürliches erscheinen mag, setze ich das Wort „Normalisierung“, mit dem dieser Prozeß zu bezeichnen ist, in Anführungszeichen. Zu wenig selbstverständlich war vieles, was damals erreicht wurde. Und wenn die „Achse“ in unserem Schema auch einen Nullpunkt angibt, so waren die Ausgangslagen in den einzelnen Familien, Häusern und Städten doch so verschieden, daß man nicht von einer allgemeinen Stunde Null reden kann.

Gemeinsam war uns allen ein *Hunger nach Normalität*. Aber es gab keine für alle gültige „Norm“, die anzustreben war. Profanste Dinge spielten eine unverhältnismäßig große Rolle, zum Beispiel, ab wann die einzelnen Häuser wieder regelmäßig mit Wasser, Strom und Gas versorgt wurden. Für mich markiert das Ende der provisorischen Badetage in der Waschküche und die Möglichkeit, sogar wieder heiß zu duschen, den unvergeßlichen Neubeginn einer besonderen Form des „normalen“ Lebens um mit dem Banalsten zu beginnen.

So war für jedes Haus, jedes Alter, jeden Beruf die Marke der Normalität anders gesetzt. „Normal“ war einerseits das sehnlichst

Erstrebte und doch zugleich das eigentlich Selbstverständliche. Für die Stadt im ganzen bestand das vitalste Interesse darin, daß Wohnungen geschaffen und die vielen großen und kleinen Schmuckfabriken wieder aufgebaut und in Gang gebracht wurden. Für uns Schüler war ein einigermaßen normales Leben damit erreicht, daß wir nach fast zweijähriger Pause wieder zur Schule gehen konnten. Für viele Familien – auch für uns auf dem Hügel – lag das ersehnte Nahziel zunächst in der Rückkehr von Angehörigen aus Krieg und Gefangenschaft, für andere im Erreichen einer menschenwürdigen Unterbringung nach Monaten, vielleicht Jahren des Hausens in ärmlichen Provisorien.

Man hat gelegentlich die Trümmerwüsten der Nachkriegszeit mit zerstörten Ameisenhaufen verglichen, in denen die Menschen emsig durcheinanderliefen und die erstbesten Schäden reparierten. Diese eher journalistisch anmutende Impression wußte nichts von der zielgerichteten Energie, die in jeder Familie, vor allem aber in jeder Firma am Werke war. In einer Stadt, in der in einigen Dutzend mittelgroßer Fabriken und in unzähligen Hinterhausbetrieben viel Geld verdient worden war und in der man sich damit gebrüstet hatte, die größte Dichte an Millionären pro Quadratkilometer zu besitzen, war der Lebenswille ungebrochen. Auch hier entziehe ich mich jeder Chronistenpflicht und belasse es bei der Feststellung, daß die Rückverwandlung des Kraters in eine vitale, schon Anfang der fünfziger Jahre boomende Industriestadt zu den eindrücklichsten Erfahrungen meines Lebens gehört. Als ich unmittelbar nach dem Abitur in einer der größeren Firmen als Werkstudent arbeitete, war die 60-Stunden-Woche nichts Außergewöhnliches. Dies war fünf Jahre nach der Zerstörung, und Ludwig Erhard verkündete bald darauf den „Wohlstand für alle". Ängste und Sorgen schienen vergessen.

Das Bild von der ameisenhaften Emsigkeit zeigte nur die Oberfläche, und dennoch kommt man nicht ganz an ihm vorbei. Seine Wahrheit betrifft die Besinnungslosigkeit, die mit dem Hunger nach Normalität einherging. Dies ist seit vielen Jahren ein immer wiederkehrendes Thema der Kritik an der westdeutschen „Restaurationsperiode" in ihrer allzu ausschließlichen Konzentration auf die Gewinnung eines neuen Wohlstands. Ich bekenne, in dieser Frage hin- und hergerissen zu sein. Ich habe einerseits einen zu großen Respekt vor der Leistung der Unternehmer und ihrer Belegschaften, als daß ich in ein allgemeines Klagelied über die damalige Flucht der Menschen in das Vergessen einstimmen könnte. Aber die Frage nach den Wandlungen der eigenen Besinnungslosigkeit gehört zu den Entstehungsgründen dieser Erinnerungen. So betrifft die vielstimmige Kritik an der „Eindimensionalität" des Wirtschaftswunders auch die eigene Unfähigkeit, aufzuwachen und die wirkliche Dimension der deutschen Tragödie zu erfassen. Davon war schon ganz zu Anfang die Rede. Dort wurde allerdings nur auf die Paradoxie verwiesen, daß mich gerade die regime-kritische Haltung der Eltern davon abhielt, aus der Erfahrung der Katastrophe einen eigenen engagierten Umgang mit der deutschen Geschichte zu entwickeln. Ich empfand das Haus auf dem Hügel als zu wenig schuldhaft betroffen, als daß der „Zusammenbruch" ein Erweckungserlebnis hätte werden können.

Andere Faktoren kamen hinzu. Alexander und Margarete Mitscherlich haben später das Syndrom der deutschen „Unfähigkeit zu trauern" untersucht und gezeigt, wie die „Abwehrmechanismen gegen die Nazizeit" eine sozialtherapeutisch befreiende Aufarbeitung der Vergangenheit blockierten. Wir Jüngeren haben das ganze Spektrum dieser Abwehrmechanismen der Erwachsenen als Teil unseres Lebens erfahren. Es reichte von der vorsichtig schonenden Diskretion der „Unbelasteten", die sich nicht als Unschuldige aufspielen wollten, über kleinliche Unwahrhaftigkeiten verunsicherter „Mitläufer" bis zur blanken Unverschämtheit ehemaliger Profiteure des Regimes, die „nichts gewußt" und „nichts getan" hatten und sich darin sonnten, beim Aufbau alsbald wieder gebraucht zu werden. In der Kultur eines allgemeinen Beschweigens verbargen sich die verschiedensten Gefühle und Motive: Angst und Trotz, Enttäuschung und gekränkter Stolz, Larmoyanz und schlechtes Gewissen, Entsetzen, auftrumpfende Rechthaberei und peinliches Berührtsein. Wir hatten diese Emotionen und Haltungen leibhaftig vor uns in Verwandten, Nachbarn, Lehrern, Freunden und Bekannten der Eltern. Man entwickelte einen Sinn für feinste Abstufungen nicht nur in den anderen Menschen, sondern auch in den Gefühlen, die wir ihnen entgegenbrachten: Nuancen von Bewunderung, Sympathie, Mitleid, Häme, Verachtung, vielleicht sogar Haß. Wir gehörten dazu und waren doch eher die Beobachter. Manchmal Mitwisser, manchmal auch Augenzeugen der Peinlichkeit. Wir nahmen Rücksicht, beachteten Tabus, hielten uns an Spielregeln. Zum Beispiel galt es als taktlos, bestimmten Menschen gegenüber von „Nazis“ zu sprechen, so wie man mit Behinderten nicht über „Krüppel“ spricht.

Aber es gab nicht nur diese Spiele der Beschwichtigung. Zum Hunger nach Normalität gehörte auch die kindliche Freude an Familientreffen, bei denen es fast wieder zuging wie früher, mit Kuchen und (noch nicht echtem) Kaffee, Familienklatsch und Geburtstagsgeschenken. Es ist erstaunlich, wie bald nach der Katastrophenzeit in unserem verschont gebliebenen Haus solche Treffen möglich waren. Wir feierten Anfang September 1945 den 75. Geburtstag meiner Großmutter mit sicher bescheidenem Aufwand, aber wenigstens mit der *Kleinen Nachtmusik* in Quartett-Besetzung als Ständchen im Garten und entsprechender Bewirtung der Musikanten. Dies waren vielleicht erste Anzeichen jener Biedermeierlichkeit, die man später den Wirtschaftswunderleuten der fünfziger Jahre nachsagte. Vielleicht aber auch nur der ganz natürliche Versuch, wenigstens für Stunden die triste Realität zu vergessen. Denn das Geburtstagsfest war unnormal in dem Sinn, daß noch zwei Familienmitglieder fehlten. Erst ihre Heimkehr ein Jahr nach Kriegsende stillte einen erheblichen Teil unseres Hungers nach Normalität.

Heimkehrer

Für mehr als zwölf Monate war das kleine Haus auf dem Hügel ein Ort des Wartens – auf die älteste Schwester, auf den Vater, den Bruder. In dieser Reihenfolge sind sie zurückgekommen. Zwar hatte sich der Vater wenige Tage nach der Besetzung durch französische Truppen in einem nächtlichen Gewaltmarsch zu uns durchgeschlagen. Als letzte militärische Maßnahme zum Schutz der Bevölkerung war ihm möglich gewesen, Hitlers „Nero-Befehl“ zur Auslöschung Deutschlands auf seine Art zu hintertreiben, indem er innerhalb seines Befehlsbereiches die Backöfen der zivilen Bäckereien nicht, wie befohlen, sprengen ließ. Er hatte dann die Männer seiner Flakbatterie entlassen, sich selbst aber kein entsprechendes Dokument verschafft. So fühlte er sich verpflichtet, sich bei der französischen Kommandantur zu melden, als diese durch Ankündigungen jedes Verstecken von Wehrmachtsangehörigen mit strengen Strafen bedrohte. Verwandte und Freunde haben diesen Schritt nicht verstanden und heimlich gespottet. Auch wir Kinder haben darüber gerätselt. In der Rückschau sehe ich vor allem die positiven Folgen der einjährigen Gefangenschaft, die auf die allzu ehrliche Meldung hin erfolgte. Mein Vater wäre als gänzlich unpolitischer Nicht-Parteigenosse sehr schnell in das Getriebe der örtlichen Nachkriegspolitik und -verwaltung geraten und dort verschlissen worden. So aber hatte er – freilich unter Hunger und Krankheit – die Chance, in der beinahe klösterlichen Abgeschiedenheit eines Offizierslagers im Kreis einiger Gleichgesinnter den Neubeginn vorzubereiten, der ihm in all den Hitlerjahren vorgeschwebt hatte. Das konkrete Ziel war die Gründung einer Waldorfschule in unserer Stadt, und dies gelang schon drei Jahre nach seiner Entlassung.

Zunächst aber bedeutete seine Abwesenheit und die Ungewißheit über sein Schicksal eine große Belastung für seine Frau. Sie hat in ihrem Tagebuch die vielen Fußmärsche quer durch den Krater zu allen möglichen Instanzen und Personen festgehalten, von denen sie sich Hilfe oder Informationen erhoffte. Dazu kam die Sorge um die neunzehnjährigen Zwillinge; die Schwester irgendwo im Süden des zerfallenden „Großdeutschen Reiches“; der Bruder in französischer Gefangenschaft. Wie es so oft geschieht, waren im Falle meiner Schwester die Sorgen der zu Hause Gebliebenen größer als die wirklichen Gefahren, denen sie ausgesetzt war. Sie erreichte, wie schon erwähnt, das Lazarett-Städtchen im Allgäu mitten im Chaos der sich auflösenden deutschen Einheiten und war ihrerseits monatelang im Ungewissen über unser Schicksal. Erst im Juli gelang die noch immer abenteuerliche Heimreise.

Daß die Rückkehr aus dem Arbeitsdienstlager in Tirol in unsere zerstörte Stadt auch ganz anders verlaufen konnte, zeigt das Schicksal der Freundin, die zusammen mit meiner Schwester dienstverpflichtet worden war. Der Angriff auf die Stadt war von der Lagerführerin zunächst verheimlicht worden. Als dann doch Unglücksmeldungen durchsickerten, verweigerte sie den beiden „Arbeitsmaiden“ die sofortige Heimreise. Erst als mein Vater telegraphisch die Nachricht durchgeben konnte, daß zwar unsere Familie verschont geblieben, das Elternhaus der Freundin jedoch zerstört und das Schicksal der Familie ungewiß sei, erhielt das Mädchen Urlaub. Sie beteiligte sich an der schwierigen Bergung der Angehörigen. Man fand die Familie durch den Luftdruck getötet, jedoch nicht durch Hitze oder Feuer entstellt. Inge – wie wir sie nennen wollen – brach bei diesem Wiedersehen zusammen. Sie wurde zu Bekannten in ein Dorf nahe der Stadt gebracht. Dort erlebte sie die Verteidigung gemäß der Strategie unseres „Reichsverteidigungskommissars". Sie wurde durch einen Granatsplitter am Bein verletzt und verbrachte viele Monate im Krankenhaus, wo das Bein wegen einer Wundinfektion immer wieder ein stückweit amputiert werden mußte. In die Zeit ihres Klinikaufenthaltes unmittelbar nach dem Krieg fiel eine anrührende Geschichte. Es erschienen drei französische Soldaten im Krankenhaus. Sie hatten vor dem Krieg in Freiburg studiert und bei Inges Großeltern gewohnt. Nun wollten sie sich noch einmal bei der Familie bedanken. Inge wurde im Krankenwagen nach Baden-Baden gebracht und im französischen Hauptquartier einen Tag lang verwöhnt.

Die Heimkehr des Zwillingsbruders meiner Schwester fand erst ein Jahr nach Kriegsende statt. Er war mit achtzehn Jahren in französische Gefangenschaft geraten und hat den Winter 1944/45 nur durch das Eingreifen eines Schutzengels überlebt. Unterernährt, krank, ohne Unterwäsche, die ihm im Waschraum gestohlen worden war, lag er zwischen Sterbenden auf einer Holzpritsche der sogenannten „Verreckbaracke", als der deutsche Lagerkoch ausgerechnet auf ihn deutete: ihn wollte er in der Küche haben. So konnte sich der Gerettete im Lager hocharbeiten, verbesserte sein Französisch und bereitete seine Flucht vor. Von großem Nutzen waren dabei Pakete unserer amerikanischen Verwandten. Mit Hilfe der unschätzbaren Zigaretten konnte manche Schwierigkeit bei der Beschaffung von Zivilkleidung und falschen Papieren überwunden werden. Als er die Nachricht erhielt, daß der Vater aus der Gefangenschaft entlassen war, setzte er sich in Marsch und gelangte nach einer abenteuerlichen Reise – streckenweise mit der Bahn und ein Stück weit sogar im Abteil zusammen mit einem französischen Hauptmann – nach Hause. Die siebenköpfige Familie hatte – vermutlich gegen jede statistische Wahrscheinlichkeit – den Krieg wohlbehalten überstanden.

Aber wenn nun noch einmal davon die Rede ist, daß wir auf dem Hügel letztlich verschont geblieben sind, so soll damit kein zu idyllisches Bild der wieder um einen Tisch versammelten Familie beschworen werden. So wie das *happy end* im Kino offenläßt, wie glücklich das endlich vereinte Paar auf Dauer sein wird, war das

Ende unseres Wartens nur der Anfang eines komplizierteren Lebens. Wir waren nicht mehr die Kinder zwischen 13 und 3, wie bei Kriegsbeginn, sondern zwischen 20 und 10. Das kleine Haus war nun mit neun Dauerbewohnern und ständigen Besuchern bis unter die Dachziegel besetzt. Großmutter und Tante zogen sich zwar nach einigen Monaten vom gemeinsamen Mittagstisch zurück und köchelten auf einem Sparherd, den man im Elternschlafzimmer, ihrer „Wohnung", installiert hatte. Sie lebten dort dreieinhalb Jahre lang und haben unser Leben teils beengt, teils auch bereichert.

Es war die Zeit, als die Bevölkerung, die in umliegenden Dörfern, Nachbarstädten oder irgendwo weit entfernt Unterschlupf gefunden hatte, Schritt für Schritt in die Stadt zurückkehrte. Das Wohnungsamt war streng in der Zuteilung von Wohnraum, aber allmählich entspannte sich mit der Instandsetzung halbzerstörter Häuser und dem Bau neuer Wohnungen die Situation. Das Ausfindigmachen von Möglichkeiten, Verwandte und Freunde menschenwürdig unterzubringen, war eine Beschäftigung, die dem Temperament meiner Mutter besonders entsprach. Unter ihrem Einfluß entwickelte ich einen Sinn dafür, was es für die so plötzlich verarmten Menschen bedeuten mußte, aus ihren Notunterkünften wieder in einigermaßen wohnliche Räume zurückzukehren und dort erste Anschaffungen unterzubringen. Die vielgescholtene Mentalität der fünfziger Jahre hat hier eine ihrer stärksten Wurzeln. Wer die Seligkeit von Hausfrauen erlebt hat, die plötzlich wieder eigenes Bettzeug, ein eigenes Tischtuch und Eßbesteck besaßen, wird bei der Verurteilung jener sprichwörtlichen Anschaffungs-„Wellen" der späteren Jahre vorsichtig sein. Ich konnte die Seligkeit leicht nachvollziehen. Sie entsprach meinem Bedürfnis, mich einzuspinnen und mir selbst in dem überfüllten Elternhaus noch einen kleinen Freiraum zu sichern. Eine Art Wohnlichkeit meiner eigenen Sphäre, in der Musik, Literatur und allmählich auch Philosophie die Hauptrolle spielten. Es waren die Jahre des intensiven Musizierens mit dem vier Jahre jüngeren Freund, der als Pianist allerdings schon bald das Niveau unseres Sonatenspiels hinter sich ließ und später als Professor an die Freiburger Musikhochschule ging. Auf langen Spaziergängen haben wir, wie wir es nannten, das Abendland untergehen lassen, ohne jemals konkret auf politische Fragen unserer Gegenwart einzugehen. Es gab vermutlich eine Art Berührungsangst der profanen Wirklichkeit gegenüber, die für junge Menschen aus Bürger- und Künstlerhäusern vielleicht nicht untypisch war. Wir kapselten uns ab.

Auch im Elternhaus gehörte ein politisch engagiertes Fragen nicht gerade zum täglichen Leben. So, wie man mit der konsequenten Ablehnung Hitlers eine mittlere Linie zwischen Beamtenloyalität, Offiziersehre und stiller Subversivität verbunden hatte, nahm man jetzt das neue demokratische Leben zur Kenntnis, ohne sich für die Parteien sonderlich zu erwärmen. Der Hauptgrund für diese Zurückhaltung des Vaters bestand darin, daß er nach seiner Entlassung aus der Gefangenschaft und dem Wiedereintritt in den Schuldienst sich auf die Aufgabe konzentrierte, die geistigen und materiellen Voraussetzungen für seine Schulgründung schaffen zu helfen. Diese Aufgabe wurde allerdings zeitweise überlagert durch das Engagement für ein privates Hilfswerk, das sein Schwager, der in den USA lebende Bruder meiner Mutter, für unsere Stadt ins Leben gerufen hatte. Das Haus auf dem Hügel blieb damit zwar politisch abstinent, stand aber um so intensiver im Dienst zweier humanitärer Initiativen, die den ganzen Einsatz der Eltern verlangten.

Hilfswerke

Während in vielen Häusern die Entwicklung der Nachkriegszeit so verlief, daß nach dem Ausnahmezustand der Hungerjahre ein allmählicher Übergang ins bürgerliche Leben erfolgte, und – respektlos gesagt – daß diese Normalisierung an dem Maße ablesbar war, in dem die Familienväter wieder in ihre ursprüngliche Kragenweite hineinwuchsen, erlebten wir im Hügelhaus eine ganz andere Entwicklung. Sie ging zurück auf zwei Personen, die ich bisher im Hintergrund gehalten habe, um sie erst jetzt mit dem ganzen Gewicht ihrer Persönlichkeit und ihres Wirkens auftreten zu lassen: die beiden Brüder meiner Mutter, unsere „Onkels aus Amerika".

Der ältere der beiden, als „Onkel Willy" sprichwörtlich geworden, war als junger Kaufmann kurz vor dem Ersten Weltkrieg in die Staaten gegangen, vermutlich in erster Linie, um Erfahrungen im englisch-sprechenden Ausland zu sammeln. Vom Kriegsausbruch überrascht, blieb er die folgenden Jahre, schließlich sein ganzes weiteres Leben im Land, gründete eine eigene Schmuckfabrik und heiratete eine Deutsche, die er auf dem Schiff kennengelernt hatte. Sein jüngerer Bruder Hermann hatte fast den ganzen Krieg über in französischer Gefangenschaft verbracht, bis ihm schließlich die Flucht gelang. Er folgte in den frühen zwanziger Jahren seinem Bruder in die USA und trat in dessen Firma ein.

Der ausgeprägte Familiensinn, den meine Großeltern mütterlicherseits an ihre Kinder weitergegeben haben, wirkte sich schon in den zwanziger und dreißiger Jahren durch die enge Verbindung mit den beiden „Amerikanern“ aus. Sie kamen im Wechsel jedes zweite Jahr nach Deutschland, Onkel Willy mit Frau und zwei Söhnen, Onkel Hermann als Junggeselle. Dieses Zusammengehörigkeitsgefühl steigerte sich in der Zeit des Hitlerkrieges und seiner katastrophalen Folgen zu einem Dauerzustand der Sorge und Fürsorge auf Seiten der beiden Brüder. Als es dann bald nach Kriegsende einem deutschen Verwandten gelang, Verbindung mit ihnen aufzunehmen, begann für das Haus auf dem Hügel eine neue Epoche. Noch 1945 erreichten uns die ersten Sendungen. Der Segen war unbeschreiblich. Wir haben von 1946 ab nicht mehr gehungert. Onkel Hermann richtete in der Fabrik eine kleine Abteilung ein, in der einige junge Leute Lebensmittel, Kleider, Schuhe und Medikamente versandfertig machten. Empfänger waren nicht nur die engste Familie, sondern eine große Gemeinde entferntester Verwandter und Bekannter, von denen wir als Kinder kaum je gehört hatten und die wir später wieder aus den Augen verloren. Der Stil der Ernährung änderte sich stark. Einige der Dinge schmecke ich noch heute auf der Zunge: Schweineschmalz, das unsere Putzhilfe fingerdick aufs Brot strich; oder ein weißes, glattes Backfett mit Namen Crisco, das man als Brotaufstrich mit Marmelade kombinierte; ein Dosenfleisch, genannt „SPAM“, was nichts mit dem heutigen Computermüll zu tun hatte, sondern „Salted Pork and Meat“ bedeutete und heute nicht mehr als Delikatesse angesehen würde. Meinen damaligen Heißhunger auf Süßigkeiten befriedigte ich unter stiller Duldung der Eltern mit Mixturen aus Milch-, Ei-, Eis- und Kakao-Pulver, das ich in einem Becher zusammenrührte und löffelweise bei Lektüre und Hausaufgaben genoß. Meine Eltern waren von allen Ernährungssorgen um die siebenköpfige Familie befreit und konnten manchen Freunden über die schlimmsten Monate hinweghelfen, bis dann das eigentliche Hilfsprogramm anlief.

Denn Onkel Willy hatte inzwischen bei Geschäftsfreunden und Konkurrenten entlang der Ostküste Spenden gesammelt und den für damalige Verhältnisse großen Betrag von ca. 300.000 Dollar zusammengebracht. Mit organisatorischer Hilfe der Quaker konstituierte sich eine „Bürgerhilfe“, die 1957 folgende Bilanz vorlegen konnte:

Es wurden 550 Tonnen Lebensmittel in 38 Güterwaggons verschickt, dazu 17 Fässer mit Lebertran, ca. 15.000 Meter verschiedener Stoffe, 17.000 Paar Strümpfe, 10.000 Paar Schuhe, 2.000 Kleidungsstücke, dazu große Mengen der damals in Deutschland noch nicht erhältlichen Antibiotika.

Die Spender hatten eine Reihe von Repräsentanten in der Stadt nominiert, die sich zu einem Komitee, anfangs unter dem Vorsitz meines Vaters, zusammenschlossen. Die Mitglieder stellten Listen von besonders notleidenden Familien zusammen, der örtliche Wohlfahrtspfarrer richtete eine Ausgabestelle ein, ein Fabrikant ermöglichte die Lagerung der Bestände in seinem Betrieb, die Damen des Komitees und ihre Freundinnen engagierten sich bei der Ausgabe der Lebensmittel und Kleider. Es war ein durch und durch „bürgerliches“ Unternehmen – das Wort in dem Sinn genommen, daß eigenverantwortliche Menschen in unabhängiger Position sich selbstlos einer unbürokratisch-humanitären Aktion widmeten, für die sie allenfalls ein Wort des Dankes hörten.

In der wechselvollen Geschichte unseres Hauses war ein neues Kapitel aufgeschlagen. Die Zeiten der Inselhaftigkeit, der Beschattung durch die Gestapo, der Sanduhrängste und des Wartens auf die Gefangenen waren endgültig Vergangenheit. Da die beiden Onkel – wiederum in jährlichem Wechsel – bei uns abstiegen, herrschte während ihrer Aufenthalte ein Kommen und Gehen auf dem langen Gartenweg, das dem ursprünglichen Stil des Hauses nicht gemäß war. Wir Jüngeren, die wir nun keine Kinder mehr waren, haben diese Verwandlung nicht nur begrüßt. Das Haus mit den grünen Fensterläden, in dem einst beim Abwasch „Rohtraut, schön Rohtraut“ gesungen worden war, hatte gleichsam seine Unschuld verloren. Besucher kamen, die früher nie den Weg zu uns gefunden hätten, und manchen von ihnen hätte man wenige Jahre zuvor nicht über den Weg getraut. Die Nachbarn gingen ein wenig auf Distanz. Plötzlich hatte sich ein Wohlstandsgefälle eingestellt, das die Unbefangenheit der alten Freundschaft beeinträchtigte. Dies war keine Rückkehr zur Normalität, sondern eine neue Form des Außergewöhnlichen.

Was mich in der Rückschau besonders beeindruckt, ist die Tatsache, daß die Verwandlung unseres Hauses nichts zu tun hatte mit einer „Amerikanisierung“ im landläufigen Sinn. Es wurde kein deutsch-amerikanischer Mischmasch geredet. Kaugummi, Coca Cola und Jazz waren meinen Verwandten so fremd, ja verhaßt, wie irgendeinem erzkonservativen Deutschen. Sie hatten ihre Überzeugungen und Wertmaßstäbe – zusammen mit ihrem süddeutschen Akzent – aus der Monarchie bruchlos mit hinübergenommen, konserviert und gepflegt, wie es Auswanderer tun, die nicht Exilierte sind. Es war für mich manchmal schwierig, am Tisch nicht zu widersprechen, wenn Urteile gefällt wurden, die wir noch aus der Nazizeit kannten. Beide Männer waren Anhänger des republikanischen Senators Robert Taft, des Gegenspielers von Roosevelt. Daß ein gewisser Ostküsten-Antisemitismus sich mit den durchschnittlichen Vorurteilen aus der Kaiserzeit verband, machte die Dinge nicht einfacher. Ich sehe allerdings die Gefahr, mich im Nachhinein zu einem kritischeren Betrachter zu stilisieren, als ich es wirklich war. Ich wünschte, ich wäre es gewesen.

Aber dies war nur die eine Seite der Medaille. Das Wirken der Amerikaner-Onkel beschränkte sich ja nicht nur auf die familiären und öffentlichen Lebensmittelspenden. Es gab damals auch für uns Jüngere fast nichts, was nicht im Prinzip möglich gewesen wäre, von Einladungen in die USA bis zur finanziellen Unterstützung des Studiums. Die beiden Männer unterschieden sich als Wohltäter: Onkel Willi wollte Erfolge sehen. Seine Geschenke waren Investitionen in das Gute dieser Welt. Das konnte mit Ungeduld und Kritik verbunden sein. Der jüngere Bruder half oft diskret und verständnisvoll, auch wenn Dinge schief gegangen waren. Beide verboten es sich, vom Unglück ihrer Heimatstadt zu profitieren. Sie hätten ganze Straßenzüge mit Trümmergrundstücken kaufen und damit spekulieren können. Ihr Credo waren der kategorische Imperativ Kants und das Faust-Wort: „Im Anfang war die Tat.“ Das war nicht immer bequem.

Der Erfolg der *Bürgerhilfe* führte zu einer neuen Phase im Leben unseres Hauses. Onkel Willi stellte bei seinem ersten Besuch 1948 fest, daß die Quaker als Organisatoren das Hilfswerk so gut im Griff hatten, daß er sich anderen Problemen widmen konnte. Es blieb zwar beim humanitären Engagement, dieses Mal aber der desolaten Situation der Schulen in unserer Stadt zugewandt. Wie auch immer die Gespräche in unserem Haus gelaufen sein mögen – am Ende kam es dazu, daß mein Onkel beschloß, die von meinem Vater betriebene Gründung einer Waldorfschule durch neue Spendengelder zu unterstützen. Mein Vater gab den Vorsitz im Komitee ab und konzentrierte sich auf die Herstellung eines für das Gründungsunternehmen günstigen Klimas in der Stadt. Das war keineswegs ein dornenloses Bemühen. Es gab Widerstände von verschiedenen Seiten. Man kann sich heute, da es in jeder größeren Stadt in Deutschland eine solche Schule gibt und ehemalige Waldorfschüler in leitenden Positionen sitzen, die damalige Außenseiterrolle der Waldorfbewegung kaum noch vorstellen. Die alten Weltanschauungskämpfe schienen noch einmal aufflammen zu wollen. Vorträge und Gegenvorträge (über die ich im Lokalblatt berichtete) wurden gehalten. Die Schulbehörde schien alles blockieren zu wollen. Der Oberbürgermeister persönlich warnte meinen Vater davor, die Sache weiter voranzutreiben.

In dieser Situation erlebten wir zum ersten Mal die Entstehung und Durchschlagskraft einer Bürgerinitiative. Eine große Zahl interessierter Eltern tat sich zusammen und setzte Schulbehörde und Stadtverwaltung unter Druck. Aber noch fehlte das nötige Kapital. Auf Einladung seines Schwagers flog mein Vater im Frühsommer 1949 in die USA, um Gespräche mit möglichen Spendern zu führen. An Goethes 200. Geburtstag, dem 28. August 1949, wurde die *Goetheschule-Freie Waldorfschule* eröffnet.

Unser Haus hatte sich inzwischen ein weiteres Mal verwandelt. Vortragsredner, Abgesandte der Stuttgarter Waldorf-Zentrale (die übrigens vor einer zu frühen Schulgründung warnten), prospektive Lehrerinnen und Lehrer, Grundstücksmakler, der Schul-Architekt, Vertreter der Elternschaft und nicht zuletzt die anthroposophischen Mit-Initiatoren und Mitbegründer der Schule kamen den Gartenweg entlang, übernachteten zum Teil bei uns und berieten sich mit meinen Eltern. Ich sage ausdrücklich: mit meinen Eltern. Denn obwohl es der Vater war, der den Vorsitz des Schulvereins innehatte, ließ meine Mutter es sich nicht nehmen, an vielen Gesprächen und Sitzungen teilzunehmen. Die Schule war ihr gemeinsames Werk, zeitweilig auch ihr Sorgenkind. Dies führte gelegentlich zu Spannungen, die das Familienleben belasteten. Es hätte eigentlich dem Gang der Gründungsgeschichte entsprochen, daß der Vater selbst in die Schule eingetreten wäre und ein

Kollegium um sich herum aufgebaut hätte. Er traute sich diese Funktion nicht zu, da er mit Recht überzeugt war, daß nur eine für die Oberstufe ausgebildete Lehrkraft die (in den Waldorfschulen nicht klar definierte) Leitungsfunktion übernehmen könne. So blieb er Rektor einer öffentlichen Volksschule. Als Vereinsvorsitzender und Schwager des größten Geldgebers war er gleichsam der Pate, der über die Gründungsphase hinaus vier Jahre lang die nicht immer einfachen Anfänge der Schule begleitete und sich dann zurückzog. –

Die beiden außergewöhnlichen Phasen in der Nachkriegsgeschichte unseres Hauses haben in mir eher eine Gegenbewegung als ein Mitgerissen-werden ausgelöst. In beiden Fällen war ich am Gründungsimpuls nicht beteiligt und empfand ihn als Einbruch in eine ohnehin schon zerklüftete Welt. So undankbar können junge Menschen sein. Da erleben sie in ihren Eltern und nächsten Verwandten Beispiele eines selbstlosen Idealismus und haben nichts Besseres zu tun als von einer eigenen Sphäre zu träumen, von einem eigenen Studierzimmer mit eigenen Büchern und eigenem Tagesrhythmus. So sehr ich meine Eltern bewunderte und den Amerikaner-Onkeln dankbar war – das Haus auf dem Hügel begann, mich auszuspucken.

Zaghafte Moderne

Meine Entdeckung der Moderne, die mit diesem Ablösungsprozeß zusammenfiel, vollzog sich nicht als Generationenkonflikt. Die Eltern waren aufgeschlossen für neue Zeittendenzen, sofern sie nicht zu aggressiv in ihre Welt einbrachen, und ich war kein Rebell, der eine heile Welt zerschlagen wollte. Zusammen mit meinen Altersgenossen wurde ich von einer Bewegung erfaßt, über deren Dramatik wir uns damals wohl nicht im klaren waren und die sich auch nicht in Massenbewegungen und Demonstrationen manifestierte. Es war die Entdeckung eines unermeßlichen Feldes vergessener, verbotener, gemiedener, verdrängter Werte, kultureller Gehalte und Tendenzen des Jahrhunderts. Daß zwölf Jahre der Nazi-Herrschaft genügt hatten, um uns von all diesen Errungenschaften abzuschneiden, lag bis zu einem gewissen Grad an der Ungunst unserer „späten Geburt". Wir kannten die Welt der zwanziger Jahre nur im Zerrbild, als die „Systemzeit", wie sie in der Sprache von Goebbels genannt wurde. Hinzu kam aber auch der Widerstand, der sich gegen die antibürgerliche Tendenz der Moderne schon vor Hitler gebildet hatte und eine Zensur eigener Art ausübte.

Ein besonders kompliziertes Ineinander von Wieder- und Neuentdeckungen fand im Umgang mit Kunst statt. Heine und Mendelssohn waren bei uns zuhause nie ganz ausgeblendet und deshalb nicht völlig neu zu entdecken. Ganz anders sah es bei der bildenden Kunst des 20. Jahrhunderts aus. Die großen Durchbrüche der Expressionisten lagen damals schon vierzig bis fünfzig Jahre zurück, waren aber noch längst nicht rezipiert gewesen, als Hitler unter dem Schlagwort „Entartete Kunst" die Museen durchkämmen ließ. Schon vorher hatte es das Wort vom „Kulturbolschewismus" gegeben, mit dem alles Progressive als links und gefährlich gebrandmarkt wurde. Für meine eigene Entwicklung spielte ein Tischgespräch eine entscheidende Rolle, das ich als Fünfzehnjähriger miterlebte. Es ging um die Frage, ob die bildende Kunst überhaupt die Aufgabe habe, die Wirklichkeit „naturgetreu" darzustellen. Dies war für mich selbstverständlich gewesen. Noch kannte ich kein einziges Bild der klassischen Moderne, und selbst den Namen „van Gogh" hörte ich erst ein Jahr später zum ersten Mal. Es ist heute kaum noch vorstellbar, daß ein künstlerisch interessierter junger Mensch aus einem geistig aufgeschlossenen Hause in völliger Unkenntnis der wichtigsten Kunst-Tendenzen des Jahrhunderts aufgewachsen war und in Bildbänden der Eltern nichts fand, was über Leibl, Menzel und Böcklin hinausging. Dies hing sicher mit dem eher bescheidenen Kunstverständnis der Eltern zusammen. Aber auch in Familien, die sich Originale lebender Künstler leisten konnten, fand ich – soweit ich Zugang zu diesen Häusern hatte – die gleiche Barriere.

Ähnliches gilt für die Musik. Hier gab es wenigstens einen Namen, der im Bürgertum als Schimpfwort weitergereicht wurde: Hindemith. Kaum jemand kannte seine Musik, aber er war als Neutöner verschrien. Da die Nazis ihn verboten und vertrieben hatten, blieb ich auch hier zunächst ahnungslos. Erst 1947 war es möglich, mit einigen Freunden nach Stuttgart zu einer Aufführung von *Mathis der Maler* zu pilgern und den Abend tapfer durchzusitzen. Bei einem für die Moderne aufgeschlossenen Musiklehrer wurde dann in Privatstunden Harmonielehre auf der Basis von Hindemiths *Unterweisung im Tonsatz* getrieben, die Zeitschrift *Melos* gelesen und wenig später ein Blick in Adornos *Philosophie der neuen Musik* geworfen. Dies alles war wirkliches Neuland, zum Teil erschreckend kompliziert und einen großen Vertrauensvorschuß von uns fordernd. Die Umbrüche überlagerten sich auch hier mit den Gärungen in der eigenen pubertären Seele. Es war das Privileg unserer Jahrgänge, diese Gleichzeitigkeit als Aufbruch zu erfahren. Vielleicht hing mein geringes Interesse an der „Trümmer-Literatur" damit zusammen, daß ich nicht mehr zurückfallen wollte hinter die Entdeckungen des Neulands – und auch nicht mehr in den Krater zurück wollte.

Die Enge provinzieller Gewohnheiten und Maßstäbe kam bei den Aufbrüchen zu Neuem und „Unerhörtem" gelegentlich auf groteske Weise zum Ausdruck. Der Sohn eines angesehenen Pfarrers verkündete, Brahms sei eine einzige Sauerei, wobei Brahms als modern galt. Dasselbe Schimpfwort gebrauchte ein Freund für Hesses *Narziss und Goldmund*. Als ich das Buch einer vierundzwanzigjährigen Verwandten lieh, war ihr Verlobter entsetzt. Die Eile, in der wir von einem Tabubruch zum nächsten glitten oder getrieben wurden, läßt sich nur erklären aus der völligen Ahnungslosigkeit, in der wir anfingen, die Welt zu entdecken. Ein damals siebzehnjähriges Mädchen erzählte später, daß zwei französische Soldaten, im Zivilberuf noch Studenten, mit ihr über Freud diskutieren wollten und mit Erstaunen feststellten, daß sie noch nicht einmal den Namen gehört hatte. Ich schrieb in der Oberprima einen Aufsatz über das „Vater-Sohn-Problem", ohne das Ödipus-Thema auch nur zu erwähnen. Auch mein Deutschlehrer scheint es nicht vermißt zu haben. Man hat viel über die fünfziger Jahre geschrieben. Es wäre lohnend, die späten vierziger Jahre zu erforschen unter dem Gesichtspunkt, in welchem Tempo die damals Fünfzehn- bis Zwanzigjährigen all das nachzuholen hatten, was ihnen durch den Staat, aber auch durch die eigenen Eltern vorenthalten worden war. Es half nichts: wie kultiviert man sich auch vorkam und ganze Kapitel aus Wilhelm Busch auswendig hersagen konnte – jetzt ging es darum, den Anschluß an die Moderne nicht noch einmal zu verpassen.

Alle schöngeistigen Entdeckungen, Auf- und Umbrüche jedoch wurden überboten von einer Entwicklung, die an Gewalt und Wirkung vielleicht nur mit der Zunahme des Verkehrs seit Erfindung des Autos zu vergleichen ist: von der Macht der Unterhaltungsmusik in ihrer Verbreitung durch die elektronischen Medien. Hier fand meiner Meinung und Erinnerung nach die eigentliche „Amerikanisierung“ statt. Vehikel war der Soldatensender AFN, der rund um die Uhr Jazz oder jazz-artige Musik ausstrahlte, mit Ausnahme der klassischen Musik am frühen Nachmittag. Jazz war bei den Nazis verboten gewesen. Jetzt überflutete er das Land. Für mich war er vom ersten Tag der amerikanischen Besatzung an allgegenwärtig, da die im Nachbarhaus einquartierten Soldaten dauernd und laut bei offenem Fenster Radio hörten.

Meine anfängliche Reserve dieser Musik gegenüber wurde gebrochen, als 1947 das erste Kino im allmählich sich belebenden Trümmergebiet mit dem Glenn Miller-Film *Sun Valley Serenade* eröffnet wurde. Das war zwar nicht wirklicher Jazz, sondern nur das, was wir ungenau so nannten. Ich habe den Film viermal gesehen und vor allem gehört. Musikalischer Höhepunkt war das inzwischen fast zum Mythos gewordene Stück *In the Mood*. Es ist – wie Beethovens *Elise* in unseren Tagen – von allen jungen Menschen auf dem Klavier zusammengestümpert worden, sofern sie nur ein wenig Ahnung vom Klavierspiel hatten. Bei vielen Tanzfesten markierte es den Höhepunkt des Abends.

Es ist schon gesagt worden, daß der übliche Generationenkonflikt in den Familien der unmittelbaren Nachkriegszeit, wenn er überhaupt auftrat, nicht jene politische Schärfe annahm, wie dies dann bei den nach 1940 Geborenen der Fall sein konnte. Auch in unserer Familie war allein schon durch das Warten auf die Heimkehrer ein Klima des schonenden Verstehens vorherrschend. Eine „Normalisierung“ vollzog sich in dem Sinne, daß mein Bruder nach seiner Rückkehr das kleine Terrain, das von unserer Insel noch übrig war, zu eng fand und eigene Wege ging. Ich folgte ihm wenigstens insoweit, als ich die amerikanische Tanzmusik in ihrem weitesten Umfang in meinen Erfahrungsbereich aufnahm, zwar nie als Jazz-Experte und Sammler, aber als begeisterter Tänzer. Ein Tanzkurs in bescheidenstem Rahmen im Winter 1947/48 und zahlreiche kleine Tanzfeste reihum bei Freunden und Freundinnen fanden mit stiller Duldung, keineswegs mit fröhlicher Zustimmung der Eltern statt. Es ging um mehr als Geschmacksfragen. Das Frivole und das, was die amerikanischen Musiker selbst als das „Sexy“-hafte ihrer Musik bezeichneten, ging meinen Eltern unter die Haut. Sie waren sensibel und musikalisch genug, um den Abgrund zu spüren, der zwischen ihrem letztlich religiös bestimmten Musizieren und der hemdsärmeligen Diesseitigkeit der neuen Rhythmen klaffte. Ich habe mich immer wieder gefragt, ob sie das Verführerische im Spiel der Jazz-Besen, die raffinierte Verzögerungstechnik der Synkopen und den orgiastischen Übermut eines Trompeters insgeheim nicht doch als Versuchung empfunden haben. Wahrscheinlicher ist, daß diese Musik bei ihnen jenen Nerv nicht getroffen hat, der uns so empfänglich machte. Ich kann mir dies nur durch eine Analogie verständlich machen: Auch ich bin völlig unempfindlich für den Zauber, der von manchen Pop- und Rocksängern auszugehen scheint und noch die Vierzigjährigen in die Arenen lockt. Gibt es Erweckungserlebnisse, die nur einer bestimmten Altersstufe vorbehalten sind und dann eine ganze Generation prägen können? Gibt es andererseits generationsspezifische Hemmschwellen, die sich inhaltlich auf bestimmte kulturelle Ausdrucksformen beziehen? Ich weiß es nicht. Jedenfalls entstand hier zwar kein wirklicher Konflikt, aber doch eine Entfremdung, die nur durch Toleranz überbrückt werden konnte.

Den eigentlichen Schock versetzte ich meinen Eltern bei der ersten Hochzeit, die in der näheren Verwandtschaft ein halbes Jahr nach der Währungsreform gefeiert wurde. Mein Bruder war vom Brautvater gebeten worden, den Unterhaltungsteil zu organisieren. Er engagierte die schmissigste Kapelle der Stadt und vereinbarte, daß die Tanzmusik mit einem Donnerschlag zu beginnen habe: In the Mood! Alles andere, Ehrenrunden, Walzer für die älteren Herrschaften, Pflichttänze sollten später kommen. Nach einer Schrecksekunde wagten sich die jüngsten Teilnehmer auf den Tanzboden. Wir waren vielleicht vier Paare, und das Ganze schien eher eine Vorführung als der Auftakt zu einem Hochzeitsball zu sein. Wir tanzten damals ziemlich ordinär, mit hochgezogenen Schultern, nach vorne gebeugt beziehungsweise das Gesäß nach hinten gereckt, im überpointierten Swing. Als ich an unseren Tisch zurückkam, sah ich lauter betretene Mienen. Die Eltern waren peinlich berührt. So hatten sie sich das nicht vorgestellt.

Falls sie mich in ihr Gebet eingeschlossen haben, sind sie erhört worden. Die Krankheit ging vorüber. Man lernte, auf dem Tiger zu reiten. Oder war es womöglich nur ein harmloser Kater gewesen?

Auch wurde man wählerisch. Ich weiß nicht, wann das Wort „cool“ aufkam, aber man entwickelte einen Sinn für die Coolness in der Kombination von strengem Rhythmus und federleichter Melodie, wie sie uns später im *Play Bach* und vom *Modern Jazz Quartett* präsentiert wurde. Hier lag zweifellos die engste Beziehung zum allgemeinen musikalischen Geschmack jener Jahre. Man spielte die zu neuer Beliebtheit gekommene Barockmusik mit strenger Sachlichkeit und ohne rhythmische Nuancierung, die sich als Gefühlsausdruck hätte verraten können. Jedes sogenannte *Rubato* war als romantisches Sichgehenlassen verpönt; das Langsamerwerden vor dem Schlußakkord und jedes wohlige Ausruhen in der *Fermate* verstießen gegen den guten Geschmack. Diese Angst vor dem Gefühl und dem Schwelgerischen hatte sicher zu tun mit dem hemmungslosen Mißbrauch, den die Nazis mit heroischen Klängen getrieben hatten. Daß es aber nicht nur einen pompösen Kitsch, sondern auch einen solchen der Strenge und Sprödigkeit geben konnte, mußten wir erst noch lernen. Die asketische Bach-Interpretation ließ sich auch parodieren. Man sang auf den Anfang des 3. Brandenburgischen Konzertes: „Glysolidglycerin, Glysolidglycerin ...“. So klang es gelegentlich.

Aber ich stand doch auf der Seite der Kühlen und Strengen. Das Gefühl, daß sie zeitgemäß seien, schloß ein anderes mit ein: Es gab also eine Moderne, die sich nicht darauf berufen musste, Ausdruck einer großen neuen Zeit zu sein. Dies auseinanderzuhalten war nicht ganz einfach. Eben noch hatte ich die Monumentalbauten des „Dritten Reiches“, die ich allerdings nur von Fotos kannte, als Inbegriff einer kraftstrotzenden neuen Kunst zu sehen gelernt. Was immer man im Elternhaus darüber auch sagen mochte, für mich hob sich diese Architektur wohltuend ab von dem altmodischen Schnörkelstil der Gründerjahre, in denen unsere Stadt groß geworden war. Es bedurfte einiger Zeit und Gewöhnung, um einzusehen, daß die Nazi-Kunst zusammen mit den Machthabern abgewirtschaftet hatte. Nur ganz allmählich bildete sich ein Sinn für neue Zusammengehörigkeiten heraus. Es war ja nicht nur die übermäßig gestraffte Barockmusik, die irgendwie mit dem coolen Jazz zusammenpaßte. Auch Hindemiths bedächtig-diesseitige Dissonanzen gehörten dazu, wie auch das so nicht gekannte Maß an Abstraktion in den Bildern von Franz Marc, über die wir uns in der Schule die Köpfe heiß redeten. Eine bescheidene Moderne, gewiß, und doch fast schon eine Offenbarung. Klee und Kandinsky, Schönberg und *Lulu* harrten noch ihrer Entdeckung.

Die Bezüge wurden aber dadurch komplizierter, daß das Neue als das Moderne noch in ganz anderer Gestalt auftrat. Mit dem Ende der schlimmsten Armut war es bei der Beschaffung von Gegenständen des täglichen Gebrauchs nicht mehr gleichgültig, wie diese Dinge aussahen. Als dann nach der Währungsreform die Reklame aus ihrem kriegsbedingten Schlaf erwachte, wurde klar: dies war die neue Normalität. Es würde fortan immer so weitergehen, nicht nur mit technischen Verbesserungen und Erfindungen, sondern mit den Bildern ihrer jeweiligen „Vollkommenheit". Noch war das Wort *Design* fast unbekannt. Aber der Wille, den wir noch heute hinter dem Wort spüren, war schon da: Immer einen Schritt voraus sein, die Dinge schöner, gefälliger, griffiger machen wollen. Diese Radikalität war neu für mich. Was sich hier abzeichnete, war der von Jahr zu Jahr fortschreitende Neuerungszwang, den wir so nie erlebt hatten. Unsere Begriffe von Modernität hatten sich jahrelang am Vorkriegsstand von Automodellen, Radios, Kameras, Sportgeräten usw. orientiert und waren mit ihnen stehen geblieben. Man lebte mit den Vorkriegstypen der Autos wie mit alten Freunden, von denen man nicht erwartet, daß sie sich ändern. Als die ersten Straßenkreuzer des amerikanischen Militärs auftauchten, bestaunte ich sie als exotische Gebilde, nicht als Boten der Zukunft. Noch wußte ich nicht, daß *Normalisierung* von nun an vor allem bedeuten würde: *Amerikanisierung*.

Alle Normalisierungen und Hilfsmaßnahmen konnten nicht darüber hinweghelfen, daß wir unsere ganze Jugendzeit in einer zerstörten und trotz aller Energie nur allmählich wieder aufgebauten Stadt verbrachten. Es handelte sich hier zwar nicht um die unendlichen Trümmerwüsten, wie man sie von Bildern der Millionenstädte her kennt. Unser Krater war in gewissem Sinn kleinstädtisch und einigermaßen rasch zu durchqueren. Aber die Zerstörung hatte das gesamte Gefüge der Stadt erfaßt und war in diesem Sinn totaler, als es die großen Flächenbrände etwa in Berlin bewirkt hatten. Wo vor dem Krieg über 80.000 Einwohner gelebt hatten, war nichts übrig geblieben, was dem Leben einer Stadt sein Gesicht geben konnte: Weder Rathaus noch Schulen und Kirchen, Kaufhäuser, Theater und Konzertsäle, Saalbau, Straßenbahn, Gaswerk und Stadtbad. Nur der Bahnhof, nach offizieller Version eines der Hauptziele des Angriffs, war lediglich ausgebrannt und konnte seine Funktionen bald wieder erfüllen. Von den Krankenhäusern war das ganz am Stadtrand liegende am glimpflichsten davongekommen.

Alfred Döblin, der Dichter des Romans *Berlin Alexanderplatz*, hat die Stadt ein Jahr nach der Zerstörung besucht und beschrieben: „Sie existiert eigentlich nicht mehr. Sie ist rasiert, wegradiert. Da steht Häuserskelett neben Häuserskelett, und hinter dem Skelett eine chaotische Schuttmasse. Hier kommt es einem vor, als ob man durch eine Filmstadt geht, Kulissen, Staffagen und Vordergrundbauten, – eine tote, verlassene Stadt." Döblin erwähnte auch die Grabkreuze und Blumen, die überall in den Trümmern an die Menschen erinnerten, die nicht aufgefunden oder nur anonym im Massengrab beigesetzt worden waren. Er hatte den „unmittelbaren Eindruck eines Strafgerichts."

Ich stelle mir heute vor, daß es für die Menschen (nicht nur in unserer Stadt), die ständig in den Ruinen zu tun hatten, eine Art Dauer-Ermüdung gab, die nicht mit Gewöhnung verwechselt werden sollte. Gewöhnung ist Entlastung, und sicher gab es auch sie. Gewöhnung schottet ab vor einem Übermaß an Reizen. Aber auch der Ermüdete nimmt keine Reize mehr auf, nur wird er erdrückt von der Last ihrer Präsenz. Ich habe mich an den Krater, glaube ich, nie gewöhnt. Im Gegensatz zu unserem Malerfreund, der den Ruinen immer neue grafische Effekte abgewonnen und sein ganzes

Haus mit Trümmer-Bildern geschmückt hat, ist mein Verhältnis zum Krater auf die banale Formel zu bringen: Ich konnte ihn einfach nicht mehr sehen.

Was wir vor allem vermißten, war ein wohnlicher Stadtkern, ein Zentrum und Treffpunkt. Wie sehr dies fehlte, war mir schon im Spätsommer 1945 wie in einer blitzartigen Vision aufgefallen, als ich auf einer Hamsterfahrt durch Heidelberg kam. Die Unversehrtheit, die bei uns nur noch in einigen Vierteln am Stadtrand als Ausnahme weiter bestand, war hier Selbstverständlichkeit geblieben. Ich hatte den Eindruck einer durch nichts erschütterten Ordentlichkeit und Zufriedenheit. Nie mehr, so fürchtete ich, würden wir bei uns wieder einen vergleichbaren Zustand urbaner Behaglichkeit erreichen können.

Zugleich aber wurde ich mir dessen bewußt, wie schutzlos auch diese Stadt gewesen wäre, wenn es einem Flieger-General gefallen hätte, sie anzuzünden. Sie erschien mir wie eine Kulisse, die man nach Belieben stehen läßt oder wegräumt. Die *mir* vertrauten Kulissen waren abgebrannt und man war nun im Begriff, sie durch neue und ganz andere zu ersetzen. Diesen „Kulissenblick", wie ich ihn nennen möchte, bin ich ein Leben lang nicht mehr losgeworden und habe mit ihm von manchem Hotelfenster aus die Skyline einer Stadt betrachtet. Wir hatten gelernt, daß man sich Städte einfach wegdenken kann. Daß dies nicht nur die wirre Phantasie eines im Bombenkrieg traumatisierten Jungen war, ist mir beim Anblick der einstürzenden Zwillingstürme in Manhattan erschreckend deutlich geworden. Unvergessen deshalb das Wort von Brecht aus seinem Gedicht *Vom armen B.B.: Von diesen Städten wird bleiben: der durch sie hindurchging, der Wind!*

Ob nun Ermüdung oder Gewöhnung – wir lebten in dieser Welt und richteten uns darin ein, nicht als Trümmerkinder, sondern als Schüler, die sich noch einmal für mehrere Jahre in die Zucht einer höheren Lehranstalt zu begeben hatten. Daß dabei die Möglichkeiten eines geistigen Neuanfangs durch den Schulalltag neutralisiert, manchmal abgedrängt wurden, gehört zu den subtileren Formen mangelnder Besinnung. Allerdings gingen die Tendenzen nicht immer in dieselbe Richtung. Aus dem Zustand einer gewissen Verwilderung – Ergebnis einer fast zweijährigen Zwangspause – wurden wir in das brave Schülerdasein zurückgeholt. Andererseits sorgte die Besatzungsmacht mit ihrem Programm der

„Re-education" dafür, daß der autoritäre Stil der deutschen Schulen aufgelockert wurde. Neben dem Anknüpfen an das Altbewährte und der Neuentdeckung einer beiseite geschobenen Kultur gab es das einfache Umlernenmüssen, das sich auf den Umgang der Menschen untereinander bezog. Der Gedanke, daß Toleranz eine der wichtigsten Voraussetzungen für ein friedliches Zusammenleben ist, führte weiter zu einer ganz neuen Bewertung der *Diskussion* als systematisch zu pflegender Umgangsform. Der preußische Kommando-Ton und das Renommiergehabe bis hinunter zur Feldwebel-Mentalität von Hausmeistern und Straßenbahnschaffnern war auch für uns Süddeutsche allzu selbstverständlich gewesen. Der Stilwandel führte allmählich zu einem Gesinnungswandel. Die Doppelzüngigkeit in der Schule wich einer zunächst noch vorsichtigen Unbefangenheit. Die Bildung eines Schülerrats; seine Mitsprache bei einigen (wenigen) Belangen der Schule; die Möglichkeit, im Unterricht kritische Fragen zu stellen oder gar Protest anzumelden, waren erste kleine Schritte auf einem langen Weg, der in Deutschland freilich nur zögernd gegangen wurde. Die Gegenkräfte waren stark. Sie bestanden nach meiner Erinnerung nicht aus Überbleibseln des Militarismus und Nationalsozialismus, sondern es war das alt-neue Ordnungsdenken, das mit dem Wort „Konservatismus" nur ungenau beschrieben ist. In unserer Schule zeigte sich dies an dem Kontrast in der Behandlung der Klassen, in denen noch Kriegsteilnehmer ihr Abitur nachholen mußten und uns Jüngeren. Ein Kardinalpunkt war das Rauchen. Unser Nachkriegsdirektor, ein über jeden politischen Verdacht erhabener, streitbarer Katholik, machte das Rauchen – auch auf dem Schulhof – zum Inbegriff der Insubordination. Bei den ehemaligen Soldaten, auch bei meinem Bruder, stieß er allerdings auf hartnäckigen Widerstand. Um so schärfer behandelte er die jüngeren Jahrgänge und hat dem Längsten und Männlichsten unserer Klasse einmal die brennende Zigarette aus dem Gesicht geschlagen. Er kämpfte für Ordnung, Disziplin, Gehorsam und Fleiß, aber er hat nie versucht, uns zu erklären, worin sich diese gottgefälligen Tugenden von denen der alten Militaristen unterschieden. Die Antwort konnte nur geben, wer mit der Disziplin und Bescheidenheit des Gelehrten die Weisheit, Offenheit und den Humor des geborenen Erziehers verband. Dies war das Geheimnis des Erfolgs und der Beliebtheit des schon mehrfach erwähnten Mathematik-Professors. Auch wiederholte sich eine durch unser Alter vorgegebene Entscheidung: Wir waren zu jung gewesen für die Front und waren jetzt zu jung für eine verantwortungsvolle Teilnahme an dem Gesamtvorgang der Regeneration, der nicht nur unsere Stadt betraf. Dies galt allerdings nur für uns Privilegierte, die wir überhaupt noch einmal zur Schule gehen und uns auf Abitur und Studium vorbereiten durften. Ganz anders verlief das Leben derer, die beim Wiederaufbau von Haus und Firma gebraucht wurden, ganz zu schweigen von denen, die ihre Familien verloren hatten und sich allein durchschlagen mußten. Zu ihnen gehörten auch Freunde aus der Schulzeit im Krieg, als wir alle gleich arm, gleich bedroht, aber auch gleich gut versorgt waren. Nun hatte es die einen getroffen, während sich die anderen in ihr Schülerdasein zurückziehen konnten. Ich glaube nicht, daß wir für diese Bevorzugung ein geschärftes Bewußtsein hatten.

Das Bewußtsein eines Schülers der oberen Gymnasialklassen läßt sich aus einem Abstand von fast sechzig Jahren ohnehin nur noch annäherungsweise rekonstruieren. Zum „Kulissenblick" kamen ja andere Elemente hinzu, die ich nur mühsam zusammenbringe. Es war nicht nur die fast sadistische Lust, jede beliebige Skyline in der Phantasie einzuebnen oder die ersten neuen Häuser im Krater als Provisorien anzusehen, deren Tage bereits gezählt sein könnten. Man darf nicht vergessen, daß man sich in den späten vierziger Jahren an die Angst vor der Atombombe noch nicht gewöhnt hatte und der Kalte Krieg noch nicht zu jenem Gleichgewicht des Schreckens gekommen war, in dessen Schatten sich später das beschauliche Dasein der jungen Bundesrepublik ausbreitete. Ich habe in den achtziger Jahren beim Blick über das hochmodern aufgebaute Hiroshima versucht, das Experiment der Einbildungskraft noch einmal zu praktizieren und mir die Stadt gleichzeitig in ihren drei Stadien, vor und nach der Zerstörung und im gegenwärtigen Zustand, vorzustellen. Aber solche Spiele hatten etwas Tickhaftes, und ich glaube nicht, daß sie mein Leben entscheidend geprägt haben.

Stärker war ein gewisser Unwille, mit dem ich den Beginn des Endes unserer verträumten Hügelwelt registrierte. Schon früh tauchten da und dort neue Einfamilienhäuser auf und waren zunächst ebenso hinter Obstbäumen versteckt wie unser eigenes Haus. Aber auch hier fand ein Kulissenwechsel statt. Anstelle von Apfel- und Birnbäumen entstanden Thuja- und Taxushecken;

Gruppen von Birken und serbischen Fichten lockerten das vertraute Einerlei der Wiesen und Gemüsegärten auf; die Schuppen und Hühnerställe verschwanden; Grünflächen, die mit dem Handrasenmäher gepflegt wurden, demonstrierten, daß die Zeit der Selbstversorgung mit Gemüse zu Ende ging. Die ersten asphaltierten Straßen fraßen sich in abgelegene Winkel hinein, und anstelle der anspruchslosen Maschendrahtzäune machten sich plötzlich prestigeträchtige Grundstücksbegrenzungen breit.

Ich muß an dieser Stelle vorgreifend eingestehen, daß sich auch unsere Familie an dieser Verwandlung des Hügels beteiligte. Mitte der fünfziger Jahre befreiten sich meine Eltern aus der „Einkreisung“ durch den Nachbarn, indem sie ihm das Haus verkauften und an anderer Stelle auf dem Hügel ein komfortableres bauten. Ich habe mich als Student intensiv mit diesem Wechsel identifiziert, habe den neuen Komfort genossen und fleißig den Rasen gepflegt. Aber in den Jahren vor dem Abitur, als der Schulweg noch auf Feldwegen und Trampelpfaden in den ländlichen Vorort im Tal hinabführte, sah ich in jedem Neubau und jeder neuen Straße einen Angriff auf „unseren“ Hügel. Es gab damals noch einzelne Bauern, die mit Pferdefuhrwerken heraufkamen und ein paar über den Berg verstreute Äckerchen bestellten. Irgendwann blieben sie aus, die Felder lagen brach und verbargen nicht ihren neuen Status als Objekte der Grundstücksspekulation. Bestimmte Tiere, zum Beispiel Feldhasen, die immer die Lieblingsnelken meines Vaters abgefressen hatten, verschwanden; oder der Wendehals, dessen Ruf unzertrennlich zur Apfelblüte gehört hatte. Ganz besonders vermißte ich den Gartenrotschwanz, der sein melancholisches Liedchen als erster am frühesten Morgen anstimmte. Es hatte einem fast ein schlechtes Gewissen bereitet, wenn er schon sang, während man übernächtigt von einem Fest nach Hause schlich. Irgendwann sind diese Vögel verschwunden.

Um eine „heile Welt“ ging es zwar nicht. Der Hügel war in der Planung der Stadt längst erschlossen, die Namen der zukünftigen Straßen erinnerten an Siege aus dem deutsch-französischen Krieg von 1870/71, und die Grundstücke befanden sich zum Teil seit Generationen in den Händen von Leuten, die bessere Zeiten abwarten konnten. Nur die verlorenen Kriege hatten unserem Berg einen Aufschub gewährt, der jetzt ablief. Die Grundstückspreise stiegen in bisher ungekannte Höhen.

Für Trauer über den Fortschritt war Zurückhaltung geboten. Trotzdem hat mein Verhältnis zur Moderne samt Massenkonsum und Umweltzerstörung immer einen persönlichen Hang zum Defensiven behalten in der Erinnerung an die Anspruchslosigkeit und Genügsamkeit um uns herum, wo nur das „Areal“ des Nachbarn einen protzigen Gegenpol bot. Es gab nichts Besonderes zu bewahren außer den Erinnerungen an ein Kleingärtner-Dasein, das nichts aus sich machte und gleichsam nie in den Spiegel schaute.

Der Übergang von der altmodischen Bescheidenheit zu einem neuen Anspruchsdenken und entsprechendem Wohlstand verlief keineswegs geradlinig, weder in der eigenen Familie, noch in unserer Umgebung. Vor allem in den Jahren vor der Währungsreform blieben die Rahmenbedingungen auch für ehrgeizigere Vorhaben unseres Freundeskreises äußerst primitiv. Typisch für die damalige Situation ein einwöchiger Skiurlaub in den bayrischen Alpen. Eigentlich ein Unternehmen aus Friedenszeiten, und tatsächlich hatte das Hotel unten im Tal etwas vom Flair einer künstlich konservierten Vorkriegszeit. Aber es gab nirgends einen Skilift, und man marschierte, die Skier geschultert, täglich hinauf zu den eigentlichen Abfahrtshängen. Dies erlaubte nur wenige Abfahrten am Tag.

Oder die Rheinfahrt als Gäste eines Kanuclubs. Eine Art Kerntruppe unseres Kreises paßte gerade in einen Achter-Kanadier, mit dem wir, umgeben von einem Dutzend kleinerer Paddelboote, im Sommer 1948 von Karlsruhe bis Köln den Rhein hinunter fuhren. Die Währungsreform hatte gerade stattgefunden, aber wir waren eher noch ärmer als vorher, da mit dem alten Geld auch unsere kleinen Schieber- und Tauschgeschäfte in Zigarettenwährung weggefallen waren. Ich kann sagen, daß wir auf dieser Fahrt eine Art Nullpunkt des Tourismus erlebt haben, der von einigen Regentagen und –nächten noch untermalt wurde. Unsere Zelte stammten aus Vorkriegszeiten, hatten Löcher und bildeten Pfützen auf dem Zeltboden. Wir kampierten wild auf Uferwiesen, von denen uns niemand vertrieb. Gekocht wurde zwischen zusammengetragenen Feldsteinen mit irgendwoher besorgtem Holz. Unsere Hauptnahrung schleppten wir in zwei großen Kissenbezügen mit uns. Der eine Sack enthielt ein erbswurstähnliches Suppenpulver, der andere Grieß. Beides wurde auf zwei Feuerstellen gleichzeitig in zwei großen Töpfen zubereitet. Ich erinnere mich an einen Abend, als die Suppe viel zu dick und versalzen und der Grießbrei stark angebrannt war. Aber selbst wenn wir Geld gehabt hätten, wäre niemand ins nächste Dorf zum Essen gegangen. Unsere Kleidung war durch das Wasser in Zelt und Boot aufgeweicht. Der Zwirn, mit dem meine kurze Lederhose zusammengenäht war, löste sich auf und mußte mit Sicherheitsnadeln verstärkt werden. Wir waren auf der ganzen Länge der Fahrt die einzigen Sportboote auf Tour. An unseren Übernachtungsorten sahen wir kaum Touristen. Selbst Rüdesheim gab sich verträumt und wenig bevölkert. Im Drosselhof „in der Drosselgass" wurden wir über die Berühmtheit der Lokalität aufgeklärt, ohne daß es ein Publikum gab, das singend und schunkelnd respondiert hätte. Auf der Marksburg waren wir die einzige Besuchergruppe und erhielten eine für unseren Zeitplan viel zu ausführliche Führung. Das ganze Rheintal schien darauf zu warten, von der neuen Währung wachgeküßt zu werden. Wir sahen das letzte Stadium der Armut und Bescheidenheit vor den „normalen" Zeiten und genossen das zwanglose Improvisieren.

Laienspieler

„Normalisierung" bedeutete das Ende der Notbehelfe und Provisorien. Es wäre niemandem eingefallen, das Prinzip der lässigen Vorläufigkeit anzuerkennen, wie es in dem Satz ausgedrückt ist: „Le provisoire, c'est le defini". Ein ganzes Stück Nachkriegsgeschichte könnte man unter das Motto stellen: Überwindung des Provisorischen – vom Holzvergaser bis zur Hilfspolizei, die man etwas belächelte. Aber zunächst ging es darum, erst einmal Provisorien zu schaffen.

Wieder nahmen unsere Jahrgänge eine Zwischenposition ein. Dieses Mal kam uns die Zeitlage entgegen. Die Parole hieß „Improvisation". Das konnte für die Erwachsenen, vor allem für ältere Menschen, zu harten Bewährungsproben führen. Für die Jugend ist Improvisation eine eigene Lebensform. Sie kann die schönste Art sein, aus der Not eine Tugend zu machen. In diesem Sinn mit dem Ernst der Situation spielerisch umzugehen, war einige Jahre lang unser Privileg. Jüngere Jahrgänge mußten sich später damit abfinden, daß die Zwänge des Normalen ihren Spielraum einschränkten – immer stärker, bis sie schließlich rebellierten. Daß wir Älteren keine rebellische Jugend waren, hängt sicher mit den Freiräumen zusammen, die man uns einräumte oder die wir uns nahmen. In vielen Dingen kam es einfach nicht so genau drauf an. Die Schülerspeisung zum Beispiel platzte regelmäßig in eine Unterrichtsstunde und hatte oberste Priorität. Sie wurde als Extra-Pause ausgestaltet. Ganz selten nur brachten wir unseren ausgehungerten Lehrern ein Kochgeschirr voll Suppe mit in den Unterricht und waren so grausam, uns an der Dankbarkeit zu weiden.

Deutlich über dem Niveau solcher Albernheiten lag die Wahrnehmung von Freiheiten auf zunächst kleinen, später immer größeren Reisen. Wir waren jung genug, um das Abenteuerliche von Autostop und „wildem“ Zelten zu genießen und alt genug, aus diesem Vagabundieren mehr zu machen als eine brave Landpartie. Die Ungezwungenheit, in der man bei Jugendtagungen, selbst bei kleineren Festspielen, irgendwo sein Zelt aufschlagen konnte, ohne spürbar Anstoß zu erregen, erhielt sich noch bis in die fünfziger Jahre. Unsere bürgerliche Erziehung bewahrte uns vor Exzessen. Es herrschte ein Klima des Gelten-lassens, was uns die Autofahrer gleichsam mit einem Augenzwinkern spüren ließen. Die Autobahn war noch ein Ort humaner Kommunikation.

In der Welt der Erwachsenen gab es einen Bereich, in dem das Klima des kreativen Improvisierens besonders gedieh: das Kulturleben, das sich schon früh an den Stadträndern regte. Da zunächst jede kleinste Initiative dankbar begrüßt wurde, kam es nicht immer darauf an, wie professionell das Dargebotene präsentiert wurde. Auch hier zeigte sich, daß eine kleinere Stadt totaler getroffen werden konnte als Großstädte, in denen die Reserven an Künstlern, Instrumenten, Noten, aber auch Sälen und kritischem Publikum immer noch ausreichten, um ein Vakuum, wie es bei uns zunächst herrschte, nicht entstehen zu lassen. Dieses Klima des Kulturhungers kam unseren jugendlichen Ambitionen entgegen. Aber es fehlte ein verbindlicher Rahmen. Als Geiger mit passablen Fertigkeiten konnte man überall einspringen, im sonntäglichen Gottesdienst, bei Hauskonzerten oder halb improvisierter Musik in Dorfkirchen, ohne allzu streng beurteilt zu werden. Man war von den kleinen Erfolgen verwöhnt und merkte viel zu spät, daß die Toleranz des Publikums dem eigenen Können nicht guttat.

Für das mehr oder weniger improvisierte Kulturleben in der Stadt stand außer einer Kirche zunächst nur ein einziger größerer Raum mit Bühne zur Verfügung, nämlich eine Vereinsturnhalle in einem der verschont gebliebenen Vororte. Wenn heute bürokratisch von „Mehrzweckhallen“ in kleineren Orten die Rede ist, so trifft dies die vielen Funktionen, die unsere „Kulturscheuer“, wie wir sie nannten, zu erfüllen hatte. Wir waren auf dörflichem Niveau angekommen. Unsere Halle war Kino, Vortrags- und Konzertsaal, Ort für Kleintierzüchtertreffen und Parteiversammlungen, Volkstanzgruppen und Gesangvereine; vor allem aber Ersatz für das Stadttheater, das sich bis zum Beginn des „totalen Krieges“ mit Oper, Operette und Drama tapfer zwischen den Kulturzentren Karlsruhe und Stuttgart behauptet hatte. Nun war es nicht nur als Gebäude eingeäschert, sondern auch als Institution bedroht. Es dauerte bis zum Dezember 1945, bis es mit Hebbels *Maria Magdalena* einen ersten zaghaften Wiederbeginn wagte, der keineswegs einen stürmischen Aufstieg einleitete. Drei Jahre später wechselte es von einem Provisorium zum nächsten, indem eine andere Turnhalle zu einem veritablen kleinen Theater ausgebaut wurde. Erst 1987 verwirklichte die einst so wohlhabende Stadt den lange diskutierten Plan eines Neubaus.

In der Zeit der „Kulturscheuer“ bestand viel Spielraum für private Initiativen und Theatergruppen. Ich selbst habe es zwar wegen meines spät einsetzenden Stimmbruchs nie über einen weihnachtlichen Hirten hinaus gebracht. Aber da die Söhne des Malerfreundes nicht nur musikalisch, sondern auch theaterbegeistert mit allen gleichgesinnten jungen Menschen der Stadt in Verbindung standen, konnte ich diese Aktivitäten aus nächster Nähe verfolgen. Es kam erst zu einer „Spielgemeinschaft“, später zu einer „Jugendbühne“, deren Höhepunkt und Abgesang im Mai 1948 mit der Aufführung von Molières *Eingebildetem Kranken* gefeiert wurde. Das Datum ist auch symbolisch zu nehmen: einen Monat später floß das neue, heiß erwartete Geld, und ein Vierteljahr darauf wurde das Stadttheater in seinem ziemlich „definitiven“ Provisorium eröffnet. Die Normalisierung schluckte die Wellen der Improvisation auf. Auch verschwanden die Laienspieler, die durchweg etwas älter waren als ich, in Studium und Beruf. Allmählich wurde es stiller um unser Behelfszentrum. Mit einem neuen Kino drang das Leben mitten in den menschlicher gewordenen Krater vor. Ein Oratorienchor zog viele Kulturbeflissene an sich und gab der Kirchenmusik ein neues Gewicht im geistigen Haushalt der Stadt. Das moderne Theater mit Stücken von Sartre, Anouilh, Zuckmayer usw. hielt Einzug in der

Stadt, und als 1950 die deutsche Erstaufführung von Tennessee Williams *Endstation Sehnsucht* hier stattfand, war der Anschluß an normale Verhältnisse erreicht.

Nachdenklichkeit und erste Erweckung

Der Hunger nach Normalität hatte es an sich, Nachdenklichkeit als ein Luxusgut zu betrachten, das eher dem Feierabend als dem Alltag zugehörte. Selbst unsere musischen Improvisationen waren bei aller Freiheit der Spielräume wenigstens in dem Sinne vom Fortschrittshunger beflügelt, daß es auch uns um immer bessere Bedingungen ging – bessere Räume, Kostüme, Beleuchtung, Instrumente, Noten. Dazu brauchte man Beziehungen und schnellen Zugriff. Findigkeit war mehr gefragt als Nachdenklichkeit.

Sicher haben die Kirchen damals eine erhebliche Rolle im Herbeiführen gemeinschaftlicher Besinnung gespielt. Ich bin davon kaum berührt worden und habe mich in keiner Jugendorganisation engagiert, die sich den Fragen einer radikalen Neuorientierung gestellt hätte. Vermutlich spielte auch hier das Elternhaus eine Rolle. Es war sich selbst genug in seinen stürmischen Hilfsaktionen und Gründungsimpulsen. Das Hauptproblem einer Neubesinnung, so wie ich es heute sehe, war das ungeklärte Verhältnis zur Modernität. Welchem neuen, geläuterten Geist sollte man sich verschreiben? Es gab damals vor allem *Rück*besinnungen: auf das Christentum, das Abendland, den Deutschen Idealismus, Goethe. Das legitime Bemühen um eine „Erneuerung des deutschen Geistes" (so lautete der Titel einer Vortragsreihe in unserer Stadt) konzentrierte sich in der Diagnose des deutschen Irrwegs häufig auf die Grundübel des 19. Jahrhunderts: Materialismus, Atheismus, Biologismus, Sozialismus, „heidnischen" Liberalismus. In solchen Analysen erschien der Nationalsozialismus als der letzte Vertreter einer gottlosen Aufklärung, dessen Modernität darin bestand, die totale Verfügbarkeit und Machbarkeit der biologischen, technischen und gesellschaftlichen Bedingungen eines Volkes zu seiner Machtbasis zu machen. Dies war der Ungeist einer „neuen Zeit" gewesen, der die Menschen fasziniert hatte. Aber genügte es, hiergegen ein christliches oder humanistisches Menschenbild zu aktivieren oder, wie die Waldorfleute sagten, sich für die Impulse aus einer höheren Welt zu öffnen? Gab es nicht auch – wie in der Kunst – eine „gute", diesseitige Moderne, an die man hätte Anschluß finden können?

Die Studenten der sechziger Jahre, durchweg zehn und mehr Jahre jünger als wir, versuchten es mit einer anderen Moderne, die sich allerdings auch nur als ein Relikt des 19. Jahrhunderts erwies. Ich spreche sicher nicht nur für einen kleinen Kreis, wenn ich sage, daß der Marxismus in den ersten zehn Nachkriegsjahren für die wenigsten von uns eine ernstzunehmende Alternative darstellte. Aber suchten wir überhaupt eine Alternative?

Suchte *ich* eine? Das so wenig problembehaftete Elternhaus ermöglichte allzu viel Kontinuität. Die Art „moderner" Literatur zum Beispiel, die mir zunächst zur Verfügung stand, waren die Bücher von Ernst Wiechert, vor allem *Das einfache Leben*, das wohl in jedem vom Krieg verschonten Bürgerhaus zu finden war; wenig später dann Hermann Hesses *Glasperlenspiel* (mein erstes Suhrkamp-Buch). Auch dies waren Bücher der Rückbesinnung, wenn auch Hesses Geschichte in einem kommenden Zeitalter spielt. Man war beim Lesen gleichsam unter sich: der Zauber unseres alten Jugendstilgartens wirkte noch nach. Auch wir hatten damals ein „einfaches Leben" geführt, deutlich aller „Zivilisation" entgegengesetzt oder vor ihr abgeschirmt. Die Botschaft der Antimodernen, zu denen auch der vielgelesene Hans Carossa zählte, lautete: Stille und Einkehr. Dies war die *Kultur*, die von der *Zivilisation* bedroht wurde, von Fortschrittsglauben, Massengeschmack und einer aufgeklärten Frivolität. Ich habe mich einige Jahre lang an diesem Gegensatz orientiert und eine Art Pubertätsphilosophie entwickelt, in welcher die Wahl zwischen mitteleuropäischer Innerlichkeit und geräuschvoll westlicher Lebenstechnik eine Frage der Moral war. Es ist heute fast unmöglich, über solche Gegensätze zu sprechen, ohne an die antiamerikanischen Gefühle zu denken, wie sie von Globalisierungsgegnern, Umweltschützern und Freunden der Dritten Welt gehegt werden. Nichts davon konnte damals von einem Unterprimaner vorausgeahnt werden, es sei denn, er hatte Ludwig Klages gelesen und dessen Wort vom „giftigen Anhauch" der Zivilisation gekannt, vor dem die Erde verdorren werde. Mein eigener, etwas verkrampfter Zivilisationshaß betraf eher die amerikanische Hemdsärmeligkeit, mit der sich zum Beispiel die Reklame in den neuen Illustrierten breit machte und uns über Geheimnisse der Körperpflege aufklärte. Daß es einen Ekel vor zu viel öffentlich gezeigter Sauberkeit geben konnte, habe ich erst später bei Kafka gefunden. Am Ende des Romans *Der Prozeß* wird Herr K. von zwei Herren abgeholt: „Er ekelte sich vor der Reinlichkeit ihrer Gesichter. Man sah förmlich noch die säubernde Hand, die in ihre Augenwinkel gefahren, die ihre Oberlippe gerieben, die die Falten am Kinn ausgekratzt hatte." In diesem Sinne fand ich es kulturlos, wie man sich, reich bebildert, über die weniger appetitlichen Körperfunktionen verbreitete, denen wir in Europa bislang nur geringe Aufmerksamkeit geschenkt hatten. Es schien mir zum Wesen eines kreativen Menschen zu gehören, auf elementare Weise ungepflegt zu sein, und die Vorstellung, daß etwa Beethoven täglich geduscht haben könnte, war unvereinbar mit seinem Bild als Titan oder himmelstürmendes Genie. Unfehlbar mündeten solche Gegenüberstellungen ein in den Gegensatz von Oberfläche und Tiefe. Die Zivilisation war die Welt der strahlenden Oberfläche, das käufliche Make Up des Lebens. Die Kultur lebte von den dunklen Ahnungen der Tiefe, und sie stand in Gefahr, der Oberflächlichkeit geopfert zu werden. Hatte nicht Nietzsche über den „abgründlichen Antagonismus von Kultur und Zivilisation" gesprochen? So etwa die damalige Jünglingsphilosophie.

Das Erwachen kam spät. Vielleicht war es erst die Lektüre von Thomas Manns *Betrachtungen eines Unpolitischen*, die mich aufschreckte. Hier war der Gegensatz von *Kultur* und *Zivilisation* bis ins Absurde gesteigert und mit Haß aufgeladen. Daß die konservative Innerlichkeit so aggressiv sein konnte, hatte ich im Haus auf dem Hügel nicht gelernt. Dort war der Geist das Friedliche und Heilende. Nun aber zeigte sich (Thomas Mann war auf diesem Weg eher ein kleiner, revidierbarer Schritt), wie ressentimentgeladen und martialisch die verängstigte, vom Westen in die Enge getriebene *Kultur* nach allen Richtungen ausschlagen konnte: antiintellektualistisch, anti-demokratisch, anti-semitisch. Die „Kultur" erwies sich als das Abgründige. Sie konnte barbarisch sein; sie war barbarisch, und sie war stolz darauf. Das Schlimmste an dieser Entdeckung war, daß dies alles längst stattgefunden hatte und daß meine persönlichen Erfahrungen von Nazitum und Katastrophe nur die augenfällige Außenseite eines Geschehens waren, das Jahrzehnte früher in den Köpfen abgelaufen war. Man kann dies heute mit dem Schlagwort „Präfaschismus" leicht in die entsprechende Schublade tun. Damals fehlte nicht nur ein treffendes Wort. Es bedurfte wirklich einer Art Erweckung, um alles bisher Vertraute und sogar Geheiligte in einem neuen Licht zu sehen: Die deutsche Romantik erschien plötzlich doppelbödig, das Gesund-Bodenständige gewalttätig, Volkstum und Traditionen auf penetrante Art rechthaberisch. Scheinbar längst abgetanes, biologistisches Vokabular begann jetzt erst, seine teuflische Logik für mich zu entfalten: *völkisch, echt, artfremd, entartet, zersetzend, parasitär* – alle Begriffe hatten auch Wurzeln in der scheinbar friedlich romantischen Idee vom großen organischen Ganzen eines Volkes und seiner geistigen Einheit. Die Bilder von den Leichenbergen in den Konzentrationslagern hatten uns überfordert. Man hatte sie weggeschoben. Jetzt sah man sie gleichsam von innen, als Überreste von Vertilgungsaktionen, in denen der „gesunde Volkskörper" sich des Ungeziefers entledigt hatte. Der Nationalsozialismus – darin lag der Kern der Entdeckung – war nicht nur der krude Rassenwahn, von dem man sich nicht hatte anstecken lassen. Er war eine Haltung, eine innere Bereitschaft, zu der sich viele um uns herum noch immer bekennen wollten – in dem Glauben, mit etwas Edlem in sich zu tun zu haben.

Dies uns begreiflich zu machen, hätte die Aufgabe besonnener Lehrer sein können. Sie haben uns im Stich gelassen. Manche von ihnen hatten diese Entdeckungen selbst noch vor sich, viele haben sie nie gemacht und keinerlei Flecken auf der blauen Blume ihrer Jugendzeit gesehen. Manches ist zurechtnormalisiert und beschwichtigt worden. Auch war die aus den Trümmern neu erstehende Stadt nicht der richtige Ort für solche Erweckungen. Die Zwänge der Modernisierung, ein kollektives Selbstmitleid der Einwohnerschaft, aber auch die neue Art der Selbstvergessenheit einer frühen Wohlstandsgesellschaft ließen ein offen-kritisches Gesprächsklima kaum zu. Es hatte Versuche des ersten Nachkriegs-Oberbürgermeisters gegeben, für das Bemühen um eine geistige Neuorientierung auch der Jugend Spielräume zu schaffen, und Harry Pross, der spätere politisch engagierte Autor und Professor für Publizistik, war von Karlsruhe herübergekommen, um einen Ableger seiner *Gesellschaft der Jugend* zu gründen. Ich war noch etwas zu jung für diesen Kreis und weiß nicht, wie ernst die politischen Diskussionen dort gewesen sind. Ob es irgendwo den Entwurf einer „guten" Moderne gegeben hat, der man sich hätte anschließen können, ist mir entgangen. Immerhin lasen einige meiner

Freunde regelmäßig die *Neue Zeitung* und später – im Amerikahaus – den *Monat* und haben wohl als die Ersten unseres Kreises Zugang zu einer Art des Westens gefunden, in der Aufklärung und bürgerliches Engagement die Grundlagen unserer Demokratie werden sollten. Aber nichts war verbindlich und verpflichtend. Es gab eine Palette der Möglichkeiten von Albert Schweitzer bis Louis Armstrong, von Gandhi bis Sartre. Zehn Jahre später nannte Helmut Schelsky uns die *skeptische Generation* (worin er allerdings auch die wesentlich jüngeren Jahrgänge einschloß, die schon „mit Koffergrammophon ins erste Semester" zogen). Ob man uns wirklich die einheitliche Physiognomie einer „Generation" zusprechen sollte, bezweifle ich. Eher sehe ich – auch mit Blick auf das neue Wort von den „45ern" – die Aneinanderreihung von „Jahrgängen", in denen sich das von Zufällen bestimmte Interesse ebenso vielfältig artikulierte, wie es durch die Verschiedenheit der Bedürfnisse nach Normalisierung bedingt war.

Gemeinsam allerdings für uns alle die vielen Chancen und offenen Wege heraus aus der Misere, nachdem einmal die Voraussetzungen für die wirtschaftliche Stabilisierung geschaffen waren. Wieder entsprach unsere biographische Situation den Wandlungen der Gesellschaft: Die Gründerjahre der Bundesrepublik, in denen scheinbar nur ein politisches Provisorium entstand, bescherten uns verläßliche Perspektiven just zum Zeitpunkt der ersten Entscheidungen, die wir für das eigene Leben zu treffen hatten.

Begegnungen

Dies alles half freilich nicht über das Problem hinweg, daß uns die Konfrontation mit *Auschwitz* nicht erspart blieb. Ich kann mich nicht erinnern, daß unter uns Gleichaltrigen je eine Diskussion darüber stattgefunden hätte. Jeder hatte seinen Weg zu gehen, und vermutlich ist jeder auf seine Weise von dem Thema eingeholt worden. Was zählte, war die Bereitschaft, sich überhaupt aus der Reserve locken zu lassen, in die man sich unter dem Anprall des Unbewältigbaren begeben hatte. Ich wurde weniger „gelockt" als mit der Nase peinlich darauf gestoßen. In den drei Ländern, in denen ich die frühsten und intensivsten Auslandserfahrungen machte, nämlich Holland, England und Indien, schien jeweils eine Begegnung extra für mich vorbereitet zu sein, die mir half, zu einer produktiven Konfrontation mit dem Thema des *Holocaust* zu gelangen. Diese Begegnungen markieren einen Weg, auf dem ich schließlich doch noch zur Besinnung gekommen bin. Ihm sind diese letzten Seiten gewidmet. Er begann ein Jahr vor dem Abitur und führte weiter durch die Jahre von Studium und erster Berufserfahrung. Ich hatte das Glück, daß diese Begegnungen mit jungen Menschen jüdischer Herkunft nie Teil eines offiziellen Begegnungs- oder Versöhnungsprogramms waren, sondern daß spontane freundschaftliche Beziehungen plötzlich eine neue Dimension gewannen.

Im Sommer 1949 nahm ich als Schüler an einer internationalen kirchlichen Freizeit in Holland teil. Die holländischen Jugendlichen waren aufgefordert, nach dem Ende der Tagung ausländische Teilnehmer für einige Tage in ihre Familien aufzunehmen. Ein junger Holländer, mit dem ich mich angefreundet hatte, wollte mich einladen, war aber von seinem Vater nachdrücklich darauf hingewiesen worden, daß jede andere Nationalität, aber keinesfalls ein Deutscher willkommen sei. Zu der allgemeinen Unbeliebtheit der Deutschen kam in diesem Fall die tragische Vorgeschichte, daß die Mutter des Freundes als Jüdin umgebracht worden war. Durch Vermittlung des uns betreuenden Pfarrers kam die Einladung dennoch zustande. Der Vater, ein Oberst der holländischen Armee, erläuterte mir zum Empfang seine Gründe. Ich versuchte, meine Position dadurch etwas zu verbessern, daß ich nicht nur über die Ablehnung des Hitler-Regimes durch meine Eltern, sondern auch über die Zerstörung meiner Heimatstadt berichtete. Es war dabei wohl ein gutes Stück Selbstmitleid im Spiel, das mich in der Rückschau eher peinlich berührt. Ich glaube, mich erinnern zu können, daß wir damals in vergleichbaren Situationen allzu rasch auf unsere 17.000 Toten zu sprechen kamen. Im Gespräch mit dem Oberst war dies vielleicht nicht hilfreich. Dennoch hatte er die Größe, mich einige Tage lang bei sich wohnen zu lassen. Der Gegenbesuch des Freundes bei meiner Familie fand im darauffolgenden Jahr statt. Wir haben über das Schicksal der Mutter nie gesprochen. Aber die Erfahrung hat mich „selfconscious“ gemacht in dem angelsächsischen Sinn, daß nämlich das Bewußtsein seiner selbst die naive Selbstverständlichkeit des Lebens erschüttern kann.

Fast ein Jahrzehnt später lernte ich als Lektor für deutsche Sprache an einer englischen Universität eine junge italienische Kollegin kennen. Wir waren befreundet, ohne viel voneinander zu wissen. Erst als ihr Vater den Ehrendoktor der Universität verliehen bekam, erfuhr ich durch die Laudatio, daß die Großeltern meiner Freundin als Juden in einem deutschen KZ umgekommen waren. Jetzt half auch kein kollektives Selbstmitleid weiter. Spätestens seit diesem Tag wußte ich, was Theodor Heuß mit seinem Begriff der „Kollektiv-Scham" gemeint hat.

Ein Jahr darauf ging ich – wiederum als Deutsch-Lektor – an eine Universität in Indien. Ich erhielt mein Gehalt von der deutschen Regierung, sollte aber als „Professor of German" von indischer Seite ein Haus auf dem Campus zur Verfügung gestellt bekommen. Unter den gleichen Bedingungen war auch ein junger Franzose verpflichtet worden. Die Universität hatte wohl erwartet, daß zwei gestandene Professoren mit ihren Familien anreisen würden. Statt dessen kamen zwei noch nicht einmal dreißigjährige Junggesellen. Es lag nahe, uns vorzuschlagen, gemeinsam einen Haushalt mit den landesüblichen Dienern zu führen. Als ich in der Stadt ankam, suchte mich sofort der schon anwesende Kollege im Hotel auf. Ein sympathischer Mensch, in Algerien geborener Jude, der gerade ein Jahr in den USA verbracht hatte. Wir waren uns schnell einig, das Wagnis eines gemeinsamen Haushalts einzugehen, zumal unsere jeweiligen Erfahrungen an englischsprachigen Universitäten eine gute Basis der Verständigung bildeten. Die Parallelität unserer Aufgaben, an verschiedenen Institutionen Sprachkurse abzuhalten und jeweils ein Department zu leiten, brachte uns den Namen „Campus-Twins" ein, was vielleicht auch mit der Ähnlichkeit unserer Temperamente zu tun hatte. In den drei akademischen Jahren, die wir zusammen waren, haben wir außerdem auf großen Reisen den ganzen Subkontinent zwischen Kaschmir und Cape Comorin gesehen zu einer Zeit, als das Land touristisch noch kaum erschlossen war. In meinem Auto, den indischen Koch auf dem Rücksitz, haben wir wie Kolonialbeamte in alten Tagen das Gangesland besichtigt, überall höflich, manchmal fast ehrfürchtig empfangen. Denn als „Weiße" zehrten wir noch von dem hohen Ansehen der Engländer, die Indien zwar schon zwölf Jahre zuvor verlassen hatten, aber noch immer als die unerreichten Herren und Meister galten.

Diese „rassische“ Komplizenschaft, die uns eher aufgenötigt wurde, als daß wir sie suchten, hatte ihr Gegenstück in einer wirklichen Verschwörung: Mein Freund wußte um die großen Sympathien, die dem Arier-Kult der Nazis auch von gebildeten Indern damals noch entgegengebracht wurden und verheimlichte seine jüdische Abkunft. Ich unterstützte ihn dabei nach Kräften. Das Geheimnis ist während unseres Aufenthaltes nie gelüftet worden.

Zu den wenigen Eingeweihten gehörte eine junge Ärztin aus Israel, die bald nach ihrer Ankunft in der Stadt die Freundin meines Hausgenossen wurde. Ihr verdanke ich die letzte und entscheidende Erweckung. Sie sprach fließend und akzentfrei deutsch, was auf eine Kindheit und Jugend in Deutschland schließen ließ. Aber wie im Falle des holländischen Freundes und meiner italienischen Kollegin brachte ich es auch dieses Mal nicht über mich, nach ihrem Schicksal zu fragen. War es die in fünfzehn Jahren eingeübte „Kultur des Beschweigens“? War es Angst vor einer mir nahegehenden Enthüllung? Übertriebenes Taktgefühl? Womöglich Bequemlichkeit und das Bedürfnis, eine leichtherzige Unbefangenheit zu erhalten, wie wir sie auf den Partys in unserem geräumigen Haus pflegten, wohin auch ein Mädchen aus einer komplizierten jüdisch-hinduistisch-muslimischen Familie kam. Wenn wir zu viert beisammen saßen oder auf Reisen waren, wurde ich gelegentlich als der Goi Driver betitelt.

Das entscheidende, sehr kurze Gespräch fand im Anschluß an einen Vortrag statt, den ich in einer literarischen Gesellschaft der Stadt gehalten hatte. Ich sprach über „The Post-War Generation in Germany“; über den Luftangriff und die vielen Toten, meine Jugend am Rande des Kraters und das Merkwürdige, daß es doch möglich war, mitten in dieser in Scherben gegangenen Welt Händel-Sonaten zu spielen. Eine kleine Etude in Selbstmitleid.

Beim anschließenden Empfang gratulierte mir die Ärztin unter vier Augen zu der Eleganz, mit der ich mich an dem Thema „Auschwitz“ vorbeigedrückt und damit wohl auch dem Geschmack der meisten Zuhörer entsprochen hätte. Ich fiel aus allen Wolken und mußte ihr gestehen, daß ich das Schlimmste einfach vergessen hatte.

Mein Taschenkalender jenes Jahres enthält die Notiz: „Nach dem Vortrag zu viert ins Kino.“ Das deutet eher auf Zerstreuung und oberflächlichen Flirt. In Wirklichkeit ist jener 10. September

1960 für mich unvergeßlich als der Tag, an dem mir endgültig klar geworden ist: Es gab ein naives Selbstmitleid, eine Art Stolz auf die Opferrolle, die man sich nicht nehmen ließ und die man, wie ich es schon dem holländischen Oberst gegenüber getan hatte, in schwierigen Situationen einsetzen konnte. Es wäre übertrieben zu sagen, daß man auftrumpfend und aufrechnend von ihr Gebrauch gemacht hätte. Aber dieses Selbstmitleid, gepaart mit der Selbstgenügsamkeit des neudemokratischen Musterschülers der fünfziger Jahre, gehörte zum Instrumentarium des Lektors des *Deutschen Akademischen Austauschdienstes*, der ja von seiner Regierung keineswegs aus humanitären Gründen nach Indien entsandt war. Er hatte Sympathien für den jungen westdeutschen Staat zu wecken, dem es zum Beispiel darum ging, Jawaharlal Nehru davon abzuhalten, die DDR anzuerkennen und damit eine ostdeutsche Botschaft in Neu-Dehli zuzulassen. Die Versuchung war groß, sich dieser einfachen Logik des Kalten Krieges und der so genannten *Hallstein-Doktrin* anzuschließen, und ich kann nicht behaupten, mich ihr entzogen zu haben, so bescheiden meine Möglichkeiten auch waren. Aber wichtiger noch: Jene naive Selbstgenügsamkeit, von der ich, ohne es zu wollen, gerade ein Beispiel geliefert hatte, stand dem geschärften Bewußtsein für die andere Dimension der deutschen Katastrophe im Weg. Es war sicher anrührend, von hungernden jungen Deutschen zu berichten, die dennoch am Rande einer zerstörten Stadt Händel-Sonaten spielten. Aber war ihr Bewußtsein von dem moralischen Bankrott ihres Landes so schwach entwickelt, daß in einem Vortrag über ihre Situation das Thema *Auschwitz* einfach vergessen werden konnte?

Dies alles schoß in meinem Kopf zu dem unklaren Gefühl zusammen, plötzlich etwas einzusehen, was schon lange hätte gesehen werden müssen. Es war mein Glück, nicht mit einer schrillen Anklage konfrontiert zu sein, sondern durch ein charmant ironisches Kompliment aufgeweckt zu werden. Der leise und doch nachdrückliche Vorwurf einer mir nahestehenden Frau, hinter der eine Geschichte liegen mochte, an die ich nicht zu rühren wagte, war in der Leichtigkeit des zwischen uns üblichen Umgangstones wirkungsvoller als jede öffentliche Diskussion oder Gedenkveranstaltung. Und doch war es nicht eine Verständigung unter Vertrauten. Der Zuruf kam deutlich von der anderen Seite einer Kluft herüber, die wir beständig zu überspielen suchten. Die doch höchstens in Ansätzen überbrückbar, nie aber aufzuheben war.

Als ich achtzehn Monate später nach Deutschland zurückkehrte, spürte ich gewisse Veränderungen des politischen Klimas, die in den insgesamt vier Jahren meiner Auslandsaufenthalte stattgefunden hatten. Vor allem die kritische Haltung ehemaligen Nationalsozialisten gegenüber war – wenigstens unter meinen Altersgenossen – ausgeprägter geworden. Nicht viele von uns hatten als Studenten in den fünfziger Jahren danach gefragt, was unsere Professoren in der Hitlerzeit getan oder geschrieben hatten. Dies war das große Beschweigen gewesen. Nun gab es plötzlich Hinweise, Dokumentationen, Debatten. Noch war man gut ein halbes Jahrzehnt entfernt vom Höhepunkt der Studentenrevolte, und es waren nicht die jungen Jahrgänge, die als das Gewissen der Nation auftraten, sondern die Schriftsteller unseres Alters. Ich war froh, auf die neuen Tendenzen vorbereitet zu sein. Es gab eine Linie, hinter die man nicht mehr zurückfallen würde. Und es gab Menschen, die ähnliche Erfahrungen gemacht hatten. Zu ihnen gehörte die Freundin aus alten, leichtherzig verspielten Tagen. Es war fast selbstverständlich, daß sich ihr Weg heraus aus der Selbstgenügsamkeit der fünfziger Jahre mit meinem eigenen Weg vereinigen würde.

Epilog: Verbrechen und Versöhnung

Ein gutes Gedächtnis gilt als Segen. Aber man kann unter seiner Fassungskraft auch leiden, und vor allem: Selbst das beste Gedächtnis läuft Gefahr, an den Fakten vorbei zu phantasieren. Ich war beim Schreiben nicht nur auf alte Notizkalender, Familienbriefe und die Tagebücher der Mutter angewiesen. Hilfreich waren stadtgeschichtliche Dokumentationen ebenso wie Gespräche mit den Geschwistern und Freunden.

So verdichteten sich plötzlich wieder – nach Jahrzehnten eher flüchtiger Berührungen – die Beziehungen zu der Heimat. Beunruhigend, wie nicht nur bei mir selbst, sondern auch bei den Gesprächspartnern die alten Geschichten heraufkamen, – darunter nie gehörte Einzelheiten und bedrückende, scheinbar für immer verdrängte Erlebnisse, oder makabre Szenen, die man in normalen Zeiten einer wirren Phantasie zugeschrieben hätte. Das Stadtarchiv stellte Materialien zur Verfügung, die nicht nur Gedächtnisstützen waren, sondern ihre eigene Sogwirkung entwickelten und mich nicht mehr losließen. Hatten wir dies alles wirklich selbst erlebt und achtlos weggesteckt? Warum hatten wir jahrzehntelang nie darüber gesprochen?

Zu den Materialien gehörten auch die Protokolle des Prozesses, der im Sommer 1946 in Essen vor einem britischen Militärgericht gegen NS-Funktionäre und einige Hitlerjungen unserer Stadt geführt wurde. Es handelte sich um die Mordaktion auf dem Dorffriedhof, die ich in all den Jahren als die „Fliegergeschichte“ in Erinnerung behalten hatte, ohne mich je für die genaueren Umstände zu interessieren. Meine Unkenntnis ging so weit, daß ich jahrzehntelang in dem Glauben war, es sei damals um einen einzelnen britischen Fliegeroffizier gegangen, den man erschossen hatte.

Nun aber entfaltete sich auf den ca. 500 Seiten des Gerichtsprotokolls die Geschichte von sieben abgeschossenen britischen Fliegern, von denen fünf umgebracht wurden, während zwei fliehen konnten und im Prozeß als Zeugen aussagten. Die Lektüre veranderte nicht nur meine Kenntnisse von diesem folgenreichen Geschehen, sondern auch meine Beziehungen zu Pforzheim. Wenn ich von jetzt ab die Stadt mit Namen nenne, entspricht dies dem Charakter des Epilogs: es geht nicht mehr um das Heraufbeschwören vager Erinnerungsbilder, die irgendwo in Deutschland, in irgendeiner der zerstörten Städte, hätten entstehen können. Jetzt handelt es sich um meine Erfahrungen aus jüngster Zeit, nämlich aus den drei Jahren meiner Beschäftigung mit dem Kriegsende. Ich mußte mich einfädeln in ein seit langem stattfindendes Geschehen, dessen volle Tragweite für mich erst jetzt, bei Gelegenheit des 60. Jahrestages der Zerstörung der Stadt, ganz erkennbar geworden ist.

Das für mich Überraschende bestand nicht nur in der Größe der damaligen Mordaktion, sondern vor allem in der bewegenden Geschichte ihrer Nachwirkungen. Es ist der Initiative weniger Menschen zu verdanken, daß aus der Lynch-Aktion vom März 1945 eine Versöhnungsbewegung entstanden ist, deren Ausgangspunkt das (jetzt zur Stadt Pforzheim gehörende) Dorf Huchenfeld wurde – das Dorf, auf dessen Friedhof vier der Gefangenen erschossen wurden. Die folgende Geschichte besteht also aus zwei Teilen: Es geht zunächst um die Geschehnisse im Frühjahr 1945, dann um das nach Jahrzehnten des Schweigens entstandene Erinnerungs- und Versöhnungswerk.

Am 14. März 1945 wurde ein viermotoriges Kampfflugzeug vom Typ *Flying Fortress* mit zehn Mann englischer Besatzung auf dem Rückflug nach einem Angriff auf eine Ölraffinerie bei Leipzig von einem Nachtjäger im Raum Schwäbisch Hall in Brand geschossen. (Es ist schon hier zu betonen, daß sich dieser Vorfall fast drei Wochen nach dem Luftangriff auf Pforzheim ereignete und daß weder Flugzeug noch Besatzung mit diesem Angriff zu tun gehabt hatten.) Es war Nacht. Der Pilot glaubte, bereits über französischem Gebiet zu sein und befahl der Besatzung, mit dem Fallschirm abzuspringen. Er selbst gelangte mit der schwer angeschlagenen Maschine nach England zurück. Die neun Abgesprungenen gerieten sofort in Gefangenschaft. Sieben von ihnen wurden im Gefängnis des mittelbadischen Städtchens Bühl nach tagelangen Verhören zu einer Gruppe zusammengefaßt und, bewacht durch einige Wehrmachtssoldaten, auf einem Lastwagen in Marsch gesetzt. Ziel war vermutlich das Gefangenenlager im württembergischen Ludwigsburg. Als Zwischenstation war der schon erwähnte Fliegerhorst in Huchenfeld vorgesehen. Die Gefangenen und ihre Bewacher wurden am Nordrand unserer Stadt abgesetzt und mußten zu Fuß in das Dorf auf der Höhe marschieren. Auf dem

Marsch durch die in Trümmern liegende Stadt kam es zur Beschimpfung und Bedrohung der Briten durch aufgebrachte Einwohner, die in den Ruinen nach letzten Habseligkeiten suchten. Als Steine flogen, scheuchte einer der Bewacher die wütenden Menschen zurück.

Die britischen Flieger wurden am 17. März im Schulhaus des Dorfes von einem Diensthabenden der dort stationierten Luftwaffeneinheit in Empfang genommen und im Heizungsraum der Schule untergebracht. Das Gerichtsprotokoll erwähnt ausdrücklich die korrekte Behandlung der Gefangenen, die nach einer Mahlzeit die Möglichkeit hatten, sich zu waschen und ihre Kleider zu reinigen. Ein erster Kontakt mit Einwohnern verlief friedlich.

Unterdessen war der Kreisleiter, Hans Christian Knab, zu dessen „Hauptquartier" im Ortsteil Weißenstein ich schon früher einiges gesagt habe, über den Gefangenentransport informiert worden. Es gibt die Theorie, er habe sogar frühzeitig Kenntnis von der Gefangennahme der Flieger gehabt und dafür gesorgt, daß sie durch das zerstörte Pforzheim geführt würden, um einen Lynch-Mord zu provozieren. Gegen diese Annahme spricht, daß ein solcher Plan im Prozeß nicht erwähnt oder gar zum Gegenstand eines Verhörs gemacht worden ist. Bezeugt ist lediglich, daß Knab von dem Vorfall in der Stadt unterrichtet und wütend darüber war, daß die Wehrmachtsoldaten die Engländer vor der Bevölkerung beschützt hatten. Als fanatischer Anhänger der Auffassung, abgeschossene alliierte Bomberbesatzungen seien als Verbrecherbanden anzusehen und umzubringen, war er jetzt entschlossen, einen Racheakt an den Gefangenen zu inszenieren. Er und seine Kumpane in der Befehlszentrale, der Bannführer und der Kreisstabsführer des Volkssturms, verfügten über verschiedene Einsatzkräfte, darunter einige ältere SA-Leute und – in der Nachbarschaft zum Luftschutzstollen des Kreisleiters – eine Gruppe von Hitlerjungen. Diese Sechzehnjährigen, von denen einige schon über eigene Schußwaffen verfügten, gehörten wohl zum engeren Stab des Bannführers, dessen Befehlen sie offenbar bedenkenlos folgten.

Die Regie des Kreisleiters sah vor, daß einige SA-Männer und die fünf Hitlerjugendführer bewaffnet und in Zivilkleidung vor dem Schulhaus in Huchenfeld eine Demonstration des „Volkszorns" zu inszenieren hatten, um dann in das Gebäude einzudringen und die Gefangenen zu erschießen. Dies stieß auf Widerstand des Bürgermeisters, der die Aktion mißbilligte und verhinderte, daß die sieben Engländer im Keller umgebracht wurden. Er wollte die Schule nicht durch ein solches Massaker für alle Zeiten besudelt sehen und soll gerufen haben: „Wenn ihr sie erschießen müßt, dann tut das auf dem Friedhof!" So wurden die Sieben aus dem Keller gezerrt und zum Friedhof getrieben. In der Dunkelheit und dem allgemeinen Durcheinander gelang drei Gefangenen die Flucht. Die anderen vier erschoß man zwischen Büschen hinter der Kirche. Der Anteil der Hitlerjungen an der eigentlichen Mordtat ist nicht genau zu ermitteln. Es ist zu vermuten, daß die Erwachsenen die eigentlichen Täter waren. Der Grad ihrer Verrohung zeigt sich darin, daß sie die Leichen einfach liegen ließen. Am nächsten Morgen – es war der Konfirmationssonntag im Dorf – haben einige Konfirmandinnen auf dem Weg zur Kirche die Toten gesehen.

Die drei Entflohenen waren nach verschiedenen Seiten in den Wald gerannt, zwei von ihnen hinunter ins Nagoldtal, der dritte ins Würmtal. Flight-Sergeant Norman Bradley hatte das Glück, im Dorf Grunbach, das außerhalb des Befehlsbereiches von Kreisleiter Knab lag, erneut gefangengenommen und auf korrekte Weise in das Gefangenenlager Ludwigsburg gebracht zu werden. Dagegen geriet Flying Officer James Vinall in eine tödliche Falle. Er hatte sich an dem auf die Mordnacht folgenden Sonntag einem auf der Landstraße daherkommenden Luftwaffensoldaten ergeben, der den Gefangenen auf der Polizeiwache des Vorortes Weißenstein ablieferte. Der diensthabende Polizist, der mit dem Briten nichts anfangen konnte, bat den Soldaten, den Mann mit zu seiner Einheit im Fliegerhorst Huchenfeld zu nehmen. Doch der Obergefreite lehnte es ab, sich weiterhin mit dem Gefangenen zu befassen. Dieses Gespräch erregte die Aufmerksamkeit eines zufällig anwesenden Parteifunktionärs, der von der Flucht der drei britischen Flieger gehört hatte. Er alarmierte die Gruppe der Hitlerjugendführer in ihrer nahegelegenen Baracke, und diese holten den Kreisstabsführer des Volkssturms herbei. Damit war das Schicksal Vinalls besiegelt. Mit den Worten: „Da ist einer von denen, die unsere Städte zerstören" übergab der Volkssturm-Offizier den Flieger einer Gruppe von Menschen auf der Straße, die sofort auf ihn einschlugen und ihn vermutlich tödlich verletzten. Auf den am Boden Liegenden gab einer der Hitlerjungen (die sich an der Gewalttat nicht beteiligt, aber in der Nähe gestanden hatten) einen im Protokoll als

„Gnadenschuß" bezeichneten Kopfschuß ab. Die Leiche wurde in einem Steinbruch verscharrt.

Nur mit knapper Not entging Flying Officer Tom Tate einer solchen Lynch-Justiz. Er hatte auf dem Weg zum Dorffriedhof als erster die Flucht ergriffen und war barfuß – Socken und Stiefel hatte er in der Schule zurücklassen müssen – durch den Wald ins Tal gerannt, wo er am folgenden Tag von einer Wehrmachtsstreife aufgegriffen und in die nahegelegene Infanteriekaserne gebracht wurde. Kreisleiter Knab erfuhr davon, daß der Gefangene von dem Vorort-Bahnhof Eutingen aus in das Gefangenenlager Ludwigsburg gebracht werden sollte und schickte vier SA-Männer und vier der Hitlerjungen in zwei Autos der Kreisleitung zu jenem Bahnhof. Sie hatten den Befehl, einen Aufruhr anzuzetteln, in dessen Verlauf sie den Engländer seinen beiden Bewachern entreißen und nach Weißenstein bringen sollten. Jetzt ging es nicht mehr bloß um „Rache", sondern darum, daß die Untat keinesfalls von einem Überlebenden dem Internationalen Roten Kreuz gemeldet werden durfte. Es war das zweite Todesurteil für Tom Tate.

Aber wieder entkam er dem Mordkommando. Die Umstände seiner Rettung verdienen es, ausführlicher geschildert zu werden, denn sie weisen schon voraus auf die Geschichte der Versöhnung, die von diesem furchtbaren Wochenende im März 1945 ihren Ausgang genommen hat. Hier ist auf zwei weitere Quellen neben den Gerichtsprotokollen hinzuweisen: das Buch *The Plaque. Letters to my English Godson* (2002) von Renate Beck-Ehninger, das sich vor allem mit der menschlichen Seite dieser späteren, von der Autorin geförderten Entwicklung befasst, und auf Christiane Quinckes unveröffentlichte Studie: *„Den Lebenden zur Mahnung". Die Gedenktafel von Huchenfeld* (2000). Beide Autorinnen konnten sich auf das reichhaltige Material stützen, das sich bei dem Initiator der Versöhnungsarbeit, Curt-Jürgen Heinemann-Grüder, angesammelt hat und auch mir zur Verfügung stand.

Tom Tate war mit blutenden Füßen in die Pforzheimer Infanteriekaserne eingeliefert worden und sollte noch am selben Tag nach Ludwigsburg transportiert werden. Zur Eskortierung auf dem Marsch zum Bahnhof wurde der Luftwaffengefreite Franz Woll abkommandiert, der im Fliegerhorst Huchenfeld stationiert war. Er hatte von der Erschießung und auch von der Flucht einiger Briten am Vorabend erfahren und vermutete, daß es sich bei seinem

Schutzbefohlenen um einen der Geflohenen handeln könnte. Auch hatte man ihm mitgeteilt, daß der Gefangene keine Schuhe mehr hatte. In seinem Zorn über die Untat und im Mitgefühl für den britischen Offizier vertraute er sich der Dorfbewohnerin Emilie Bohnenberger an. Diese tapfere Frau, über deren Schicksal Renate Beck-Ehninger ausführlich berichtet, hatte wenige Wochen zuvor einen anderen abgeschossenen Engländer vor den Schlägen aufgebrachter Einwohner beschützt. Sie gab Franz Woll für seine traurige Mission ein Paar Stiefel ihres kurz zuvor gefallenen Mannes mit, dazu ein Brot und eine kleine Flasche Schnaps für den Geschundenen. Diese Gaben hat Tom Tate nie vergessen, so wenig wie die Beschützerrolle seiner beiden Bewacher im Bahnhof von Eutingen. Zwischen ihnen fast eine Stunde lang im Wartesaal sitzend erlebte er die zunehmende Aggressivität einer größer werdenden Zahl von Menschen, die vielleicht (dies läßt sich nicht mehr rekonstruieren) von den Leuten des Kreisleiters vor dem Gebäude aufgehetzt wurden. Als die Situation sich verschärfte, setzte Franz Woll seinem Schützling demonstrativ seine eigene Luftwaffenmütze auf, um seine Verantwortung für den Bedrohten zu demonstrieren. Schließlich holte man einen Wehrmachtsoffizier herbei, der die Menge in scharfer Form zurechtwies. In diesem Augenblick fuhr der Zug ein. Die Soldaten gelangten mit ihrem Gefangenen auf einem Umweg in ein Abteil, zückten ihre Pistolen und hielten vom offenen Fenster aus die Nachdrängenden in Schach. Auf der Fahrt nach Ludwigsburg überreichte Franz Woll seine Geschenke aus Huchenfeld und hängte dem vor Kälte Schlotternden seinen Militärmantel um.

Tom Tate hat diesem Mann bei verschiedenen Gelegenheiten ein schriftliches Denkmal gesetzt. Er ist überzeugt, von ihm gerettet worden zu sein. Die Stärke seines Engagements bei der um 1992 einsetzenden Versöhnungsbewegung in Huchenfeld wäre ohne diese Erfahrung von Menschlichkeit eines einfachen Soldaten wohl kaum möglich gewesen. Aber es sollten noch viele Jahre vergehen, bevor – auf ganz anderen Wegen – die Lynch-Aktion wieder ins Bewußtsein der Bevölkerung zurückgeholt wurde. Damit sind wir beim zweiten Teil dieser Geschichte.

Es gab im Sommer 1946 in der Lokalzeitung einen kurzen, sachlichen Bericht über den Prozeß in Essen und die Urteile. Kreisleiter, Bannführer und Kreisstabsführer wurden zum Tod durch den Strang verurteilt und hingerichtet; einige der NS-Funktionäre und die fünf Hitlerjugendführer mit hohen Haftstrafen belegt, die Jugendlichen jedoch nach vier Jahren begnadigt. In der Stadt fand die Sache keine allzu große Aufmerksamkeit. Auch hier folgte man den Regeln des Beschweigens, und noch heute höre ich von manchen Menschen, es sei den abgeschossenen Fliegern Recht geschehen. Eine Wende bahnte sich erst 1989 an, als der pensionierte Pfarrer und ehemalige Kavallerie-Offizier Curt-Jürgen Heinemann-Grüder durch einen Zeitungsartikel auf die Ereignisse vom März 1945 aufmerksam wurde. Er hatte sich mit seiner Frau in Huchenfeld zur Ruhe gesetzt, nachdem er, einem Ruf der Kirchenleitung folgend, über zwei Jahrzehnte lang als Pfarrer und Superintendent in der DDR gewirkt und sich kritisch in der Friedensbewegung des Ostblocks engagiert hatte. Jetzt, im Ruhestand, war er – Jahre vor der Wehrmachtsausstellung – mit dem Thema der NS-Kriegsverbrechen befaßt, als jener Zeitungsartikel erschien. Er sieht heute in diesem Zusammentreffen die eigentliche Initialzündung für sein Engagement in Huchenfeld. Sein besonderes Interesse galt der Möglichkeit, den ermordeten Fliegern am Ort ihres Todes ein dauerndes Gedenken zu sichern. Im Zusammenwirken mit dem Ortsvorsteher Heinrich Bayer und dem Gemeindepfarrer Horst Zorn entstand der Plan, an der Mauer des Friedhofs, innerhalb dessen sich die Dorfkirche befindet, eine Bronzeplatte mit den fünf Namen der Toten anzubringen. Diese Initiative, die auch vom evangelischen Dekan unterstützt wurde, stieß allerdings auf erheblichen Widerstand. Der Ältestenrat des Gemeinderates der Stadt lehnte im Herbst 1991 die Anbringung einer solchen Gedenktafel an der Friedhofsmauer ab. Die Stadt verfüge über drei zentrale Gedenkstätten für das Geschehen des Jahres 1945 und könne sich nicht auf die Hervorhebung singulärer Ereignisse einlassen.

In dieser Situation war es hilfreich, daß Pfarrer Heinemann-Grüder einen alten Mitstreiter aus der Friedensbewegung ins Vertrauen zog: Dr. Paul Oestreicher, Kanonikus der Kathedrale von Coventry, Quäker und zugleich anglikanischer Priester, deutscher Emigrant und zugleich Friedensbote aus England. Der Huchenfelder Initiativkreis lud Paul Oestreicher zu einer Feier im März 1992 ein, bei der ursprünglich die Gedenktafel hätte enthüllt werden sollen. Vielleicht hat die Tatsache, daß nur ein Modell vorgestellt werden konnte und dadurch die Widerstände in der Stadt deutlich hervortraten, nachhaltiger gewirkt als eine reibungslos funktionierende Einweihung. Von besonderem Gewicht war, daß Oestreicher aus Coventry kam, der Stadt, von deren zerstörter und wieder aufgebauter Kathedrale eine Versöhnungsbewegung nach Deutschland ausstrahlt. So war er nicht nur ein Mitstreiter für die Gedenktafel, sondern als Geistlicher, prominenter Friedensaktivist und Mitbegründer von Amnesty International offizieller Gast der Stadtverwaltung und der Kirchen.

Dieser Besuch war der auch nach außen hin sichtbare Beginn der Geschichte der Versöhnungsbewegung, die von Huchenfeld ausgeht, aber die ganze Stadt einbezieht. Ein Artikel im *Independent* („German village faces its ghosts") machte im Mai 1992 nicht nur das gräßliche Geschehen vom Frühjahr 1945 allgemeiner bekannt, sondern auch die Schwierigkeiten im Zurechtkommen mit der historischen Schuld.

Heinemann-Grüder und seine Leute ließen nicht locker. Zwar war die Kirchhofmauer Eigentum der Stadt, nicht aber die Kirche selbst, an deren Außenwand die Tafel nun angebracht wurde. Ihre Enthüllung fand am Buß- und Bettag 1992 statt. Wieder kam Paul Oestreicher aus Coventry, und mit ihm ein besonderer Ehrengast: Marjorie Frost-Taylor, die Witwe eines der erschossenen Flieger. Sie hatte durch den Artikel im *Independent* zum ersten Mal Kenntnis vom wirklichen Schicksal ihres Mannes erhalten, die ihr von den amtlichen britischen Stellen bisher vorenthalten worden war. Nun wollte sie, inzwischen wieder verheiratet, Frieden schließen mit ihrer eigenen leidvollen Vergangenheit, aber auch mit den Menschen am Ort des damaligen Verbrechens. Die Einbeziehung von Frau Frost-Taylor, die zusammen mit ihrer Nichte Doreen Crosby bis zu ihrem Tod (2001) immer wieder nach Huchenfeld kam, gab den Bemühungen um ein würdiges Gedenken eine neue Dimension. Denn jetzt erst wurde Versöhnung zur konkreten, einzelne Personen betreffenden Aufgabe. Offenbar hat diese menschliche Seite, insbesondere die großherzige Bereitschaft, zu verzeihen und Freundschaft zu schließen, eine völlige Umorientierung in der Haltung der Stadtverwaltung bewirkt. Denn Gottesdienst und Enthüllung der Tafel fanden in Anwesenheit von Repräsentanten des öffentlichen Lebens statt, an ihrer Spitze der Oberbürgermeister der Stadt und der britische Generalkonsul aus Stuttgart.

Im Mittelpunkt der Feier stand das von Paul Oestreicher aus Coventry mitgebrachte Nagelkreuz (Nail Cross). Dieses Symbol einer internationalen Versöhnungsbewegung besteht aus drei zu einem Kreuz zusammengefügten Zimmermannsnägeln, die sich im Schutt der zerstörten Kathedrale von Coventry fanden. Repliken des Originals werden seit vielen Jahren als Zeichen des Aussöhnungswillens zwischen ehemaligen Feinden überreicht. So erhielt Richard von Weizsäcker das seither in Berlin aufbewahrte Kreuz am 14. November 1990, dem 50. Jahrestag der Zerstörung Coventrys, aus den Händen der Queen Mother. Daß zwei Jahre später die kleine Dorfkirche von Huchenfeld dazu ausersehen wurde, ein solches Symbol zu beherbergen, zeigt die Stärke des Versöhnungswillens, der dort entstanden ist, wo die Spuren von zwei ganz verschiedenen Untaten, der Zerstörung einer Stadt und der Ermordung wehrloser Gefangener, sich berühren.

Aber die Beziehung zu Coventry drückt sich nicht nur im Huchenfelder Nagelkreuz aus, sondern auch im Text der Gedenktafel. Unter den Namen der „auf NS-Befehl umgebrachten britischen Flieger" Harold Frost, Gordon Hall, Sidney Matthews, Edward Percival und James Vinall stehen die Worte „Vater vergib Lk 23,34". Das ist in dieser Form ein Zitat aus der *Versöhnungslitanei* von Coventry (die inzwischen auch in das Evangelische Gesangbuch aufgenommen worden ist). Sie wird in Coventry an jedem Freitag zur Mittagszeit gebetet.

Mit dem Überbringen des Kreuzes konstituierte sich in Huchenfeld eine „Nagelkreuz-Gruppe", Mitglied eines über die ganze Welt ausgespannten Netzwerkes von nationalen Sektionen und örtlichen Gruppen. Die Besonderheit der Huchenfelder Gruppe besteht bis heute darin, daß ihre Arbeit ausgeht von der Schuld einiger weniger Personen und zugleich getragen ist von der Versöhnungsbereitschaft und Freundschaft auf der anderen Seite des Kanals.

Der Vorgang, daß durch Presseberichte in England die Aufmerksamkeit von Menschen geweckt wurde, die direkt oder indirekt von der Lynch-Aktion des Kreisleiters betroffen waren, wiederholte sich mehrere Male. So kam 1994 John Wynne, der Pilot der Unglücksmaschine, der damals im Alleinflug nach England zurückgekehrt war, zum ersten Mal nach Huchenfeld und ist seither eine der tragenden Säulen der dort gepflegten deutsch-englischen Freundschaft. Tom Tate, ebenfalls durch einen Pressebericht informiert, folgte 1995 und war von da an jedes Jahr Gast der Huchenfelder Gruppe. Schließlich konnte auch die Adresse von Norman Bradley, dem auf so unspektakulär korrekte Weise in Grunbach Gefangengenommenen, gefunden werden. Er kam im Sommer 1996 und vervollständigte den allmählich entstandenen Freundeskreis.

Über die dramatisch-versöhnliche Konstituierung dieses Freundeskreises wird wohl noch manches Buch zu schreiben sein. Glücklicherweise sind unter den Protagonisten auch einige Vertreter jüngerer Jahrgänge, die nicht nur den Gründungsimpuls, sondern auch das Wissen um die Anfänge an die Nachkommenden weitergeben können, allen voran der junge Ortspfarrer Jörg Geißler. Vermutlich wird das Thema der Versöhnung, wie es für die unmittelbar betroffene Generation im Mittelpunkt steht, hinter der unbefangenen Diesseitigkeit zurücktreten, die seit einigen Jahren durch einen Schüleraustausch möglich geworden ist. John Wynne, der mit seiner Frau Pip seinen Lebensabend in dem walisischen Dorf Llanbedr verbringt, hat diese Partnerschaft zwischen Schule und Kindergarten der beiden Ortschaften inauguriert und mit dem symbolischen Geschenk eines selbstgeschnitzten Schaukelpferdes besiegelt. Die Unbeschwertheit solcher Begegnungen wird freilich den dunklen Hintergrund der Partnerschaft nie vergessen lassen und sollte es auch nicht. Der eigentümlichen Dialektik aller Versöhnung, daß sie vergangenes Unrecht nicht ungeschehen machen kann, sondern es in eine höhere Qualität des Zusammenlebens „aufheben“ muß, werden sich auch künftige Generationen zu stellen haben.

Warum füge ich diese Geschichte meinen persönlichen Erinnerungen an, obwohl ich nur ganz am Rande mit ihr in Berührung kam? Das „Am-Rande-stehen“ ist ja Thema des ganzen Buches. Die fragwürdige Behütetheit im Haus auf dem Hügel, Verschontbleiben in und nach dem Krieg, begrenztes Engagement beim geistigen und politischen Neubeginn und ein spätes Zur-Besinnung-kommen haben die ersten drei Jahrzehnte meines Lebens geprägt. Daß es ausgerechnet das Dorf Huchenfeld mit seiner dort stationierten Luftwaffeneinheit war, das mir in den Wochen nach dem Luftangriff nicht nur Ziel mancher Botengänge, sondern Inbegriff eines ländlichen Idylls bedeutete, fügt sich im Rückblick ein in das Selbstbildnis eines gewissermaßen ahnungslosen Kindes der Jahrhundertmitte. Zu dieser Ahnungslosigkeit gehört, daß ich bis vor kurzem noch nicht einmal wußte, daß der Kumpan meines Vetters Walter bei der abenteuerlichen Motorradfahrt einer der Hitlerjungen des Huchenfelder Mordkommandos war. Fast ahnungslos blieb ich auch, was dessen weiteres Schicksal betraf, obgleich sich die Familien aus alten Wandervogeltagen kannten. Ohne besondere Sympathien herrschte doch ein Klima der Schonung und Rücksichtnahme, und ich war desinteressiert genug, mich auch in den folgenden Jahren nicht um die Sache zu kümmern. Die Spielregeln des Beschweigens wurden gerade in dieser Angelegenheit besonders nachhaltig angewandt.

Es gibt einen zweiten Grund für das Anfügen dieses Epilogs. Die neuerliche Intensivierung der Beziehungen zu meiner Vaterstadt brachte es mit sich, auch an Veranstaltungen teilzunehmen, die ich früher eher gemieden hatte. Dazu gehörten die jährlich am Jahrestag der Zerstörung stattfindenden Gedenkfeiern an der Gemeinschaftsgrabstätte der vielen tausend Opfer. Eine der großen Erfahrungen der vergangen Jahre war es, eine neue Form des Gedenkens zu erleben, das frei ist von hergebrachtem Selbstmitleid oder gar selbstgerechter Anklage. Die Aktion der christlichen Kirchen der Stadt unter dem Motto „Erinnern heißt Versöhnen" fand am 60. Jahrestag des Angriffs ihren Höhepunkt im Besuch des Probstes von Coventry, John Petty. Er hatte schon im Vorjahr auf dem Friedhof die *Versöhnungslitanei* gesprochen und in der Stadt gepredigt. Jetzt, am 23. Februar 2005, brachte er – wie dreizehn Jahre vor ihm Paul Östreicher – ein Nagelkreuz aus Coventry, das am Abend in der evangelischen Stadtkirche feierlich überreicht wurde.

Es bleibt den Lokalhistorikern überlassen, den Anteil im einzelnen zu bestimmen, den die Huchenfelder Nagelkreuzgruppe beim Ebnen dieses Weges der Aussöhnung gehabt hat. Festgehalten sei wenigstens, daß es Tom Tate war, der 1998 in Coventry anregte, einen ersten Schritt der Annäherung zu tun. John Petty schrieb daraufhin aus Coventry: „So in penitence I send this message to all of you in Pforzheim and ask that you can find it in your hearts to forgive." Es bedurfte wiederholter Interventionen der Nagelkreuzgruppe beim Oberbürgermeister, daß dieses Schreiben überhaupt beantwortet wurde. Bis zum Tag der Aussöhnung im Februar 2005 war es noch ein langer Weg.

Auch hier bleibt die Frage, wie weit die Impulse tragen werden, die von der „Urgemeinde“ in Huchenfeld ausgehen. Vielleicht kann auch dieser kurze Bericht dabei helfen. Besinnung darf nie zu einem Ende kommen.

Quellen

Autenrieth, Hans: Pforzheims Schicksalstage 1944–1945. o.O. 1946 [Maschinenschr.]. – Zu S. 69

Beck-Ehninger, Renate: The Plaque. Letters to my English Godson. Pforzheim 2002. – Zu S. 151

Döblin, Alfred: Schicksalsreise. Bericht und Bekenntnis. Solothurn u. Düsseldorf 1993. – Zu S. 128.

Hammel, Heide: Und neues Leben blüht aus den Ruinen. Der kulturelle Wiederaufbau in Pforzheim 1945–1949. Heidelberg 2003. – Zu S. 136.

Moessner-Heckner, Ursula: Pforzheim Code Yellowfin. Eine Analyse der Luftangriffe 1944–1945. Sigmaringen 1991. – Zu S. 8 u. 37.

Proceedings of a Military Court for the Trial of War Criminals held at Steele, Essen, Germany. – Public Record Office (PRO). Kew/Surrey. Wo 235/235. – Zu S. 147

Quincke, Christiane: „Den Lebenden zur Mahnung.“ Die Gedenktafel von Huchenfeld. Pforzheim 2000 [Maschinenschr.]. – Zu S. 151.

Schmalacker-Wyrich, Esther (Hrsg.): Pforzheim 23. Februar 1945. Der Untergang einer Stadt in Bildern und Augenzeugenberichten. Pforzheim 1980. – Zu S. 39 u. 98.

Schray, Fritz: Artikelserie über das Lager Mühlau. Der Gränzbote, Tuttlingen 1986. – Zu S. 60.

Volk, Karl: „Gell, seller B'suech!“ Heinrich Himmler in Triberg. In: Die Ortenau. Veröffentlichungen des Historischen Vereins für Mittelbaden. 77. und 79. Jahresband, Offenburg 1997 u. 1999. – Zu S. 48.

Zieher, Hans Georg: Geschichte der Stadt Pforzheim. Von den Anfängen bis 1945, mit einer Bibliographie von Bernhard Müller. Stuttgart 1982. – Zu S. 65.